HERREN DER TIEFE

Ein Mythodea-Roman von

H. T. Grützmacher,

J. Steinbrecher &

M. Ramtke

VERLAG SCHWARZE RITTER

Besonderer Dank geht an:
Fabs, Tobei, Philipp, Anne (Miriel), Lena und all die fleißigen, kreativen, wunderbaren Köpfe, die bei der Erstellung mitgeholfen haben.

Inhaltsverzeichnis

Wer die Herren der Tiefe sind und wie du sie finden kannst, fragst du, Junge? Nun, in deinem Leben umgeben sie dich alle Zeit, du musst nur hinsehen, erkennen und verstehen. Ob in den Fluten des Meeres, den Zeilen eines Dichters oder der geschickten Lüge am Hofe – sie sind überall, und du kannst ihr untertänigster Diener sein. Lerne, lehre, heile, forsche, verstehe, hinterfrage und sieh die Schöngeisterei, die Eleganz, die Gnade, die all dem innewohnt. Dann wirst du ihnen nahe sein, zu ihnen hinabtauchen und als ein anderer diese Welt erneut betreten. Dein Leben soll von nun an wie eine Schiffsreise sein, die in den Hafen der Weisheit mündet. Die Quihen'Assil Aquas sollen dir Leitstern sein auf deinem Wege, und du sollst all ihre Tugenden in deinem Leben verinnerlichen. Als Erstes, Junge, sollst du deine Neugier schulen und deine Intelligenz schärfen, denn sie soll deine mächtigste Waffe sein. Dann, mit Wissen und Intellekt gesegnet, lerne das Handwerk der Heilkunst und was es bedeutet, Gnade zu spenden und das Leben zu erhalten. Erkenne die Anmut in all deinem Tun und erlange Klarheit über dich selbst, deine Handlungen und Gedanken, bevor du dann den letzten Teil der Reise antrittst und dich in Lug und Trug üben sollst. Doch dies alles nicht zu deinem Wohle, sondern zum Wohle der Welt, in der wir leben. Erst dann werde ich dich im Hafen der Weisheit willkommen heißen.

Miriel von Kerewesch, Mitray'Kor Aquas bei der Initiation eines Aqua-Novizen im großen Aqua-Tempel zu Aquas Trutz

Grams Gnade

Von Hagen Tronje Grützmacher

Dreck."

Das Blut floss in Strömen über Grams Finger.

„Dreck. Dreck, Dreck, Dreck, Dreck!"

Die Worte gingen in ein heiseres Knurren über, als er die Lippen fest zusammenpresste. Der Mann unter seinen Händen wehrte sich. Er zappelte. Aber er würde es schaffen. Er musste es schaffen. Nur noch ein Stückchen, nur noch ein kleines Stückchen.

Ein letztes Röcheln drang aus dem Mund des Mannes, dann lag er still. Der Blutstrom versiegte.

„Nein", hauchte Gram, so leise, dass es kaum zu hören war.

„Nein, nein, nein, nein." Er schloss die Augen und schüttelte müde den Kopf.

Draußen lärmte und johlte die Menge.

Am liebsten wäre Gram einfach dort geblieben, die Augen geschlossen, und hätte die Welt vergessen. Doch das Krakeelen der Leute vor seinem Wagen ließ ihm keine Wahl. Es war wie in jedem Gehöft, in jedem Dorf, in jeder Stadt, in die er kam. Die Menschen kannten keine Gnade.

Seine Lider schienen schwer wie Steine, als er sie mühsam hob und sich umsah.

Der Tote lag vor ihm auf einem schmalen, aber massiv gebauten Tisch. Blut war aus der klaffenden Wunde in seinem Unterleib über das Holz geflossen, hatte sich am Rand des Tisches gesammelt und tropfte von dort stetig zu Boden. Alte, dunkle Verfärbungen zeugten davon, dass es nicht das erste Mal war. Die Kammer war klein und beengt. Wenn er neben dem Tisch stand, berührte Grams gebeugter Rücken die hintere Wand. Die Decke war gewölbt und wie die Wände aus Holz gefertigt. An ihnen hingen an Haken und Nägeln befestigt Dutzende von Säcken, Beuteln und Bündeln. Bald schien es, dass der Raum so eng war, so voller Dinge, dass er Gram und den toten Körper zu verschlingen drohte, wie ein düsteres Maul.

Die Leiche starrte ihn fragend an.

„Woher soll ich das wissen?"

Der Blick wurde nachdrücklicher.

„Ich kenne den Willen der Elemente genauso wenig wie du! Es ... es war ein Unfall, ein dummer, unnötiger Unfall. Du hättest besser aufpassen müssen", sagte er.

Der Tote schaute misstrauisch.

„Es gibt keine Antworten auf diese Fragen. Warum ich? Warum jetzt? Und selbst wenn, würde es dir nicht mehr helfen. Du bist tot", flüsterte Gram und schloss dem Mann auf dem Tisch die Augen.

Er griff nach einem Stofftuch und wischte sich das Blut von den Fingern. Irgendetwas prallte mit einem dumpfen Knall von außen gegen die Wand hinter ihm. Die Menge grölte. Das Blut klebte hartnäckig und hinterließ rote Schlieren auf seiner Haut. Ärgerlich warf Gram das Tuch zur Seite, schob sich am Tisch vorbei und nahm seinen breitkrempigen Hut von einem Haken an der Wand. Die Lederschürze, die er getragen hatte, tauschte er gegen einen ärmellosen Mantel aus tiefblauem Samt, der einmal prächtig gewesen war, jetzt aber abgetragen und schäbig wirkte. Gram war es egal. Ein Mann wie er konnte ohnehin nicht wählerisch sein. Es dauerte eine Weile, bis er seinen unförmigen Leib in den Mantel gezwängt hatte. Draußen prallte wieder etwas gegen die Wand. Die Menge wurde ungeduldig.

Gram warf der Leiche auf dem Tisch einen letzten Blick zu, dann drehte er sich um und ging zur Tür. Mit der Hand an der Klinke hielt er inne und atmete tief durch. Ich hätte sein Gesicht zudecken sollen. Oder die Wunde ein wenig schließen. Wenn sie ihn so sehen ... der Tod ist hässlich – so wie ich, ging es ihm durch den Kopf. Doch dann begann draußen rhythmisches, lautes Klatschen, und er schob die Gedanken beiseite. Das Gesindel will unterhalten werden.

Gram öffnete die Tür, zwängte seinen deformierten Körper durch die schmale Öffnung und humpelte eine kurze Holztreppe hinab. Der Lärm, der ihm entgegenschlug, war hier draußen deutlich lauter, drängender. Das Geschrei kam von der Vorderseite des Schaustellerwagens, den er gerade verlassen hatte. Das Gefährt war eine kleine Kammer auf Rädern, Schlafzimmer, Vorratsraum und Werkstube eines Heilers gleichermaßen, zusammengepfercht zwischen Bretterwände.

Der Großteil der Dorfbewohner hatte sich vorne versammelt, wo die kleine Bühne aufgebaut worden war. Hier an der Rückseite des Wagens stand nur eine einzelne junge Frau. Als Gram die Treppe hinunter war, ergriff sie seinen Arm. Ihr Gesicht war von Sorge gezeichnet. Sie hatte geweint.

Ungewohnt, dass mich eine Frau ohne Abscheu oder Ekel ansieht, dachte er bitter.

„Mein Mann ... wie ... wie geht es ..."

Gram schüttelte den Kopf, bevor die Frau weiterreden konnte. Sie ließ seinen Arm los und schlug die Hand vor den Mund. Sag etwas. Tröste sie. Nimm sie in den Arm. Ungelenk machte er eine Bewegung auf die Frau zu, doch sie wich vor ihm zurück. Ein Schluchzen drang aus ihrem Mund.

„Die Wunde war zu tief. Ich konnte sie nicht schließen. Er hatte zu viel Blut verloren. Es ... es tut mir leid."

„Aber es war doch nur ein Splitter. Ich verstehe nicht ..."

Gram unterbrach sie erneut. „Er ist tot, Frau." Was gab es daran nicht zu verstehen? Der Tod war sehr einfach. Das Leben war viel schwerer. Der Splitter, den die Frau erwähnt hatte, war ein dolchgroßes Stück Holz gewesen, das sich tief in den Unterleib des Mannes gebohrt hatte. Es zu entfernen, war Gram gelungen, aber dann war ihm sein Patient unter den Händen verblutet.

Einen Moment lang stand Gram zögernd da, unsicher, was er tun sollte. Dann ließ er die schluchzende Frau stehen und ging zur Seite des Wagens, wo aufgespannte Tücher eine weitere Treppe vor den Blikken der Menge verbargen. Von hier konnte er direkt auf die Bühne gelangen, ohne vorher gesehen zu werden. Er konnte weder dem Toten noch seiner Witwe helfen. Ich kann nur mir selbst helfen.

Mit Schwung stieß er die Tücher zur Seite und humpelte auf die Bühne, ein breites Lächeln im Gesicht.

„Habt Dank, ihr guten Leute, für eure Geduld!“ Ihm fiel auf, dass er nicht einmal wusste, wie der Flecken hieß. Knapp zwei Dutzend Häuser und Hütten, Schweine, Rinder und vielleicht einhundert Menschen, manche so dreckig, dass sie von den Tieren kaum zu unterscheiden waren.

„Der große Gram Goldnehand, Meister der Heilkunst, Alchemist, Astrologe, Medicus ohnegleichen ist hier, um euch zu helfen!“ Die Lügen kamen ihm leicht über die Lippen. Es war in jedem Ort dieselbe Geschichte.

„Terras Titten, Mann – bist du hässlich!“, brüllte ein fetter Kerl aus der Menge, dessen Hals mit einem leuchtend roten Ausschlag bedeckt war. Die anderen lachten, und auch Gram strahlte, als hätte der Mann einen großartigen Scherz gemacht.

„Du hast recht, mein Freund! Was die Elemente meinem großen Geist gaben, nahmen sie meinem Körper. Auf dass das Gleichgewicht bewahrt bleibe. Und sieh mich an! Ich muss wahrhaft ein Genie sein!“, rief der Heiler zur Antwort und drehte sich im Kreis, wobei er fröhlich von einem Bein aufs andere sprang. Die Menge grölte und feixte. Gram wusste, dass der Anblick, den er bot, wie er über die Bühne hüpfte, grotesk war.

Mit seinem gekrümmten, von einem stattlichen Buckel gekrönten Rücken, den ungleich langen Beinen und einem Kopf, der im Vergleich zum restlichen Körper zu groß geraten schien, wurde aus jedem seiner Sprünge ein missratener Hopser, aus jeder Drehung ein unbeholfenes Taumeln. Die Geschicklichkeit, die seinen Fingern eigen war, fehlte den anderen Gliedmaßen vollkommen. So war es immer schon gewesen. Damals bei der Geburt hatte die Hebamme gesagt, dass sein Zwillingsbruder den Körper, Gram aber den Geist bekommen hatte. Das Weib hatte wohl nie erfahren, dass sie mit ihrer Binsenweisheit recht behalten sollte.

Der Buckelige vollendete seinen wilden Tanz und grinste die Menge glücklich an, die über ihn lachte. Bauern, Fischer, Jäger, einfache Leute, die ein einfaches Leben führten. Dummköpfe, Schafficker und

Säufer, dachte Gram lächelnd. Sie sind froh, wenn es jemanden gibt, auf den sie hinabblicken können. Selbst wenn er, wie ich, auf einer Bühne über ihnen steht.

Gram hob beschwichtigend beide Arme, und der Lärm der Leute wurde leiser.

„Ihr guten Menschen“, rief er. „Ich bin heute nicht zu euch gekommen, um für euch zu tanzen!“

„Schade“, schrie der Mann mit dem Ausschlag. Die Menge lachte.

„Nein, mein Freund. Zu deinem Glück bin ich nicht hier, um zu tanzen, sondern um zu heilen und zu helfen. Die Herren der Tiefe, Aquas Quihen'Assil, haben mich gesegnet. Mit ihrer Weisheit bringe ich euch Tränke und Salben, Tinkturen und Pulver, die Pestilenz und Krankheit von euch abwenden werden. Gleich ob die Keuche, schwärende Wunden, die Pocken, die Krätze“, sein Blick ruhte kurz auf dem fetten Schreihals, „... oder andere Leiden – ich kann euch Linderung bringen! Kommt etwas näher, und ich will euch erzählen, wie ich, der Buckelige, zu Füßen der größten Heiler der alten und der neuen Welt lernte, auf dass ich ein Medicus werde, der sonst an den Höfen von Grafen und Herzögen zu finden ist. Doch heute bin ich hier bei euch!“

Gierig drängten die Menschen näher an die Bühne. Von den anderen unbeachtet, sah Gram die junge Frau, deren Mann er nicht hatte retten können, einsam und verloren am Rand stehen. Sie war blass. Niemand kümmerte sich um sie. Die Leute kennen keine Gnade, dachte Gram und wandte sich wieder seinem Publikum zu.

***

„Vollkommen wahnsinnig.“

Der andere Mann nickte. „Stimmt.“

Er zog den Eimer Wasser zu sich heran und trank einen Schluck. Der Tag war heiß, und die Sonne brannte unbarmherzig auf Mythodea herab.

„Die haben sich komplett das Hirn verbrannt. Zu viel Krieg macht so was mit einem. Immer nur Blut und Waffen und Töten ... hast du gehört, was sie mit diesen armen Kerlen im Nördlichen Siegel angestellt haben?"

Sein Gegenüber schüttelte langsam den Kopf, nahm seinen Helm ab und wischte sich den Schweiß von der Stirn. „Nein, was denn?"

„Gar nichts. Aber genau das war das Schlimme. Haben sie auf dem Schlachtfeld verbluten lassen. Sind einfach vorbeimarschiert an den Verwundeten aus dem Norden, so als wären sie es nicht wert, dass man ihnen hilft. Hat mir mein Neffe erzählt, und der hat es von einem Barden gehört. Nur weil die aus dem Norden keine Ehernen waren oder Eiserne, oder so. Schweine sind das! Richtige Drecksschweine." Er spuckte auf den Boden. „Ich sage dir, Karolf, das sind blutrünstige Bestien. Nichts anderes. Leute wie du und ich, wir sind diejenigen, die in diesem Land für Ordnung sorgen, kein merkwürdiger Orden aus der alten Zeit."

Die beiden Männer standen am Brunnen nahe einem großen Gutshaus, das am Rande einer sorgsam ausgebauten Straße lag. Ein Schild über der Tür verkündete stolz, dass das Haus die Schenke „Zum halben Weg" beherbergte. Das Anwesen mit Stall, Scheune und Nebengebäuden war errichtet worden, um Reisenden Schutz und Obdach für die Nacht zu bieten, die von einem Ende des Westlichen Siegels zum anderen unterwegs waren.

Karolf nickte langsam mit dem Kopf, griff zu der kleinen Flasche an seinem Gürtel, öffnete sie und nahm einen tiefen Zug. Dann reichte er sie weiter an den anderen Mann.

„Du hast recht, Urian. Vollkommen recht. Wir sind Gesetz und Ordnung." Mit der rechten Hand strich er sich über den vielfarbigen Stern des Westens, der als Hoheitszeichen für einen Soldaten des Reichs auf sein Wams gestickt war. Er schürzte die Lippen und spuckte zielsicher in eine Wasserpfütze neben dem Brunnen. „Orden der Ewigen Schwerter." Er schüttelte den Kopf. „Am Arsch."

„Halt dein ungewaschenes Maul."

Die beiden Männer schauten überrascht hoch. Auf dem Hof zwischen Gutshaus und Brunnen hielten sich mehrere Reisende auf, aber weder Karolf noch Urian hatten ihnen viel Beachtung geschenkt. Die Soldaten des Reichs ließ man für gewöhnlich in Ruhe und war froh, wenn sie sich nicht um einen scherten. Wer die Grenzreiter sah, bekam oft ein schlechtes Gewissen und versuchte, sich unauffällig zu geben. Schließlich hatte fast jeder irgendetwas zu verbergen.

Die junge Frau, die sich vor den beiden Männern aufgebaut hatte, schien dieses ungeschriebene Gesetz nicht zu kennen. Sie war klein und zu dürr, um noch als zierlich zu gelten. Ihr blondes Haar war an den Seiten kurz geschnitten und hinten in einem Pferdeschwanz gefasst. Sie trug einen mit Nieten verstärkten Lederkragen, darunter eine einfache Tunika aus Leinen, zerschlissene Hosen und Stiefel. Das einzige Bemerkenswerte an ihr war der Griff des Langschwertes, der aus einer Rückenscheide über ihre rechte Schulter ragte.

Karolf schaute sie für einen Moment ungläubig an. „Äh. Was hast du gerade gesagt?“

„Halt - dein - Maul“, wiederholte sie, wobei sie jedes Wort klar betonte, und machte einen halben Schritt auf die Soldaten zu. Ihr Gesichtsausdruck war seltsam starr, nur ihre Lippen zuckten, wie bei einem Hund, der mühsam versuchte, ein Knurren zu unterdrücken.

Urian lachte laut. „Was willst du denn?“ Er schüttelte immer noch lachend den Kopf und machte eine wegwerfende Handbewegung. „Komm, Mädchen. Verschwinde, bevor wir dir den Hintern versohlen.“

„Nein, warte mal, Urian.“ Karolf hatte sich aufgerichtet und den Helm auf dem Rand des Brunnens abgelegt. Er hakte beide Hände in seinen Waffengurt, an dem ein breiter Dolch und ein massiger Streitkolben hingen. „Das können wir ihr nicht durchgehen lassen. Kann doch nicht jede Vogelscheuche einen Soldaten des Reichs beleidigen.“

Die junge Frau blieb unbewegt stehen, als der Soldat auf sie zutrat. Karolf überragte sie um mehr als eine Hauptеslänge. Er schob das Kinn vor und starrte das merkwürdige Mädchen böse an.

„Wir sind Grenzsoldaten des Westlichen Siegels. Niemand redet so mit uns, hörst du? Schon gar nicht eine dahergelaufene Bauerngöre wie du. Und mal abgesehen davon, dass du verdammt unverschämt bist, kann ich es nicht gutheißen, dass du mit einer so großen Klinge durch die Gegend läufst.“ Er nickte mit dem Kopf in Richtung des Schwerts auf ihrem Rücken. „Also wirst du uns jetzt das Schwert geben und dich entschuldigen, und dann verpisst du dich. In der Reihenfolge. Verstanden, Mädchen?“

Urian grinste. „Tu lieber, was er sagt. Mein Freund hier ist ... nicht so nett wie ich.“

Die junge Frau bewegte sich noch immer nicht. Ihr Blick ging von einem Mann zum anderen und wieder zurück. Mehrmals öffnete sie den Mund, als wolle sie etwas sagen, aber kein Ton war zu hören.

Karolf runzelte die Stirn. „Urian, glaubst du, sie ist schwachsinnig? Ich meine ... irgendwie ist sie merkwürdig. In jedem Fall können wir das Weib nicht mit so einem Schwert hier herumlaufen lassen. Zu gefährlich für sie selbst und für andere“, sagte er über die Schulter und streckte die Hand nach der Waffe aus.

Die junge Frau schrie. Einen Wimpernschlag später starrte der Soldat auf den blutenden Stumpf seines Arms, wo die Hand kurz unterhalb des Gelenks abgetrennt worden war. Weder Karolf noch Urian hatten die Bewegung gesehen oder wirklich begriffen, was geschehen war, doch jetzt stand die Frau vor ihnen, das Schwert in beiden Händen. Sie hielt die Waffe leicht seitlich vom Körper, halb erhoben, bereit für den nächsten Schlag. An der Klinge lief ein dünner Blutfaden herab.

„Wa... wa...“, stammelte Karolf, so als könne er nicht glauben, was geschehen war. Dann sank er mit einem Stöhnen auf die Knie, den Armstumpf schützend gegen die Brust gepresst.

„Elendes Miststück!“, schrie Urian, als er seine Überraschung überwunden hatte. Er riss Kurzschwert und Dolch aus den Scheiden am Gürtel und war mit zwei langen Schritten heran. Brüllend schwang er die längere Klinge in einem Bogen und stach gleichzeitig mit dem Dolch zu. Die junge Frau sprang zurück und brachte sich außer Reichweite. Noch bevor der Soldat seinen Angriff vollendet hatte, schlug sie einen hoch geführten Hieb, schräg über den Leib. Der Getroffene röchelte. Seine Waffen fielen aus kraftlos gewordenen Händen zu Boden. Dann taumelte er seitwärts und brach zusammen. Der Schlag der jungen Frau hatte Urian eine klaffende Wunde quer über den Rumpf zugefügt, vom Schulterknochen bis fast zur Hüfte. Blut floss in Strömen über das Wams des Soldaten und färbte den Stern des Westens dunkel.

„Nein“, wimmerte Karolf, als er sah, wie sein Freund zu Boden ging. Er hatte keine Kraft, aufzustehen. Er war wie gelähmt, als die Kriegerin auf ihn zukam und ihre Schwertspitze an seinen Hals legte. Ihre Augen blickten mitleidlos auf ihn herab.

„Warum?“, stöhnte der Soldat fassungslos. „Warum hast du das gemacht? Wir … wir sind Soldaten … wir …“, er brach ab. Im Gesicht der jungen Frau zeigte sich keine Regung. Karolf sah seinen Tod in ihren Augen.

„Wie ist dein Name?“, fragte sie.

Er zögerte. „Karolf. Aber was …“

„Ich werde mir deinen Namen merken, Karolf“, unterbrach die junge Frau ihn. „Ich werde ihn mit mir tragen und ihn vor die Almahandra bringen, die über deine Sünden richten wird.“

„Du … du gehörst zu denen? Zu diesen Tivar Khar'Assil?“

Die Kriegerin schüttelte den Kopf. „Nein. Aber eines Tages werde ich diese Ehre haben. Dann werde ich ein Teil des Ordens der Ewigen Schwerter sein und dem Eisernen Banner folgen und mit Stahl und Feuer den Zorn der Elemente über die Verfemten bringen.“ Sie machte eine Pause, und ihr Blick wurde abschätzig. „Und über alle die, die sich der gerechten Sache in den Weg stellen.“

Einen Moment lang schien die junge Frau mit sich zu ringen. Karolf wartete auf den brennenden Schmerz, der käme, wenn die Klinge sein Fleisch durchbohren würde. Er schloss die Augen. Dann verschwand der Stahl plötzlich von seinem Hals, und er hörte, wie sich Schritte entfernten. Vorsichtig öffnete er wieder die Augen.

Die Kriegerin hatte sich abgewandt und war zum Gutshaus hinübergegangen. Ihr Schwert steckte wieder in der Rückenscheide. Die Umstehenden, von denen es einige gab, wichen angstvoll vor der jungen Frau zurück. Niemand hielt sie auf, als sie von einer Bank eine Reisetasche aus festem Tuch nahm und dann in Richtung der Straße ging. Karolf wurde schwarz vor Augen. Als sein Kopf auf den sandigen Boden traf, war er schon bewusstlos. Er sah nicht mehr, wie die junge Frau langsam über den nächsten Hügel verschwand, während die

Leute immer noch herumstanden und erschrocken darüber sprachen, dass etwas getan werden müsse. Doch niemand tat etwas.

***

Die Ebene von As'Shan im Herzen des Kontinents Mythodea war schwarz vor Menschen. Elfen, Zwerge, Orks, sogar ein paar Trolle hatten sich nahe dem alten Heiligtum eingefunden, doch der Großteil der wogenden Menge waren Menschen. Tausende von Soldaten, Bogenschützen, Speerträgern und Schwertkämpfern. Ritter in schwerer Plattenrüstung ebenso wie halb nackte Barbaren, die ihre Körper mit Farbe bemalten, bevor sie in die Schlacht zogen und den Elementen blutige Opfer darbrachten.

Dass es eine Schlacht geben würde, war allen klar. Es lag eine Spannung in der Luft, wie bei einem drohenden Gewitter, das nur Augenblicke davon entfernt ist, mit Blitz und Donner über das Land hereinzubrechen.

Doch nicht nur kämpfendes Volk hatte sich hier versammelt. Händler und Marketender, Schmiede, Huren und Quacksalber tummelten sich an den Ständen, Tavernen und Badehäusern des Trosses. Hier in den Gassen der Zeltstadt tobte ein Kampf, der kaum weniger verbissen geführt wurde als der auf dem Schlachtfeld. Ein Kampf um Einfluss und Geld, vor allem um Geld. Jeder krumme Kupferpfennig aus den Taschen eines der Soldaten, Gelehrten oder ahnungslosen Reisenden, die es hierher verschlagen hatte, war eine Trophäe, die es zu erobern galt. Elend und Vergnügen, Glück und Unglück lagen dicht beieinander. Viele, die hierherkamen, wollten vergessen, dass der Tod draußen auf dem Feld auf sie warten mochte. Die Götter der alten Welt waren hier in Mythodea ohne Macht, der Schnitter aber scherte sich darum nicht und hielt reiche Ernte, hier ebenso wie jenseits des Meeres. Dass die Seele im Kreislauf der Elemente wiedergeboren werden würde, mochte für manchen Sterblichen ein schwacher Trost sein. Die meisten zogen es vor, den Gedanken an den Tod zu verdrängen.

Noch aber hatte das Töten und Getötetwerden nicht begonnen. Über den Köpfen der Soldaten wehten die Banner der Feldherren und

Siegelreiche fröhlich im Wind. Der Tag war heiß, beinahe unerträglich, und auch die Brise brachte nur wenig Abkühlung. Wer konnte, hielt sich im Schatten auf oder linderte die Gluthitze mit Wasser, sooft es ging. Sehnsüchtige Blicke gingen zu den Scharführern und Kommandanten, in der Hoffnung, sie mögen die Heerschau beenden.

Siebenfinger betrachtete das Aufgebot und den dahinter liegenden Tross aus dem Halbdunkel eines kleinen Waldes heraus. Die brennenden Strahlen der Sonne drangen nicht durch das dichte Blätterdach, und so war es fast angenehm kühl hier. Ein Schwarm Fliegen umkreiste ihn beständig, doch Siebenfinger bemerkte die Insekten kaum noch. Er hatte sich an ihre Gegenwart gewöhnt. Der Gestank, der von ihm ausging, war zu verlockend, als dass die kleinen Plagegeister sich dauerhaft vertreiben ließen.

Siebenfinger lächelte. Er hatte nicht immer so geheißen, aber der Herr Elkantar hatte ihn mit einer Klauenhand beschenkt, die nur zwei scharfkantige Krebsscheren statt normaler Finger aufwies. Es war nicht das einzige Geschenk der Pestilenz, das er erhalten hatte. In seinen Adern floss mit Krankheit gesegnetes Blut. Seine blasse, grünlich verfallene Haut zierten Pocken wie kleine rötliche Krater. Über seine Brust war eine Flechte gekrochen, die wie mit schwarzen Fäden Muster auf seinen Leib gemalt hatte. Ja, Siebenfinger war reich beschenkt worden, und er war dankbar dafür. Ohne den weisen Rat von Elkantar hätte er diesen Weg nicht gefunden. Die Wandlung war schmerzhaft gewesen, doch danach, als alles vorüber und die kleine schreiende Stimme in seinem Kopf einen qualvollen Tod gestorben war, hatte er die Herrlichkeit der Zweiten Schöpfung gespürt und vor Freude geweint.

Heute aber war kein Tag für Tränen. Das Lächeln auf dem entstellten Gesicht wurde breiter. Es lagen glorreiche Zeiten vor ihnen. Die Diener der Elemente bedeckten die Ebene und krochen durcheinander wie Maden in einer schwärenden Wunde. Die große Zahl der Feinde bereitete Siebenfinger keine Sorgen. Je mehr hierherkamen, umso mehr willige Diener gab es für seinen Herrn. Am Ende würden auch sie die Herrlichkeit der Pestilenz begreifen. Die Stärke eines Körpers, der durch Krankheit und Verfall gereinigt war. Und die Klarheit der Seele, die ihre Ängste in der Qual des Fieberwahns überwunden hatte.

An das, was er dafür verloren hatte, dachte Siebenfinger nur noch selten. Die Erinnerung verblasste, und der Tausch war es wert gewesen.

Nicht weit von Siebenfingers Versteck entfernt hatten sich ein paar Rekruten aufgestellt. Junge Soldaten, die sich unter einem blauen Banner versammelt hatten. Ein Mann im Kettenhemd, ein Veteran mit blondem Bart und einem hellen Wappen auf seinem blauen Wams gab ihnen Anweisungen. Diese jungen Körper wären eine leichte Beute, leicht zu formen durch die Macht der Pestilenz, dachte Siebenfinger und leckte sich über die rissigen, aufgesprungenen Lippen. Der Blick des Verfemten fiel auf einen jungen Soldaten, der den Worten seines Bannerführers aufmerksam lauschte. Ein gutaussehender junger Mann, in dessen Zügen sich Aufregung, Vorfreude und Heldenverehrung gegenüber dem Recken, der vor ihnen stand, abwechselten. Ein Bursche vom Bauernhof oder frisch von den Schiffen der Seehandelsgilde, die immer neue Siedler nach Mythodea brachten. Sie alle kamen für Ruhm und Ehre, manche für Gold, andere, um ein Stück des sagenhaften Kontinents für sich zu beanspruchen. Ein Kontinent, von dem die Neuankömmlinge kaum etwas wussten.

So wie der Bursche, dort unter dem blauen Banner, mit den ebenmäßigen Zügen und dem stillen Vertrauen, dass es ihn schon nicht treffen werde im Kampf.

„Die Schönheit wird dir nicht bleiben, Junge“, flüsterte Siebenfinger im Schatten der Bäume. Seine Scherenhand schloss sich ruckartig mit einem leisen Klicken. Es war Zeit, seinem Herrn Bericht zu erstatten. Als die Hörner der Armee den Aufmarsch für diesen Tag beendeten, warf der Verfemte dem Burschen noch einen letzten Blick zu und wandte sich dann zum Gehen.

„Wir werden uns wiedersehen, junger Freund“, sagte Siebenfinger leise und lächelte.

***

Der Wagen rollte ratternd über eine versteckte Baumwurzel. Das Holz ächzte, und der Buckelige, der das Gefährt steuerte, wurde arg durchgeschüttelt.

Gram hasste es, nachts zu reisen. Die Hoffnung, noch vor Anbruch der Dunkelheit ein Gasthaus zu finden, hatte sich zerschlagen. Bereits am Vormittag war er mit seinem Wagen an der letzten Schenke vorbeigezogen. Danach war die Gegend, abgesehen von einzelnen kleinen Hütten oder Höfen, immer einsamer geworden. Die Sonne war gänzlich verschwunden, und Finsternis hatte sich wie ein dunkelblaues Tuch über das Land gelegt. Jeder Ast eines Baumes, der sich im Wind bewegte, schien Gram wie der drohend erhobene Arm eines Riesen.

„Bleib ruhig, es gibt nichts, wovor du dich fürchten müsstest. Bleib ruhig, es gibt nichts, wovor du dich fürchten müsstest. Bleib ruhig ..." Wieder und wieder murmelte er die Worte vor sich hin. So wie damals, beim Zirkus. Während der Wagen langsam über die holprige Straße ruckelte, drifteten Grams Gedanken in die Vergangenheit, zu einer anderen dunklen Nacht, als ihn die Schatten von allen Seiten bedrängt hatten. Er war jünger gewesen, ängstlicher. Die Zirkusleute hatten ihn damals zur Strafe in den Käfig von Yarum dem Oger gesteckt. Gram konnte sich nicht erinnern, wofür man ihn bestraft hatte oder ob es nur ein böser Scherz gewesen war. Woran er sich genau erinnerte, war die Dunkelheit in dem engen Käfig und das Gefühl der Platten aus dickem Eichenholz, die man zum Schutz gegen die Witterung an den Eisenstäben ringsherum befestigt hatte, unter seinen tastenden Fingern.

Kein Licht drang in den Käfig. Gram war blind, aber er konnte den Gestank der Kreatur riechen, die nur zwei Schritt von ihm entfernt schlief. Niemand wusste so genau, ob Yarum wirklich ein echter Oger war, aber Direktor Rivaldin behauptete es stets, und die Gaffer zahlten gerne Eintritt, um die Monstrosität zu bestaunen. Über zwei Schritt groß, mit ungesund gelblich schimmernder Haut und so fett, dass der Käfigwagen jedes Mal zitterte, wenn Yarum sich im Schlaf bewegte.

Gram war tausend Tode gestorben in jener dunklen Nacht. Hätte Sara ihm nicht irgendwann eine Kerze draußen an den Wagen gestellt, wo durch einen Schlitz im Holz etwas Licht hereinfallen konnte, er wäre wahrscheinlich wahnsinnig geworden. Sara hatte ihn gerettet. Wundervolle Sara, mit ihrem Lächeln wie Sonnenlicht und einer Gestalt, die viele Elfen hätte neidisch werden lassen. Gram hatte sich immer danach gesehnt, dass sie ihn eines Tages so verheißungsvoll anlächeln würde wie seinen Bruder.

Er schreckte hoch. Der Wagen war stehen geblieben. In Gedanken versunken hatte er es nicht einmal bemerkt. Seine beiden Zugpferde hatten die Köpfe gedreht und schauten ihn vorwurfsvoll an.

„Dämliche Biester", brummte Gram. „Warum bleibt ihr einfach stehen, mitten in der Einöde? Los!" Er wollte gerade die Pferde antreiben, als ihm ein Geruch in die Nase stieg. Rauch lag in der Luft. Ein Feuer bedeutete Menschen, bedeutete Licht und Wärme in der einsamen kalten Nacht. Mühsam richtete sich der Buckelige auf dem Kutschbock auf und sah sich um. Dort! In einem kleinen Wäldchen auf einem nahen Hügel war zwischen den schwarzen Schatten der Bäume roter Feuerschein zu erahnen.

Gram zögerte nicht und lenkte den Wagen von der Straße, den kleinen Hang hinauf und zwischen die Bäume. Alles war ihm lieber, als die Nacht allein in der Wildnis zu verbringen.

Als er sich der Feuerstelle näherte, stieg er ab und nahm die Pferde beim Zügel. Vorsichtig führte er die Tiere und den Wagen durch das Unterholz. Trotzdem machte er beträchtlichen Lärm. Als er das Lager schließlich erreicht hatte und aus dem Wäldchen auf eine kleine, offene Lichtung trat, wurde er bereits erwartet.

Vier Gestalten standen in einem Halbkreis um ein flackerndes Feuer herum und blickten ihm misstrauisch entgegen. Zwei Männer und eine Frau bildeten eine kleine Gruppe, Stammeskrieger von einem der Clans aus dem Süden oder Westen, wie es schien. Sie trugen Leder und Felle gegen die Kälte, Schmuck aus geschnitzten Knochen und hielten ihre Waffen blank in den Fäusten. Die vierte Gestalt hielt Abstand zu den Clansleuten. Sie war eine schmächtige Frau, mit zerschlissener, einfacher Kleidung und einem großen Schwert auf dem Rücken, das nicht so recht zu ihrer Erscheinung passen wollte. Immerhin hatte sie die Waffe im Gegensatz zu den anderen drei nicht gezogen, was Gram sehr recht war.

Eine fünfte Person saß am Feuer und war nicht aufgestanden. Als der Buckelige mit seinem Wagen zwischen den Bäumen hervorkam, drehte sie kurz den Kopf und warf einen Blick in seine Richtung, bevor sie sich wieder den Flammen zuwandte. Ein Zwerg? Gram war überrascht. Es gab nicht viele Zwerge in Mythodea, und er hatte nicht damit gerechnet, hier draußen, nahe den noch unerschlossenen Gebieten im Herzen des Kontinents, einen Vertreter des bärtigen Volkes zu treffen.

„Wollt Ihr die ganze Zeit da herumstehen?“, brummte der Zwerg nach einer Weile, ohne aufzuschauen. Erst jetzt merkte Gram, dass er geraume Zeit nur dagestanden und nichts gesagt hatte. Er lächelte unsicher.

„Ich, ähm ... verzeiht die Störung ...“, begann der Heiler und wurde unterbrochen, als einer der beiden Clansmänner etwas in seiner eigenen Sprache zu seinen Gefährten sagte. Es klang dunkel und bedrohlich. Die anderen beiden zuckten mit den Schultern. Die schmächtige Frau blickte nur stumm von den drei Stammesleuten zu Gram und wieder zurück, das Gesicht wie in Stein gemeißelt.

Eine Nacht allein wäre vielleicht doch keine schlechte Idee gewesen, dachte Gram, doch dafür war es zu spät. Er seufzte.

„Verzeiht die Störung“, begann er erneut. Höflichkeit war selten ein schlechter Ratgeber, besonders, wenn Waffen auf einen gerichtet waren. „Mein Name ist Gram Goldnehand, ich bin Heiler. Reisender Heiler. Also ich reise, hier. Durch die Lande.“ Du machst dich zum Narren, schalt er sich selbst, aber die Nervosität erschwerte ihm das Reden. Seine sonst so gewandte Zunge schien zusammen mit dem Tageslicht verschwunden zu sein. „Wäre es denkbar, dass ich heute Nacht das Feuer mit euch teile, ihr guten Leute?“

Der Zwerg lachte laut auf. Es klang wie ein raues Husten aus heiserer Kehle. Dann spuckte er zielsicher in die Flammen und brummte etwas, das wie „Gute Leute – am Arsch“ klang. Aber Gram war sich nicht sicher.

Die Frau musterte ihn kurz und setzte sich dann ohne ein weiteres Wort. Eine wundervolle Gruppe habe ich da aufgetan, dachte Gram und schüttelte leicht den Kopf. Die Clansleute waren stehen geblieben. Einer von ihnen, er hatte den Schädel rasiert und trug einen langen Bart, in den Perlen eingeflochten waren, sagte etwas, das der Heiler nicht verstand, aber auf einen Wink von dem Bärtigen ließen alle drei ihre Waffen sinken.

„Ich bin Ruuk. Das ist mein Bruder Vaar und unsere Cousine Moya. Sei willkommen an unserem Feuer, Gram der Heiler." Er sprach die Gemeinsprache mit einem leichten Akzent. Er lächelte beim Sprechen, aber seine beiden Gefährten blickten grimmig drein, wie Falken, die eine Feldmaus betrachteten, kurz bevor sie ihre Klauen hineinschlugen. Trotzdem erwiderte Gram das Lächeln und ignorierte das ungute Gefühl in seinem Magen.

„Ich danke dir, Ruuk", sagte der Buckelige. „Ihr reist gemeinsam?"

Der Stammeskrieger schaute kurz auf den Zwerg und die Frau.

„Wir haben uns zufällig getroffen. Genau wie du uns", antwortete er und machte eine einladende Handbewegung. „Komm, Gram, setz dich ans Feuer. Die Nacht ist kalt." Ruuk folgte seinem eigenen Rat und setzte sich, ebenso wie Vaar und Moya.

„Wundervoll, ganz wundervoll", murmelte Gram, während er die Pferde vom Wagen abschirrte und versorgte. Als alles fertig war, nahm er eine Decke und einen Teil seines Proviants und ging zum Feuer. Er spürte, wie Vaar und Moya ihn mit Blicken verfolgten. Die drei Clansleute, die Frau und der Zwerg hatten sich so um das Feuer verteilt, dass sie Abstand zueinander hielten. Niemand schien den anderen vollkommen zu vertrauen, und Gram ging es genauso. Die Frau hatte die ganze Zeit geschwiegen. Sie saß aufrecht, hielt die Augen geschlossen und schien zu beten. Der Zwerg schaute unentwegt in die Flammen und legte von Zeit zu Zeit ein Scheit nach, wenn das Feuer kleiner zu werden drohte. Er trank immer wieder aus einer Lederflasche, fast mechanisch, als sei die Bewegung, die Hand zum Mund zu führen und einen Schluck zu nehmen, teil seines innersten Wesens. Eine Wahnsinnige, ein Trinker und drei Wilde – die Unsterblichen prüfen uns gerne und häufig, dachte der Heiler sarkastisch, als er sich einen Platz am Lager suchte. Die Wärme der Flammen vertrieb die Kälte der Nacht, doch das ungute Gefühl in Grams Magen blieb.

Lange Zeit aßen und tranken die sechs Reisenden schweigend. Nur die drei Stammesleute unterhielten sich ab und zu leise in ihrer Muttersprache. Das Knacken der Flammen, der rasselnde Atem des Zwergs, jedes Knarzen von Leder oder andere Geräusche schienen Gram unnatürlich laut. Schließlich hielt er es nicht länger aus.

„Ich bin überrascht, einen Zwerg hier zu treffen. Man sieht nicht viele Vertreter Eures Volks hierzulande. Wie ist Euer Name, wenn Ihr die Frage gestattet?“, sprach er den Bärtigen höflich an, der eben wieder einen Schluck aus seiner Flasche genommen hatte. Eine faltige Stirn und dichte Brauen überschatteten zwei dunkle Augen, deren Blick sich jetzt auf Gram richtete. Die Lippen des Zwergs verzogen sich leicht und ließen zwischen den Strähnen des Barts helle Zähne durchschimmern. Es war kein Lächeln, eher eine Art Zähnefletschen. Dann wanderte der Blick zurück zum Feuer, und der Zwerg nahm einen weiteren Schluck.

Gram wartete noch einen Moment, aber eine Antwort bekam er nicht. Mit einem resignierten Seufzer wickelte sich der Buckelige in seine Decke und suchte sich auf dem harten Boden einen halbwegs bequemen Fleck zum Schlafen. Dicht genug, um die Wärme des Feuers zu spüren, aber so weit wie möglich von den fünf anderen entfernt. Eine Nacht, und dann werde ich euch alle nie wiedersehen. Nur ein paar Stunden, dann graut der Morgen, und ich bin auf und davon. Solcherlei Gedanken gingen Gram durch den Kopf, während er langsam einschlief.

Yri war todmüde, aber sie wagte es nicht, einzuschlafen. Stattdessen saß sie am Feuer und lauschte. Mit der Zeit waren die raschelnden Bewegungen der anderen weniger geworden und ihr Atmen ruhiger. Selbst der Zwerg hatte sich irgendwann eingerollt und schien bald darauf zu schlafen. Trotzdem wartete sie noch eine ganze Weile, bis sie sich ihrer Müdigkeit schließlich hingab und ein Nachtlager bereitete. Ihr Schwert legte sie direkt neben sich, den Arm halb darüber ausgebreitet, wie bei einem Kind oder einem Geliebten. Sie hatte nichts Kostbareres in der Welt als diese Klinge. Das Einzige, was ihr als Erbe geblieben war.

Ein Knarren wie von Leder ließ sie den Atem anhalten. Wieder lauschte sie in die Nacht hinein, angespannt, bereit, das Schwert jederzeit zu ziehen, doch der Laut wiederholte sich nicht. Nichts regte sich im Lager. Langsam, ganz langsam, kam Yri zur Ruhe.

Die letzten Wochen war sie fast unentwegt marschiert. Vom ersten Licht des Tages bis zum Anbruch der Dunkelheit, über Straßen und durch wilde Ödnis. Hügel, Wälder, Flüsse und Sümpfe hatte sie durchquert und oft tagelang niemanden gesehen. Das Land war weit und leer. Dann wieder gab es Siedlungen, kleine besiedelte Inseln inmitten eines kaum erforschten Kontinents, der auch jetzt mehr als ein Jahrzehnt nach seiner Wiederentdeckung noch endlose Geheimnisse barg.

Der Vorfall an dem Gasthaus lag etliche Tage zurück. Yri wusste nicht mehr genau, wann es gewesen war. Nur den Namen des Soldaten hatte sich sie gemerkt. Sie würde ihr Versprechen halten und den Mann vor der Almahandra erwähnen, über seine lästerlichen Reden berichten, und die Herrin der Tivar Khar'Assil würde Recht sprechen.

Im Halbschlaf lächelte Yri und schmiegte sich in den Wollumhang, den sie zur Nacht als Decke nutzte. Bald, bald würde sie dem Orden der Ewigen Schwerter beitreten können und Teil des Kampfes gegen alle Feinde der Elemente werden. Seit Jahrtausenden waren die Tivar Khar'Assil Verteidiger und Richter, Soldaten und Paladine der Ordnung, und Yri ersehnte sich nichts mehr, als zu ihnen zu gehören. Es ist deine Bestimmung, flüsterte die Stimme in ihrem Kopf leise, und das Lächeln der jungen Frau wurde breiter.

Eine grobe Hand legte sich über ihren Mund und wischte das Lächeln von ihren Lippen, als sie urplötzlich gepackt und von ihrem Lager fortgezerrt wurde.

Gram schreckte hoch. War da ein Geräusch? Er lauschte in die Dunkelheit. Das Feuer war heruntergebrannt, die Schatten der umstehenden Bäume streckten sich im fahlen Licht des Nachthimmels wie greifende Finger über den Buckeligen und die anderen Reisenden. Die anderen? Gram sah sich um. Er war allein. Die Schlafplätze der Clansleute, der Frau und des Zwergs waren verlassen. Nur er lag noch beim verloschenen Feuer, dessen rötliche Glut einen letzten Rest Wärme ausstrahlte.

Wieso waren die anderen fort? Gram griff zu dem schweren Dolch, den er immer bei sich trug. Unbewaffnet auf Reisen zu gehen, noch dazu in einem Kriegsgebiet, war selbst für einen Heiler keine gute Idee. Das Gefühl der Waffe in seiner Hand konnte die Unruhe, die er verspürte, dennoch nicht verdrängen. Was war hier los, verdammt? Der Wunsch, die Nacht allein zu verbringen, erschien Gram mit einem Mal weit weniger erstrebenswert als zuvor. Du bist ein Narr, Gram. Wir wollen immer das, was wir nicht bekommen können, dachte er, während er in die Finsternis spähte. Die Habseligkeiten der drei Stammesleute und des Zwergs schienen noch da zu sein. Aber wo waren ... ein kehliges Brummen ließ den Buckeligen erschrocken herumfahren.

Aus dem Wald trat der Zwerg, der eben damit beschäftigt war, sich die Hose zu richten. Aus den Tiefen seines Schlunds drang ein zweiter, dumpfer Rülpser, dann schlenderte der Bärtige hinüber zu seiner Lagerstatt und legte sich schlafen, ohne Gram auch nur eines Blickes zu würdigen.

Er war pissen. Einfach nur pissen. Erleichtert ließ der Heiler den Dolch wieder sinken, den er vor Schreck gezogen hatte. Grams Herz schlug wild in seiner Brust. Der Zwerg ist hier, aber wo sind ...

Irgendwo in der Nähe erklang ein helles Reißen, wie von Stoff. Es war leise, aber Gram hatte es deutlich gehört. Stimmen, flüsternd, irgendwo im Wald. Wieder ein Geräusch, ein gedämpftes Klatschen. Vorsichtig erhob der Heiler sich, den Dolch in der Faust, und machte einen Schritt auf den Wald zu. Unentschlossen lauschte er. Da war es wieder! Ein Stück entfernt, Stimmen und Rascheln, dann wieder das leise Klatschen.

Gram schaute zum Zwerg, doch der rührte sich nicht. Sei kein Feigling, sei kein Feigling, sei kein Feigling ... flüsterte eine Stimme in seinem Kopf, die der Buckelige nicht ignorieren konnte. Zögernd ging er in den Wald. Mit jedem Schritt, den er tat, wurden die Geräusche lauter.

Yri wand sich wie eine Schlange, schlug um sich, trat und biss, aber gegen die harten Hände ihrer Angreifer hatte sie keine Chance. Einer der Männer hatte ihre Arme gepackt, die Frau ihre Beine. Der dritte der Stammesleute hatte ihr den Mund zugehalten, bis sie weit genug vom Lager entfernt waren. Dort hatten sie sie zu Boden gedrückt. Yri spürte weiches Moos und biegsame Wurzeln unter ihrem Rücken, dann kniete sich einer der beiden Männer über sie und legte eine

Hand um ihren Hals. Für einen Moment waren ihre Beine frei, und sie bäumte sich auf, aber er war zu schwer. Seine Finger drückten zu und nahmen ihr die Luft.

„Hör auf zu zappeln, kleiner Fisch, sonst muss ich dir wehtun", knurrte er, das Gesicht dicht an ihrem. Er roch nach Schweiß und Leder. „Wenn du stillhältst, passiert dir nichts Schlimmes." Yri wusste, dass das eine Lüge war.

Sie fühlte sich vollkommen hilflos, ausgeliefert. Sie hasste dieses Gefühl der Erniedrigung, der Machtlosigkeit. Seit sie mit ihrer Familie gebrochen hatte, war sie immer ihren selbstbestimmten Weg gegangen. Frei. Aber hier im nächtlichen Wald würden die Kerle ihr alles nehmen. Ihre Freiheit, ihre Würde. Sie war nur ein Stück Fleisch.

Ihr Blick ging zur Seite, zu der Clansfrau, die jetzt einen ihrer Arme gepackt hielt. Moya, ihr Name ist Moya, dachte Yri. Einen Augenblick lang spielte sie mit der Hoffnung, die andere Frau um Hilfe zu bitten, aber dann sah sie in Moyas Augen das gleiche gierige Glimmen wie in den Gesichtern der beiden Männer. Hier gab es keine Hilfe. Yri war allein.

Der Bärtige, Ruuk, kniete auf ihr. Er beugte sich grinsend herab und leckte ihr mit der Zunge über die Wange. Blitzschnell biss Yri ihm in die Unterlippe. Der Mann schrie, Yri schmeckte salziges Blut, dann traf sie ein Schlag und warf ihren Kopf zur Seite. Ein zweiter Schlag und ein dritter. Ihr wurde schwarz vor Augen, alles drehte sich.

„Kleines Miststück! Dafür wirst du leiden." Sie hörte die Worte wie durch eine Wand hindurch, leise und undeutlich. Die Stammesleute lachten, Vaar und Ruuk dunkel, Moya hell. Als Ruuks Finger ihr Hemd zerrissen, versuchte sie ihn abzuwehren, aber die anderen hielten ihre Arme fest.

„Mach schon, Ruuk. Sie gehört nicht nur dir. Wir wollen auch noch." Moyas Stimme oder Vaars, Yri wusste es nicht genau. Eine Hand griff nach ihrer Hose und zerrte grob daran. Nein, nein, nein. In ihrem Kopf schrie Yri die Worte hinaus, aber aus ihrem Mund kam nur ein schwaches Röcheln. Sie war immer noch wie benebelt. Langsam klärte sich ihr Blick. Über ihr sah sie das Gesicht ihres Peinigers. Blut lief aus einer tiefen Wunde an seiner Lippe. Muss mich wehren, kann es nicht zulassen, dachte die junge Frau, aber sie wusste, dass es hoffnungslos war. Das Lederband, das ihre Hose zusammenhielt, gab nach und riss. Der Clansmann zerrte ihre Kleidung nach unten. Sein Grinsen wurde breiter.

„Was … was tut ihr da? Hört auf!"

Ruuk und seine Gefährten hielten inne und drehten sich erstaunt um. Yri hob den Kopf, soweit sie es konnte.

Keine fünf Schritt entfernt stand der Buckelige, in der Hand einen Dolch mit breiter Klinge. Einen Moment lang keimte Hoffnung in Yri auf. Dann sackte sie zurück. Der Mann ist kein Kämpfer. Sie werden ihn umbringen, dachte sie.

Ich bin Heiler. Die werden mich umbringen!, schoss es Gram durch den Kopf. Es war keine bewusste Entscheidung, dazwischenzugehen. Es war einfach geschehen. Als er seine eigene Stimme gehört hatte, die von den Stammesleuten verlangte, aufzuhören, war der Buckelige selbst am meisten überrascht gewesen. Aber um still und leise wieder zu verschwinden, den Karren anzuspannen und sich davonzumachen, war es jetzt zu spät.

Einer der Krieger, Gram meinte, dass es Ruuk war, kniete auf der jungen Frau und hatte sich an ihrer Kleidung zu schaffen gemacht. Er schaute über seine Schulter, das Gesicht im Dunkel kaum zu erkennen. Die anderen hatten sich beide erhoben und einen Schritt auf den Buckeligen zugemacht. Sie waren unbewaffnet, aber Gram machte sich trotzdem keine Illusionen bezüglich seiner Chancen, wenn es zu einem Kampf kam.

„Hört zu, lasst die Frau in Ruhe und …"

„Verpiss dich, Krüppel", zischte die Stammesfrau, deren Namen Gram nicht genau verstanden hatte.

„Du hast meine Cousine gehört", sagte Vaar. Er machte noch einen weiteren Schritt auf Gram zu. „Von dir und dem Zwerg wollen wir nichts. Verschwinde." Der Krieger nickte mit dem Kopf in die Richtung, aus der Gram gekommen war.

„Macht schon, ich will endlich diese Stute einreiten", brummte Ruuk und wandte den Kopf wieder zu der Frau, die er am Boden festhielt. Er grinste, als sein Blick auf ihre entblößten Brüste fiel. Am Rande seines Blickfelds sah er eine Bewegung, doch bevor er reagieren konnte, war es zu spät. Etwas stach Ruuk in die Augen, und heißer Schmerz explodierte in seinem Kopf.

Yri bleckte wild die Zähne, als sie ihre Daumen in die Augenhöhlen des Kerls rammte. Mit den Fingern hielt sie seinen Kopf umklammert und drückte mit aller Kraft zu. Der Mann kreischte wie von Sinnen. Etwas Nasses lief Yri über die Finger, aber sie gab nicht nach. Die beiden anderen Stammesleute hatten sie losgelassen, als der Buckelige aufgetaucht war, und sie hatte nicht vor, diese Chance verstreichen zu lassen. Eine zweite Gelegenheit würde es nicht geben.

Sie bäumte sich auf, stemmte ihre Hüfte hoch und riss den Kopf ihres Gegners zur Seite. Wimmernd fiel der Mann neben ihr auf den Boden. Seine Hände tasteten blind nach seinen Augen.

Yri sprang auf. Sich zu befreien, hatte nur wenige Sekunden gedauert. Vaar und Moya begriffen gerade erst, was geschah. Ihre geöffnete Hose behinderte Yri, aber daran konnte sie nichts ändern. Davonzulaufen, kam ihr ohnehin nicht in den Sinn. Stattdessen warf sie sich auf Vaar. Der Krieger wog fast doppelt so viel wie Yri, aber mit der Wucht ihres Sprungs schaffte sie es, ihn umzureißen. Beide gingen zu Boden, aber Yri lag oben. Ihren Ellbogen drückte sie brutal gegen seinen Hals, während sie versuchte, ihn davon abzuhalten, wieder hochzukommen. Er war stärker als sie, aber ihrer Wut und ihrer Wildheit hatte er wenig entgegenzusetzen. Yri knurrte wie ein Tier. Sie schmeckte Blut in ihrem Mund und wusste nicht, ob es ihr eigenes war. Die beiden lagen eng umschlungen, so dicht wie Liebende, vereint in dem Wunsch, den jeweils anderen zu töten.

Plötzlich legten sich Hände von hinten um Yris Hals und drückten zu.

„Dafür wirst du leiden, du Hure“, hörte sie Moyas Stimme dicht an ihrem Ohr. Die Kriegerin hatte sie von hinten gepackt, und Yri konnte nichts dagegen tun. Wenn sie losließ, wäre der Clansmann am Boden wieder frei. Yri konnte nicht gegen beide gleichzeitig kämpfen. Sterne tanzten vor ihren Augen, als die Luft knapp wurde. Moya ließ nicht los. Die Stammesfrau versuchte, sie von ihrem Kumpan wegzureißen, aber Yri klammerte sich grimmig fest. Irgendwo in der Nähe hörte man das Stöhnen von Ruuk.

„Ich bin blind. Ich ... ich kann nichts mehr sehen."

Die Bewegungen des Kriegers unter ihr wurden schwächer, aber auch Yri spürte, dass sie nicht mehr lange durchhalten konnte. Ihr Mund öffnete und schloss sich wie der eines Fischs auf dem Trockenen, aber sie bekam keine Luft. Ein heiseres Röcheln war alles, was sie zustande brachte.

„Wir nageln dich an einen Baum, und dann holen wir dir die Eingeweide aus dem Leib, damit die Ameisen und die Vögel sich daran sattfressen können, während du zuschaust", zischte die Clansfrau hinter ihr und zerrte mit aller Kraft an Yri. Gerade als sie glaubte, loslassen zu müssen, verschwanden die Hände plötzlich von ihrem Hals, und sie bekam wieder Luft.

Gierig füllte sie ihre gequälten Lungen. Sie wagte nicht, sich umzusehen, nicht solange der Krieger unter ihr sich noch regte. Erst als der Mann nach einem letzten Zittern endlich stilllag, sah Yri auf.

Moya lag direkt hinter ihr auf dem Boden. Über der Clansfrau stand der Buckelige, den breiten Dolch in der Faust, auf dem Gesicht ein ungläubiger Ausdruck.

„Hast du ... danke", sagte Yri mit rauer Stimme. Jedes Wort schmerzte in ihrer Kehle.

Der Buckelige schüttelte den Kopf. „Das ... das war ich nicht. Ich konnte nicht, ich ... ich bin Heiler ... ich habe noch nie ...", stammelte er.

„Die geht auf mich", brummte eine tiefe Stimme, und aus dem Wald trat der Zwerg auf die kleine Lichtung. In der Hand hielt er eine schwere Armbrust. Erst jetzt sah Yri den Bolzen, der Moya aus der Schläfe ragte. Die Stahlspitze hatte ihr Ziel nur Zentimeter neben Yris Kopf gefunden. Im Kampf ums Überleben, halb zu Tode gewürgt, hatte sie von all dem nichts mitbekommen.

„Drei gegen eine. Ich kann Feiglinge nicht leiden", sagte der Zwerg und spuckte auf den Boden neben die Leiche. Bei den Worten zuckte der Buckelige sichtlich zusammen.

Yri stand vorsichtig auf. Ihre Beine trugen sie, aber jeder Muskel in ihrem Körper tat weh. Mit steifen Fingern begann sie, ihre Hose zu richten.

„Was ist mit dem?" Der Zwerg nickte in Richtung des dritten Clansmanns. Ruuk hockte immer noch leise wimmernd auf dem Boden. Immer wieder drehte er ziellos den Kopf hierhin und dorthin, in dem verzweifelten Versuch, etwas zu erkennen. Blut trat in einem dünnen Faden unter seinen beiden halb geschlossenen Lidern hervor und rann ihm über die Wangen.

Yri schaute den Zwerg einen Moment lang an. Dann knotete sie ruhig das Band an ihrer Hose fest. Sie trat zu dem Buckeligen, nahm ihm den Dolch aus der Hand, ging hinüber zu Ruuk und stieß ihm die Klinge in die Brust. Der Tod ließ nicht lange auf sich warten.

„Er ist gerichtet", sagte sie leise.

Der Zwerg lachte grimmig.

„Kann ich dir nicht verdenken, Mädchen. Mein Name ist Durokk." Er nickte respektvoll in Yris Richtung. „Schätze, der Kerl hat es wohl verdient."

Er hätte Schlimmeres als das verdient, dachte Yri. Aber in dieser Welt bekamen weder die Helden noch die Schurken das, was sie wirklich verdienten.

***

Ritter Lion von Eisenforst war kein hochgewachsener Mann, aber mit seiner geraden Haltung und dem breiten Kreuz schien es, dass sein Gegenüber zu ihm aufschauen musste, obwohl er ihn an Länge übertraf.

„So viele?" Die Miene des Ritters war ruhig, aber in seinen Augen spiegelte sich Besorgnis.

„Ja, Herr von Eisenforst. Fünf. Alles junge Rekruten", antwortete der andere. Valamir war ein Veteran vieler Kämpfe, ein guter Soldat und ein strenger, aber gerechter Weibel. Lion kannte ihn seit Jahren, und auch wenn der Mann dazu neigte, seinen Sold beim Glücksspiel zu verlieren, so nahm der Ritter diese Schwäche inkauf. Jeder Sterbliche hat seine Schwächen, selbst ein Ritter, dachte der Bannerführer, und kurz huschte die Ahnung eines Lächelns über sein Gesicht.

„Und wir werden sie nicht im Tross wiederfinden? In der Ausnüchterungszelle der Wache?"

Valamir schüttelte den Kopf. „Ich habe schon nachgesehen, Herr von Eisenforst. Sie sind ... fort."

Man sah dem Weibel an, dass die Antwort ihm fast körperliche Schmerzen bereitete.

„Wie viele sind es insgesamt, auf diesem Feldzug?", fragte der Ritter ruhig, auch wenn es innerlich in ihm brodelte.

„Mit den fünf? Ein Dutzend, alles in allem. Fast die Hälfte von denen, die neu zum Banner gekommen sind. Ich habe so etwas noch nicht erlebt."

„Aquas Gnade – ein Dutzend? Verdammt." Lion von Eisenforst seufzte und fuhr sich mit der Hand über die Augen. Dann ging er zu einem kleinen Tisch hinüber und schenkte aus einem Krug zwei Becher Wein ein. Das Zelt, das ihm als Kommandostand und Schlafstatt diente, war geräumig, unterschied sich aber ansonsten kaum von den Zelten der einfachen Soldaten. Nur das Banner mit seinem Wappen an der Wand, der rote Turm über blauen Zinnen auf weißem Grund, flankiert von zwei Tannen, wies auf seinen Stand hin.

Der Ritter reichte Valamir einen der Becher.

„Trinkt. Ich brauche einen Schluck und ich glaube, Ihr auch."

Die beiden Männer tranken schweigend.

„Habt Ihr eine Erklärung, Weibel?", fragte der Ritter schließlich. Abermals schüttelte Valamir den Kopf.

„Nein, Herr von Eisenforst. Wie ich sagte, ich habe so etwas noch nie erlebt. Es kann immer sein, dass es einer von den jungen Burschen mit der Angst zu tun bekommt. Den stinkenden Horden des Untoten Fleischs gegenüberzustehen oder den Marionetten des Schwarzen Eises mit ihrem starren Blick – da wird aus manchem Möchtegern-Krieger schnell ein Muttersöhnchen." Er zuckte mit den Schultern. „So was passiert. Am Ende sind wir alle nur Menschen. Aber ein Dutzend? Nein."

„Nein?" Lion zog fragend eine Augenbraue hoch.

„Das ist nicht normal, will ich damit sagen. Es ist, als ob …"

„Als ob? Sprecht schon, Mann."

„Als ob jemand sie fortlockt. Wenn ich es nicht besser wüsste, dann würde ich sagen, jemand rekrutiert unsere Männer. Auch wenn ich weiß, dass das verrückt klingt. Keines der anderen Lager oder Banner würde uns Soldaten abwerben." Valamir sagte es im sicheren Tonfall absoluter Überzeugung, und Lion zweifelte nicht daran, dass der erfahrene Weibel schon eine Runde durch die Reihen der anderen Banner gemacht hatte, um sicherzugehen.

Der Ritter rieb sich nachdenklich über das Kinn.

„Jemand anderes rekrutiert und stiehlt dem Heilerbanner die Soldaten … als hätten wir nicht genug Probleme. Nun ja, ich werde es beim Treffen der Kommandanten zur Sprache bringen. Wir werden sehen, ob sich dieses Rätsel aufklärt." Für einen Moment lang beschlich den Ritter ein merkwürdiges Gefühl, als er die Worte aussprach. Wie eine böse Ahnung, die er aber mit eisernem Willen verdrängte. Das Schlachtfeld war kein Ort für Zweifel oder Zögern.

„Was haltet Ihr von der Lage, Valamir?", fragte er seinen Weibel stattdessen.

Der Veteran wiegte den Kopf hin und her. „Schwierig, Herr von Eisenforst. Wir waren schon in schlimmeren Situationen, das will ich nicht verhehlen, aber wenn ich es mir aussuchen könnte, dann lägen die Dinge anders. Die Verfemten greifen uns immer wieder überraschend an. Sie kennen das Land besser als wir. Und im Moment sitzen wir hier fest am Ehernen Tor. Dazu kommt die verdammte Pestilenz. Ihre verseuchte Brut sprengt unsere Schlachtreihen, weil wir kaum etwas gegen ihre üblen Dämpfe und Giftwolken unternehmen können. Noch haben wir die Oberhand, aber da keiner sagen kann, wann die Entscheidung fällt, das letzte Siegel zu brechen, oder ob überhaupt …" Der Mann sprach nicht weiter, sondern zuckte nur erneut mit den Schultern.

„Und das Heilerbanner? Wie steht es um uns?"

„Abgesehen von den Vermissten geht es dem Banner gut. Unsere eigenen Verletzten halten sich noch im Rahmen, und die Vorräte an Verbänden, sauberem Wasser, Nadel, Faden und Arzneien sind ausreichend. Wir sind für alles gerüstet."

Lion nickte. Myrea hatte ihm das Gleiche berichtet, aber ein guter Kommandant sicherte sich immer mehrfach ab. Wenn die Verfemten in voller Stärke kamen, würden sie jedes Stück Verbandsstoff brauchen, das sie hatten. Er hoffte, dass sein Weibel recht behielt.

***

Der Regen fiel ohne Unterlass. Der Pfad, dem sie folgten, hatte sich schon vor Stunden in einen Fluss aus Matsch verwandelt, in dem die Räder des Wagens immer wieder einsanken. Mehrmals waren sie stecken geblieben, wenn selbst die Pferde die Last nicht mehr aus der Umklammerung des Bodens befreien konnten. Nur dank der kräftigen Arme des Zwergs hatte Gram es geschafft, überhaupt so weit zu kommen. Fast bis zur Hüfte im braunen Schlamm stehend, hatte Durokk sich mit aller Macht gegen den Wagen gestemmt, bis es aussah, als würde die pulsierende Ader an seinem Hals jeden Augenblick platzen. Und langsam, ganz langsam, war es gelungen, das schwere Gefährt wieder flott zu kriegen.

Jetzt saßen sie zu dritt auf dem Kutschbock, dicht beieinander. Durokk hatte sich seiner Hose und seines Wamses entledigt und trotzte nur noch in eine Bruche gekleidet dem ewigen Regen. Gram versuchte, so weit wie möglich Abstand zu halten, aber auf der schmalen Holzbank war das kaum möglich. Yri schien sich nicht daran zu stören, dass der Zwerg halb nackt war.

Sie sitzt ja auch nicht direkt neben ihm, dachte der Heiler missmutig.

Wenn er ehrlich war, hatte es ihn überrascht, dass der Zwerg und die junge Frau, als der Morgen angebrochen war, beschlossen hatten, gemeinsam weiterzureisen. Denn bis auf die Tatsache, dass sie alle das gleiche Ziel verband, hatten die drei Reisenden wenig gemeinsam. Wenn Gram genauer darüber nachdachte, dann war ‚wenig' in diesem Fall sogar übertrieben. Sie verband nichts. Ein griesgrämiger Zwerg, der den halben Tag und die ganze Nacht mehr oder minder betrunken war, eine junge Frau, die ohne Skrupel tötete, und ein Buckeliger, der versuchte, Leben zu retten. Vor allem sein eigenes.

Gram seufzte, aber der Laut ging in dem gleichmäßigen Rauschen des Regens unter. Verstohlen warf er einen Blick nach rechts zu Yri.

Das Wasser lief in kleinen Bächen an ihrem scharf geschnittenen Gesicht herab. Das nasse Haar lag in feuchten Strähnen eng am Kopf. Ihr Blick war in die Ferne gerichtet, so als sähe sie durch den Vorhang des Regens hindurch in eine nur ihr offenbarte Zukunft. Gram fand, dass sie schön war. Nicht so schön wie Sara, deren Anblick dem Heiler immer Worte und Verstand geraubt hatten. Es war eine schroffe Schönheit. Ehrlich. Direkt. Wie ein schneeumkränzter Berggipfel, den man von Weitem betrachtet.

Narr! Du fährst durch ein Unwetter irgendwo in der Wildnis, mit einer unberechenbaren Kriegerin und einem sittenlosen Zwerg, und wirst poetisch. Gram schüttelte den Kopf und wischte sich den Regen aus dem Gesicht. Schweigend zogen sie weiter.

Irgendwann hörte das Unwetter auf, und zwischen den grauen Wolken blitzte vereinzelt die Sonne hindurch. Das sommerliche Grün der Ebenen und Wälder roch nach Leben, und trotz der nassen Kleidung froren sie nicht.

„Was will ein Kerl wie du am Ehernen Tor?“ Die Frage des Zwergs überraschte Gram. Der Heiler überlegte einen Moment, was er sagen sollte, dann entschied er sich für die Wahrheit.

„Ich suche meinen Bruder. Er ... er hat sich freiwillig gemeldet, um im Heer zu dienen. Weise Entscheidungen waren noch nie seine Stärke.“ Den letzten Satz fügte Gram leise hinzu, sodass er kaum zu hören war. Die linke Hand des Buckeligen fühlte unbewusst nach dem in Leder eingeschlagenen Brief des Bruders, den er unter seinem Mantel trug. Ich gehe Ruhm und Ehre ernten und genug Gold, um wie ein Fürst davon zu leben! Wenn wir uns wiedersehen, Grameling, dann bin ich ein gemachter Mann. Die Worte seines Bruders hatte Gram etliche Male gelesen. Verstanden hatte er sie nicht.

„Hmm“, brummte Durokk zur Antwort. Mehr sagte der Zwerg nicht. Das Gesicht des Bärtigen wirkte wie versteinert.

„Es ist nichts falsch daran, im Heer zu dienen“, sagte Yri. Gram schüttelte den Kopf.

„Mein Bruder ist kein Soldat. Er konnte noch nie besonders gut auf sich aufpassen. Auf einem Schlachtfeld, mit Tausenden Kämpfern und den Verfemten als Feind. Da gehört er nicht hin.“ Er wird sterben. Sie werden ihn töten, sobald er zum ersten Mal auf den Feind trifft. Niedergemetzelt. Und ich habe es nicht verhindert. Mein schöner Bruder. Mein schöner, dummer Bruder.

Yri zuckte mit den Schultern. „Wir bestimmen alle unser eigenes Schicksal."

„Aber wenn nicht die Familie aufeinander aufpasst, wer dann?", fragte Gram die junge Frau. Das schien sie nachdenklich zu machen. Sie nickte langsam, fast bedächtig, sagte aber nichts.

„Gut gesagt. Wirklich gut gesagt. Zumal für einen Menschen", kam die Stimme Durokks von der anderen Seite. „Man traut es eurer Art nicht immer zu, aber manche von euch haben einen gewissen Verstand in ihren bartlosen Köpfen."

Gram runzelte die Stirn. Das Kompliment des Zwergs hatte mehr nach einer Beleidigung geklungen.

„Und was führt Euch zum Ehernen Tor, Meister Durokk?" Gram hatte beabsichtigt, dass seine Aussage schnippisch klingen würde, herausfordernd, aber wenn der Zwerg es überhaupt wahrgenommen hatte, so zeigte er keine Reaktion.

Durokk schwieg lange. Schließlich sagte er mit leiser Stimme: „Ich suche die Mörderin meines Vetters. Das elende Weib soll bei den Truppen des Östlichen Siegels zu finden sein. Unsere Angelegenheiten", und dabei warf er Gram einen Blick zu, „sind also nicht so verschieden, Gram Goldnehand."

Der Heiler nickte stumm. Er wusste nicht genau, was er von der Offenbarung des Zwergs halten sollte. Er wollte keinen Mörder finden, sondern nur seinen Bruder retten, bevor der etwas Dummes tat und sich umbringen ließ. Mögen die Herren der Tiefe dich behüten, Bruder, bis ich dich da raushole, dachte er.

„Du willst dich bestimmt dem Kampf anschließen, Yri, habe ich recht?", fragte Gram die junge Frau, um auf andere Gedanken zu kommen und die Sorgen um seinen Zwilling für einen Moment zu verdrängen.

„Ja."

Gram ließ nicht locker. „Dein Schwert. Hat das eine besondere Bedeutung?"

Yri antwortete nicht sofort. Nach einer Weile sagte sie: „Ja. Es war das Schwert meines Vaters. Er war Ritter. In der alten Heimat, jenseits des Meeres. Er hat mir sein Schwert vermacht." Für einen Moment hatte ihre Stimme einen sanften Tonfall, den weder Gram noch Durokk zuvor bei der sonst so schroffen jungen Frau gehört hatten.

„Dann bist du auch eine Ritterin?", fragte der Heiler.

„Ich bin keine Ritterin." Sie schüttelte ärgerlich den Kopf. „Nur ein Ritter kann einen Ritter machen, das weiß doch jedes Kind. Und mein Vater hat mir nicht den Ritterschlag gegeben, sondern nur sein Schwert."

„Wenn du keine Ritterin bist und keinem Herrn folgst, für wen willst du dann kämpfen?", brummte Durokk. „Du siehst mir jedenfalls nicht wie jemand aus, der für Gold und Ruhm sein Leben aufs Spiel setzt."

„Ich werde mich den Tivar Khar'Assil anschließen. Wenn sie mich denn nehmen. Dem Orden der Ewigen Schwerter. Der edelste und mutigste Verbund von Männern und Frauen, den Mythodea je gesehen hat. Sie sind die Speerspitze im Kampf gegen alles Schlechte. Und wenn ich mich würdig erweise, dann werde ich eine von ihnen." Das Gesicht der jungen Frau strahlte wie von einem inneren Feuer erleuchtet, als sie über die Tivar Khar'Assil sprach. Durokk murmelte etwas Unverständliches in seinen Bart und zog die buschigen Augenbrauen zusammen. Er schien nicht viel von dem Orden zu halten.

„Ich habe viel Gutes über den Orden gehört", sagte Gram vorsichtig. Es war nicht gelogen. Er hatte Geschichten vernommen, dass die Tivar Khar'Assil edelmütig waren, tapfer und dass sie für die fünf sakralen Elemente stritten, gegen die Verfemten. Aber er hatte auch gehört, dass sie fanatisch, gnadenlos und jähzornig waren, in ihrem Handeln und Denken. Das erwähnte er gegenüber Yri lieber nicht.

„Ich bin sicher, du wirst von ihnen aufgenommen." Der Heiler lächelte ermutigend. Und ich bin dann hoffentlich ganz woanders, weit weg von dir und deinen Ewigen Schwertern. Die Art und Weise, wie Yris Augen glänzten, wenn sie über die Tivar Khar'Assil sprach, und das ergriffene Beben in ihrer Stimme waren dem Buckeligen unheimlich.

Durokk schnaufte, ein Laut, der wohl Zustimmung signalisieren sollte.

„Besser eine von den Tivar Khar'Assil als eine Ritterin, das sage ich dir, Mädchen. Auf dem Weg habe ich einen Ritter getroffen. Nicht unweit des Östlichen Siegels, da treiben sie sich ja haufenweise herum, die Kerle. Aber der", er schüttelte den Kopf und spie aus, „der war merkwürdiger als die meisten. Reinhard von Bitterblum. Von Bitterblum! Ha! Wer nennt sich nach einer Blume, wenn er ein Krieger ist? Suchte seine Frau, der Bursche. Hat überall nach ihr gefragt, jeden dahergelaufenen Bauern. Aber nicht, weil er sie so sehr vermisst, sondern weil sie ihm weggelaufen war." Der Zwerg gluckste tief in seiner Kehle. „Verrückt seid ihr Menschen ja alle, aber eure Ritter ... bah!"

Eine Weile fuhren sie schweigend weiter. Gegen Mittag hielten sie an einem Bach und ließen die Pferde ausruhen. Grams Vorräte waren so gut wie aufgebraucht. Er würde sich neu eindecken müssen, bei einem der Quartiermeister der Armee, sobald sie das alte Heiligtum As'Shan und das Eherne Tor erreichten. Die Ebene im Herzen des Kontinents verbarg den Weg zum letzten Siegel. Gram hatte sich nie viel um den Krieg gegen die Verfemten und die uralten Siegel geschert, die das Land beschützten und gleichzeitig daran hinderten, die ganze Kraft der Elemente zu entfalten. Denn jedes Siegel schloss eines der fünf Elemente ein, aber auch eine der Mächte der Verfemten. Wurde ein Siegel geöffnet, so wurde das eine ebenso befreit wie das andere, und beide Seiten in diesem Kampf gewannen an Kraft. Es war, als wollten die Unsterblichen, dass alle sich in einem endlosen Krieg befinden. Tod und Vernichtung, Wiedergeburt und neues Leben, gefolgt von Tod und Vernichtung. Hört das jemals auf?, dachte Gram traurig.

Yris Stimme ließ ihn aus seinen Gedanken aufschrecken.

„Wir sind da", sagte die junge Frau und wies nach vorn. Gram folgte ihrer Geste mit seinem Blick, und ihm stockte der Atem. Vor ihnen erstreckte sich die Ebene von As'Shan. Das Herz des Kontinents Mythodea war gewaltig. Gras und Hügel erstreckten sich bis zum Horizont, wo graue Bergriesen in die Wolken ragten. Und inmitten dieser schier endlosen Weite ein riesiges Heer. Tausende von Männern und Frauen, Krieger, Soldaten, Reiter, Bogenschützen und jeder andere, der sich auf das Kriegshandwerk verstand. Sie bedeckten die Ebene mit ihren Zelten und Lagern wie Schorf eine blutende Wunde.

„Aquas Gnade – das müssen Zehntausende sein!“, entfuhr es Gram. Durokk lachte.

„Was hast du gedacht, Heiler? Die ganze Welt ist hergekommen, um sich gegenseitig die Schädel einzuschlagen und das letzte Siegel zu erreichen.“

„Und der Weg zur Gerechtigkeit wird mit den Leibern der Frevler gepflastert sein“, sagte Yri und schnalzte mit der Zunge, um die Pferde anzutreiben.

***

Der Stoff des Zelts war faulig. Schimmel hatte sich hineingefressen und bildete große Flächen und Muster auf dem einstmals hellen Untergrund. Der Regen der vergangenen Tage hatte die Ausbreitung noch beschleunigt. Heute aber schien die Sonne hell und warm durch die Zeltwand. Dort, wo der Moder Löcher in den Stoff gerissen hatte, strahlten grelle Bahnen aus Licht in das Innere. Staub und Sporen tanzten durch sie hindurch. Fette Fliegen summten träge durch die Gegend.

Die Einrichtung des Zelts war opulent, oder wäre es gewesen, wenn nicht auch an ihr der Verfall sein zerstörerisches Werk vollbracht hätte. Ein großes Bett aus Holz war halb zusammengesunken, sodass die Matratze, die mit fauligem Stroh gefüllt war, halb auf dem Boden lag. Die geschnitzten Bettpfosten mochten einmal Fabelfiguren dargestellt haben, doch hatten Pilze sie so überwuchert, dass keine Konturen mehr zu erkennen waren.

Kaum besser war es dem Tisch und den Stühlen, einem Regal und zwei stehenden Leuchtern aus schwarzem Eisen ergangen, die den Rest der Einrichtung ausmachten. Alles war einst edel und schön gewesen, doch davon war wenig geblieben.

Inmitten des Verfalls saß ein junger Mann zusammengekauert auf dem Bett. Trotz seines athletischen Körpers schien er kaum die Kraft zu haben, aufrecht zu sitzen. Er schwankte hin und her, wie ein Trinker auf dem Heimweg von der Taverne. Feine Schweißperlen standen auf seiner Stirn. Die Haut des jungen Mannes war blass und wächsern.

„Sie haben dir gesagt, du musst uns fürchten." Die Stimme war leise, beschwörend. Der junge Mann starrte weiter geradeaus. Er schien sie nicht gehört zu haben.

„Sie haben dir gesagt, dass die Herrscher, die uns erschufen in alter Zeit, einen Fehler gemacht haben. Dass sie sich versündigt hätten." Die Stimme war lauter geworden. Eindringlicher.

„Sie haben dir gesagt, wir sind das Böse. Die Verderbnis. Die Verfemten." Durch den Zelteingang trat Siebenfinger. Sein Blick war auf den jungen Mann gerichtet.

„Sie haben dich angelogen", sagte er.

Ein Zittern ging durch den Körper des Burschen. „Bitte ... ich ... ich brauche ...", sagte er schwach und hob die Hand flehend in Richtung Siebenfingers. Der schüttelte traurig den Kopf.

„Sieh, was sie dir angetan haben. Wie schwach dein Körper ist. Wie sehr er sich nach der Umarmung der Pestilenz sehnt. Krankheit und Verfall gilt es nicht zu besiegen, wie dir die Anhänger Aquas, die Heiler und Kurpfuscher der Siedler weismachen wollen. Das Fieber kehrt immer zurück. Jede Wunde, die deinem Leib geschlagen wird, ist eine Heimstatt für Entzündung und Fäulnis. Jeder Winter, der ins Land zieht, ein Bote von Krankheit und abgefrorenen Gliedern. Wie willst du das besiegen? Schwach wie du bist."

Siebenfinger war nähergekommen und stand jetzt direkt vor dem jungen Mann, der kraftlos vom Bett gerutscht war und nun auf den Knien lag. „Bitte", flüsterte er heiser. Wieder lief ein Zittern durch seinen Körper.

„Ja, du hast von der Frucht der Pestilenz gekostet. Du weißt, welche Kraft in uns ist. Welche Kraft in dir sein kann, wenn du den Heilern abschwörst, den blinden Dienern Aquas, den Sklaven der Elemente, und dich der Krankheit öffnest. Dann, erst dann, wird dein Leib wiedergeboren, stärker und widerstandsfähiger als jemals zuvor. Denn alles, was du heute fürchtest, wird dann ein Teil von dir sein. Und dann erst wirst du sehen, wie mächtig die Pestilenz wirklich ist."

Einen Moment lang zögerte der Bursche. Einen Augenblick schien es, als sei er unsicher. Dann aber nickte er.

„Ja", sagte er so leise, dass es kaum zu hören war. Aber Siebenfinger hatte es gehört. Mit seiner Klauenhand streichelte er fast liebevoll über die Wange des jungen Mannes.

„Gut. Gut. Du hast weise entschieden, mein Freund."

Durch den Zelteingang trat eine Frau, deren schlanker Körper in grau-grüne Roben gehüllt war. Ihr Haar hing in filzigen Strähnen herab. Dazwischen krabbelten Insekten durcheinander, Tausendfüßler, Asseln, Spinnen und andere, sodass kaum zu sehen war, wo die Tiere aufhörten und ihr Haar begann. Die Frau trug einen schimmligen Lederbeutel über einer Schulter. Daraus zog sie nun eine große Glasphiole, in der eine gelblich schimmernde Flüssigkeit zu erkennen war. Mit seiner Klauenhand wies Siebenfinger auf die Frau.

„Dies ist Dara, Herrin der Asseln. Sie wird deine Hebamme sein auf dem Weg in dein neues Leben. Vertrau ihr. Sie ist eine Künstlerin."

Noch einmal lächelte er gütig auf den knienden Jungen hinab, dann drehte Siebenfinger sich um und überließ der Biothaumaturgin das Feld. Als er aus dem Zelt trat, hörte er in der Ferne Kampfeslärm vom Ehernen Tor herüberwehen. Für Siebenfinger klang es wie Glockengeläut zu Ehren der Pestilenz.

***

Krieger sprachen oft von Ruhm und Ehre, die auf dem Schlachtfeld zu finden waren. Gram hatte weder das eine noch das andere gesehen. Nur Leid und Schmerz. Den ganzen Tag hatte der Buckelige im Lazarett den Verwundeten geholfen, hatte Wunden genäht, gereinigt, verbunden, ausgebrannt und amputiert, wenn es keine andere Wahl gab. Viele Leben hatte er retten können und ebenso viele verloren, zumindest schien es ihm so.

Jetzt, als die Sonne am Horizont jenseits des alten Tempels von As'Shan versank, ließ Gram seinen Blick über die Reihen der Verwundeten und Versehrten schweifen und seufzte tief. Bruder, wo bist du? Herren der Tiefe, seid gnädig, lasst meinen Bruder am Leben sein, betete er stumm.

Obwohl er jeden Muskel im Körper spürte und so müde war, dass er beinahe im Stehen einschlief, machte er sich auf und begann, durch die Lager zu ziehen. An jedem Feuer, an jeder Tafel hoher Herrschaften fragte er nach seinem Bruder, doch niemand schien ihn zu kennen.

„Er ist groß gewachsen, überragt mich wohl um Haupteslänge. Ein kräftiger Bursche, von schöner Gestalt, nicht so wie ich, obwohl wir Zwillinge sind. Er hat blondes Haar und trägt den Namen Gerion. Habt ihr ihn vielleicht gesehen?" Hunderte Male stellte er die Frage, und Hunderte Male schüttelten die Leute den Kopf.

Als er schließlich aufgab und mit gesenktem Kopf zu seinem Zelt zurückging, war es längst tiefe Nacht. Im Tross herrschte noch reger Betrieb, aber in vielen anderen Lagern war Ruhe eingekehrt. Nur die Wachen spähten aufmerksam ins Dunkle außerhalb der Zeltreihen.

Man hatte den drei Neuankömmlingen ohne großes Aufheben ein Zelt zugeteilt. Yri und Durokk als Kämpfer und Gram als Heiler waren gern gesehen auf dem Feldzug. Man hatte ihnen allen schon gutes Silber geboten, damit sie sich für das eine oder das andere Banner entschieden, aber keiner von ihnen hatte angenommen. Wir haben den Krieg nicht gesucht, aber der Krieg hat uns gefunden, dachte Gram. Müde und in Gedanken versunken wäre er fast mit einer Gestalt zusammengestoßen, die ihm unvermittelt den Weg versperrte.

Erschrocken tat Gram einen Schritt zurück. Der Mann – aufgrund der Größe ging der Heiler davon aus, dass es ein Mann war –, trug einen weiten Umhang und eine Gugel, deren Kapuze sein Gesicht verdeckte. Seine Gestalt wirkte auf schwer zu bestimmende Art unförmig, so als würden die Glieder nicht recht zusammenpassen, aber das mochte auch dem Spiel von Licht und Schatten geschuldet sein. Nur ab und an, wenn Soldaten mit einer Laterne oder Fackel vorbeigingen, schien etwas Licht auf diesen Teil des Wegs. Ansonsten lag die Umgebung im Dunkeln.

„Kann ich ... kann ich etwas für Euch tun?", fragte Gram unsicher.

„Ich habe gehört, du suchst nach jemandem." Die Stimme des Fremden war freundlich, aber rau und belegt, so als sei er mit einer Erkältung erkrankt.

„Ja! Ja, ich suche meinen Bruder. Gerion. Kennst du ihn?" Oh, Herren der Tiefe, ich danke Euch, endlich eine Spur!

„Kennen? Hmmm", der Mann schien zu überlegen. „Ja, man könnte sagen, ich kenne ihn." Er hustete kurz, ein röchelnder Laut, der für Gram fast wie ein Lachen klang.

„Dann bring mich zu ihm. Ich kann dich bezahlen", sagte Gram und griff nach seiner Geldkatze, aber der Fremde hob abwehrend eine Hand, die er aus den Untiefen des Umhangs hervorholte.

„Nicht nötig. Unter ... Freunden ist Geld nicht nötig. Am Ende, wenn es um die wirklich wichtigen Dinge geht im Leben, sind Münzen eh nichts wert. Nicht wirklich."

Gram nickte, unsicher, wie er darauf antworten sollte. „Dann ...", doch der andere unterbrach ihn.

„Komm zur Hundswache, zur dritten Stunde nach der Mitternacht an den Waldrand, etwa eine Meile südwestlich der alten Kultstätte von As'Shan. Dort wo der Stamm einer alten Eiche gefallen ist und vor sich hin modert. Dann bringe ich dich zu deinem Bruder."

„Aber ..."

„Willst du deinen Bruder sehen? Dann komm", sagte der Fremde schlicht, drehte sich um und verschwand zwischen den Zelten. Gram blieb verwirrt zurück, hin- und hergerissen zwischen Hoffnung und Zweifel. Warum ein Treffen mitten in der Nacht? Warum außerhalb der Lager? Wer war der merkwürdige Mann?

Grübelnd ging Gram das letzte Stück zum Zelt. Durokk war nicht zugegen, der Zwerg hatte sich kaum blicken lassen, seit sie das Kriegslager erreicht hatten, aber Yri saß auf einem der Feldbetten. Ihr Gesichtsausdruck war noch zorniger als sonst.

„Was ist passiert?", fragte Gram vorsichtig. Er war immer noch unsicher, wie er mit der jungen Frau umgehen sollte. Manchmal schien sie etwas zu verbinden, eine Freundschaft vielleicht. Dann war sie im nächsten Moment wieder herablassend und verletzend.

„Diese Narren! Diese elenden Zeitverschwender. Als sei das alles hier nur ein Spiel!" Yri lachte bitter. Gram schaute sie fragend an.

„Was meinst du?"

„Na, diese Entscheidung. Die Frage, ob wir dem Willen der Elemente folgen sollen und das letzte Siegel brechen oder nicht. Sie haben eine gewaltige Waage aufgestellt, hast du gesehen? Eine Waage! Jeder soll eine

Kugel hineinwerfen und sich so entscheiden, für oder gegen den Bruch des letzten Siegels." Yri warf zornig die Arme in die Luft. „Was soll das?! Dies ist ein verdammter Krieg, keine Sitzung eines Magistrats! Es ist der Wunsch der Elemente, dass das letzte Siegel fällt und Mythodea wieder frei ist. Das wissen alle. Was soll dann noch diese Waage? Die Heerführer sollen die Truppen bereitmachen, und wir marschieren durch das Eherne Tor. Und jeder, der sich uns in den Weg stellt, wird niedergemacht."

Gram schwieg. Er hatte die Waage gesehen und auch von dem Aufruf gehört, dass man sich entscheiden solle. Der Heiler fand, dass das eine weise Methode war. Was half ein Heer, dessen Soldaten nicht überzeugt waren von dem, was sie tun sollten? Dinge zu befehlen, war das eine, aber die Armee der Siedler war in viel zu viele kleine und große Gruppen zerteilt, als dass ein schlichter Marschbefehl von allen befolgt werden würde. Aber das waren Dinge, die Yri nicht hören wollte, und deshalb behielt Gram sie für sich.

Er räusperte sich. „Warst du bei den Tivar Khar'Assil?", fragte er, um das Thema zu wechseln.

Yris Zorn verrauchte. Sie verschränkte die Arme vor der Brust und sah zu Boden. „Ja", sagte sie knapp.

„Haben sie dich abgelehnt?" Der Heiler konnte es nicht glauben.

„Nein."

„Ja, aber dann ..."

„Ich habe nicht bei ihnen vorgesprochen. Ich bin zu ihrem Lager gegangen, zu dem großen Zelt mit den roten, schwarzen und weißen Wimpeln, und bin davor stehen geblieben." Zum ersten Mal erlebte Gram, dass die junge Frau eine Schwäche zeigte. Sie schämte sich.

„Ich ... ich konnte einfach nicht weitergehen. Es war ... es war nicht der richtige Tag", sagte sie. „Es war ein Kommen und Gehen bei den Tivar Khar'Assil, viele Leute und Würdenträger. Sie hätten keine Zeit gehabt für eine neue Anwärterin."

„Ah, natürlich. Du hast sicher recht", sagte Gram in einem Tonfall, der das Gegenteil ausdrückte.

Eine Weile schwiegen beide.

„Wie ist es dir ergangen?", fragte Yri irgendwann, ohne aufzusehen. Gram seufzte.

„Der Tag war … nun ja, schrecklich ist wohl das richtige Wort. Einfach nur schrecklich. Aber vor Kurzem habe ich endlich eine Spur von meinem Bruder gefunden, und das könnte alles wettmachen, was ich hier habe sehen müssen." Dann erzählte er Yri von dem Fremden und der Verabredung in der Nacht.

Die Kriegerin schaute auf. Die Scham und Unsicherheit waren wieder aus ihrem Blick verschwunden. Stattdessen war eine steile Falte auf ihrer Stirn erschienen.

„Warum kann er dich nicht einfach so zu deinem Bruder bringen?"

Gram zuckte mit den Schultern.

„Gram – das gefällt mir nicht. Dieser Mann … da ist irgendetwas faul. Mitten in der Nacht, außerhalb der Lager."

„Ich weiß. Mein Verstand sagt mir dasselbe, Yri. Aber ich muss es trotzdem versuchen. Niemand sonst hat meinen Bruder gesehen. Es ist, als sei Gerion spurlos verschwunden. Dieser merkwürdige Fremde könnte meine einzige Chance sein."

Yri schnaubte und schüttelte den Kopf.

„Es ist Irrsinn. Aber wenn du unbedingt gehen willst, dann werde ich dich begleiten."

Gram überlegte kurz, ihr zu widersprechen, aber insgeheim musste er sich eingestehen, dass er froh war, wenn sie mitkam. Yri mochte eine Fanatikerin sein, aber wenn es gefährlich wurde, war es gut, sie bei sich zu haben.

Sie versuchten beide etwas zu schlafen, aber obwohl er unendlich müde war, konnte Gram keine Ruhe finden. Als die Glocke die zweite Stunde geschlagen hatte, weckte er Yri. Der Heiler wollte auf keinen Fall zu spät kommen, und sie mussten sich an den Wachtposten vorbeischleichen. Nach Anbruch der Nacht wurde jeder, der das Lager verließ, kontrolliert. Gram fragte sich, was die Soldaten wohl sagen würden, wenn er ihnen die Geschichte von der nächtlichen Verabredung am Waldrand erzählte? Er bezweifelte, dass sie ihn und Yri passieren lassen würden.

Am Ende war es einfacher, als sie beide gedacht hatten. Die Wachen richteten ihre Aufmerksamkeit vor allem nach außen und waren jetzt in den späten Stunden der Nacht, noch vor dem Morgengrauen, müde und abgelenkt. Es war nicht schwer, an ihnen vorbei nach draußen zu gelangen.

Der Waldrand schien Gram wie eine düstere Armee von Riesen, auf die er und Yri tollkühn zuhielten. Es war still. Die Geräusche des Heerlagers waren fast vollständig verklungen, und auch die Tiere der Nacht blieben stumm. Nach dem Schlachtenlärm des Tages, den Schreien der Verwundeten und Sterbenden, kam Gram der nächtliche Wald wie eine andere Welt vor.

„Dort, die Eiche.“ Yri deutete auf eine Bresche in der schwarzen Phalanx der Bäume. Sie flüsterte. Ohne sich abgesprochen zu haben, hatten beide angefangen, sich leise zu bewegen. Eine Anspannung lag in der Luft, die fast greifbar war. Tausend Augen schienen sie aus dem Wald heraus zu betrachten, als sie langsam näher gingen. Die Eiche hatte eine Wunde in den Leib der Erde gerissen, als sie gefallen war. Wurzeln ragten wie hilfesuchende Finger in die Luft. Der Geruch von Moder hing über allem.

„Und jetzt?“, flüsterte die Kriegerin. Gram sah, dass sie ihre Hand halb erhoben hatte, bereit, ihr Schwert aus der Rückenscheide zu ziehen.

„Ich weiß es nicht. Ich ...“

„Ich dachte, du würdest allein kommen, Gram“, erklang plötzlich eine Stimme aus der Dunkelheit. Hinter dem Stamm der Eiche trat der Mann hervor, der den Heiler vor einigen Stunden im Lager angesprochen hatte. Der Mann, der wusste, wo sein Bruder war.

„Sie ist eine Freundin“, sagte Gram. Mach jetzt nichts Dummes, Yri, flehte er stumm.

Beim Auftauchen des Mannes war Yris Hand sofort zu ihrem Schwert gezuckt. Sie stand in den Knien leicht gebeugt, bereit, vorzuspringen. Ihre Anspannung war offensichtlich, aber noch hielt sie sich zurück.

„Eine Freundin? So, so“, sagte der Fremde spöttisch. Er trug die gleiche Robe und Gugel wie am Abend, sodass er kaum mehr war als ein unförmiger Schatten vor dem dunklen Hintergrund der Bäume.

„Du hast gesagt, du weißt, wo mein Bruder ist. Also, ich bin hier. Sag es mir. Wo ist mein Bruder Gerion?“ Gram war ungeduldig und nervös. Etwas an dem Mann war ihm unheimlich.

„Warum willst du deinen Bruder finden, Gram der Grottenschrat?" Der Heiler zuckte zusammen, als er seinen alten Beinamen hörte.

„So werde ich schon lange nicht mehr genannt", knurrte er zwischen zusammengebissenen Zähnen hervor. Als der Fremde nicht darauf einging, zwang Gram sich, seinen Ärger herunterzuschlucken.

„Er ist mein Bruder", sagte der Buckelige schlicht. „Wir haben niemanden, nur einander. Unsere Eltern sind lange tot, und andere Familie haben wir nicht. Gerion und ich ... wir sind sehr verschieden. Aber wir sind Brüder. Ich kann ihn nicht hierlassen, wenn er in Gefahr ist."

Eine Weile war es still. Niemand sagte etwas. Dann seufzte der Mann im Schatten.

„Dein Bruder ist nicht in Gefahr, Gram. Tatsächlich ging es ihm nie besser als jetzt."

„Hör zu, wir wollen seinen Bruder sehen, also rede nicht lange um die Sache herum", fauchte Yri. „Wo ist er?"

Im Schatten der Kapuze tauchte eine helle Linie auf, als der Mann lächelte. „Oh, er ist hier."

Mit diesen Worten schlug er die Kapuze zurück. Das fahle Licht der Sterne beleuchtete eine Ruinenlandschaft. Pusteln und offene Wunden bedeckten Stirn und Wangen und gaben dem Kopf eine ungleiche Symmetrie. Das Haar war zum Großteil ausgefallen. Nur noch wenige, dünne Strähnen hingen vom fast kahlen Schädel herab. Als der Mann lächelte, sah man, dass seine Zähne zum Teil dunkel verfault waren.

Yri zischte wie eine verärgerte Katze und zog in einer fließenden Bewegung ihr Schwert. Mit zwei schnellen Schritten stellte sie sich zwischen den Fremden und Gram. Ihr Blick war fest auf die zu einer Klaue mutierte Hand des Mannes gerichtet, die unter dem Umhang aufgetaucht war.

„Dreckiger Verfemter", grollte die junge Frau. Ihre Klinge war auf die Brust des Feindes gerichtet. Hinter sich hörte Yri ein ersticktes Keuchen.

„Nein." Grams Stimme war leise, ein ungläubiges Flüstern. Das Lächeln des Verfemten wurde breiter.

„Ihr scheint beide überrascht zu sein", sagte er freundlich.

Yri spürte, wie Gram hinter ihr einen Schritt vortrat und dann noch einen. Der Heiler hatte seinen Dolch gezogen, hielt ihn aber kraftlos in der Hand, so als würde ihm die Waffe gleich entgleiten.

„Gram – zurück!“, knurrte sie, aber der Buckelige reagierte nicht. Er ging noch zwei Schritte, direkt auf den anderen Mann zu.

„Gerion“, hauchte Gram.

„So werde ich schon lange nicht mehr genannt“, sagte Siebenfinger. „Hallo, Bruder. Es ist schön, dass wir uns wiedersehen.“

„Was?“ entfuhr es Yri. Sie schaute verwirrt von Gram zu dem Verfemten und wieder zurück.

„Warum? Was ... was haben sie mit dir gemacht?“ Aus der Nähe konnte er den Gestank riechen, der von der Kreatur ausging, die einmal sein Bruder gewesen war.

„Sie haben mir eine neue Welt gezeigt, Gram. Eine Welt, in der wir Krankheit und Verfall nicht fürchten müssen. Eine Welt, in der es nicht um Schönheit geht, um goldenes Haar oder eine glatte Haut. Ich habe die Wahrheit erkannt, Bruder. Dieser Kontinent gehört nicht den Siedlern. Auch nicht den Elementen. Sie gehört der Zweiten Schöpfung. Sie gehört uns.“

Siebenfinger machte einen Schritt auf Gram zu, der reflexartig den Dolch hob. Auch Yri bewegte sich auf die beiden Brüder zu, die jetzt direkt voreinander standen.

„Mythodea ist jetzt meine Heimat, Bruder. Ich habe von der Weisheit der Alten Herrscher gekostet, und sie hat die Lügen zerstört, die auf meiner Seele lagen. Ich bin jetzt stärker als je zuvor. Und ich haben einen Platz, an den ich gehöre.“ Siebenfinger streckte seine unveränderte Hand aus. „Eine Heimat, Gram. Ein Ort, an dem du nicht mehr gegen Krankheit und Tod kämpfen musst. Ein Ort, an dem dich niemand auslacht, weil dein Rücken krumm gewachsen ist. Ein Ort für uns beide, Bruder.“

Bevor Gram antworten konnte, schob sich glänzender Stahl zwischen ihn und den Verfemten. Mit der Spitze ihres Schwertes drängte Yri Siebenfinger zurück.

„Niemand glaubt deine Lügen, du ekelhaftes Monster!“, fauchte die Kriegerin. „Ich werde dich richten und diese Welt von dir und deinesgleichen befreien.“

„Yri! Er ... er ist mein Bruder“, sagte Gram mit zitternder Stimme.

„Er ist ein Verfemter, Gram! Sieh ihn dir an. Das ist ein Monster! Er ist verloren und verdient keine Gnade!“

Die Menschen kennen keine Gnade, dachte Gram. Er erinnerte sich an den Zirkus, an Sara und ihren grausamen Vater, an die Menschen in den Dörfern und Städten, durch die er gereist war. An die vielen Männer und Frauen, die im Lazarett gestorben waren. Schließlich schaute er auf und sah in das von Krankheit und Pestilenz entstellte Gesicht.

„Er ist mein Bruder“, sagte Gram und lächelte traurig. Dann stieß er Yri seinen Dolch in die Kehle.

Die Menschen kennen keine Gnade.

***

... wurde die Leiche einer jungen Frau außerhalb der Lager am Waldrand entdeckt. Todesursache war eine Stichwunde am Hals. Da die Frau keinem Banner oder Siegel zugeordnet werden konnte, ist von Streitigkeiten unter den Gesetzlosen im Tross auszugehen. Die Fußspuren der beiden Mörder verloren sich im Wald. Eine ruhige Nacht am Ehernen Tor, alles in allem.
Aus dem Wachbuch des Erdlagers

***

Durokk saß in der Taverne und trank. Der krummbeinige Stuhl und der Tisch, an dem er Platz genommen hatte, waren schäbig, so wie alles andere in dem Schankraum, die Gäste eingeschlossen. Aber der Zwerg war nicht wegen der Gesellschaft hier. Er saß allein an seinem Tisch, ein wenig abseits der anderen und starrte geradeaus ins Leere. Von Zeit zu Zeit griff er nach einer bauchigen Flasche, füllte einen kleinen Zinnbecher und kippte ihn in einem Zug hinunter. Kurz darauf begann das Spiel von vorn.

Der Wirt hatte schon eine ganze Weile ein Auge auf den Zwerg und seinen privaten Feldzug gegen den hochprozentigen Inhalt der Flasche.

Sie gehörte zu dem gehobenen Gebrannten, wie der Wirt es nannte, und war nicht gerade billig. Mit jedem Becher, der in dem Schlund des Zwergs verschwand, wuchs die Unruhe des Mannes hinter dem Tresen, denn sein Gast hatte noch nicht bezahlt.

Irgendwann fasste sich der Wirt ein Herz. Langsam und vorsichtig näherte er sich dem Tisch des Zwergs, aber Durokk starrte einfach weiter geradeaus. Als der Mann nahe genug heran war, wollte er nach der Flasche greifen.

„Fass die Flasche an, und du verlierst deine Finger."

Durokk schaute den Wirt immer noch nicht an. Ohne Eile zog er mit der Linken ein Messer aus seinem Gürtel und legte es demonstrativ vor sich auf den Tisch. Die ausgestreckte Hand des Wirts hing wie versteinert in der Luft, ein Stückchen vom Flaschenhals entfernt.

„Ähm ...", der Mann räusperte sich. „Ich gehe davon aus, dass Ihr alles bezahlen könnt, Herr Zwerg?"

„Davon kannst du ausgehen, Mensch."

Erbost drehte sich der Wirt um und wollte gehen, aber die knarrende Stimme des Zwergs ließ ihn innehalten.

„Bring mir noch eine Flasche. Das Gleiche. Morgen muss ich die Tode eines Verwandten und einer Weggefährtin rächen. Und Rache ist durstige Arbeit."

Trugbilder

Von Jane Steinbrecher

Taal tauchte in Geschichten niemals auf. Wenn überhaupt ein Schreiber den Ort je erwähnte, dann der Vollständigkeit halber, um festzuhalten, dass das kleine Dorf im westlichen Teil des Kontinents Mythodea lag und dass es unerheblich für die Entwicklungen des Landes und seiner Völker war. Lange hatte Taal nicht einmal einen Namen besessen. Dann hatte es einfach nur Tal geheißen. Um Verwechslungen zu entgehen, hatten die Dorfbewohner irgendwann entschieden, dass ihre Hüttensammlung eine richtige Bezeichnung verdiente, nur war es mit ihrem Einfallsreichtum nicht weit her gewesen. Die einzige Errungenschaft der kleinen Senke in den Bergen war ein halb offenes Geheimnis. Angeblich lag in einer der Hütten ein Dolch von Aqua versteckt. Eine elementgesegnete Waffe, die zu großer Heilung und zu großem Schaden fähig sein sollte. Der als Wassersiegel bekannte Westen Mythodeas beherbergte viele weise Männer. Einer davon, hieß es, hatte einst diesen unwahrscheinlichen Ort als letzte Ruhestätte für sich und seine besondere Klinge gewählt. Aber dies ist nicht die Geschichte darüber, wie der Dolch nach Taal kam. Dies ist die Geschichte über etwas, das lange danach passierte ...

„Sara! Steh auf. Dein Vater will dich sprechen." Ein sanfter Fußtritt riss Sara aus Träumen von Stürmen an Waldrändern und Männern und Frauen mit weißen Schleiern.

„Was?" Sie erwachte blinzelnd, und aus der weiten Landschaft offener Zelte mit Windspielen an den Eingängen wurde ihr staubiges Lager im Requisitenzelt. Sie hatte sich zwischen zwei Kisten und mehreren

Kostümen auf einem Schaffell ausgestreckt. Ihre Seite schmerzte. Doch kein so sanfter Fußtritt.

„Du musst aufstehen. Sonst bekommen wir beide Ärger." Ihre Freundin Rabea sah vorwurfsvoll auf sie herab. Mit einem schläfrigen Blick betrachtet, hätte man sie fast für einen Knaben halten können. Rabeas schwarzes Haar war kurz. Die Spitzen fielen ihr ins Gesicht. Aber in ihren Augen leuchtete etwas ganz und gar Mädchenhaftes. Sie ließ auch keine Gelegenheit aus, den Burschen in der Umgebung klarzumachen, dass sie ein Mädchen war. Wenn sie nicht gerade Laufarbeit für Saras Vater erledigte, die meist darin bestand, die Tochter zu suchen und in seinem Namen herumzukommandieren, schlich sie um die Jungs herum, wo immer sie gerade auch Halt machten.

„So ist das Leben der wandernden Künstler", war Rabeas Art, ihre Umtriebigkeit zu entschuldigen. „Man muss das Beste daraus machen."

Sara und Rabea hatten unterschiedliche Ansichten davon, was das Beste war. Sie stritten schon lange nicht mehr über Lebensauffassungen. Früher hatten sie sich gezankt und geprügelt wie Schwestern. Irgendwann waren sie erwachsen geworden und hatten beschlossen, sich zusammenzutun und gemeinsam gegen die anderen zu verbünden.

Rabea war Teil ihrer Familie, seit Sara denken konnte. Die Familie. Das war nur ein Name, den sie sich selbst gaben. Sie bezeichneten damit den Haufen aus Gauklern, Akrobaten und Schauspielern, Künstlerpack, das durch die Reiche zog und so lange blieb, bis die Menschen das Interesse an ihnen verloren. Wie in einer wirklichen Familie waren sie alle ganz unterschiedlich und wären wahrscheinlich längst in sämtliche Himmelsrichtungen auseinandergedriftet, gäbe es nicht diese eine Achse, die sie alle aneinander kettete. Saras Vater, Direktor Rivaldin. Wenn sie wirklich eine Familie waren, dann war er der Patriarch. Und es gab wahrscheinlich keinen unter ihnen, der ihn nicht fürchtete.

„Er erwartet dich im großen Zelt." Ehe Rabea ging, drehte sie sich noch einmal um. „Lass ihn nicht warten. Aber kämm dir die Haare. Du siehst furchtbar aus."

„Vielen Dank", murmelte Sara, als sie allein war. Sie richtete sich mürrisch auf. Ihre Kindheitsfreundin war die Einzige, die ungestraft so mit ihr sprechen durfte. Sie war auch die Einzige, die solche Dinge sagte. Alle anderen behaupteten das Gegenteil. Sara war schlank und hochgewachsen, und die Leute wurden nie müde, ihr Bewunderung dafür auszusprechen. Viel des Lobes war aufgesetzt, nichtsdestotrotz war sie sich ihrer Schönheit früh bewusst geworden. Sie hatte es an den hungrigen Blicken der Männer gesehen, genauso wie an den übersättigten Blicken der Frauen. Gerade in diesem Moment jedoch hätte sie niemandes Erstaunen ausgelöst. Ihr Haar fiel konfus in alle Richtungen, und ihre Kleider waren zerknittert. Sie spürte außerdem einen Abdruck im Gesicht. Das war vielleicht eines ihrer vielgerühmten Talente, dachte sie ironisch, einerseits so unruhig zu schlafen, dass sie aussah, als sei sie durch den Sturm geritten, andererseits so fest aufzuliegen, dass sich die Tasche, die sie als Kissen benutzt hatte, in ihre Wange gebohrt hatte.

Sie nahm Rabeas Rat an, sich in Ordnung zu bringen, bevor sie ihren Vater aufsuchte. Zwar kämmte sie ihr Haar nur mit den Fingern und warf sich über die faltige Kleidung einen ärmellosen Mantel, der das Schlimmste verdeckte, als sie sich aber auf den Weg zum großen Zelt machte, sah sie deutlich besser aus. Zelte standen hier überall. Die Gaukler und Darsteller lebten darin. Sara hatte noch nie in einem Haus gewohnt und selten in einem geschlafen. Im Winter zogen sie dahin, wo es wärmer war, und in kalten Nächten entzündeten sie Feuer in den Kohten. Das Reisen und die Bewegung waren nicht, was sie an ihrem Leben beklagte. Von allen Elementen stand sie Aeris am nächsten. Und wie das schöne Element mit seinen eigensinnigen und jähen Winden war sie ungeduldig und ertrug keinen Stillstand. Wie das Wetter konnte ihre Laune von einem Moment auf den anderen wechseln. Sara geriet oft in Schwierigkeiten, weil sie jähzornig war und nicht jede Äußerung durchdachte, bevor sie sie aussprach. Aber bisher hatte sie noch jede Wette gegen ihr Schicksal gewonnen.

Das Zelt, in dem Direktor Rivaldin wartete, war niemandes Wohnort. Man sah es schon von Weitem in Gelb und Blau leuchten. Es brauchte viele Männer, um es auf- und abzubauen. In der Nähe des Manegezelts stand Rabea, versteckt hinter einem mit Fähnchen und Bändern geschmückten Wagen, und schäkerte mit einem Burschen aus der Stadt. Sie winkte Sara ermutigend zu, als sie an ihr vorbeiging.

Im Inneren des Zeltes verliefen Sitzreihen um eine runde Bühne. Hier spielten sie ihre Stücke. Hier traten die Artisten auf. Sara hasste diesen Platz. Rivaldin war nicht im Hauptraum. Stühle und Bühne lagen verlassen im stickigen Halbdunkel und verbreiteten die Nostalgie verklungenen Gelächters und schlafender Lichter. Sie fand ihren Vater in einer Nebenkammer, wo er mit ausgebreiteten Armen stand und ernst ins Leere starrte, während ein grauhaariges Mütterchen die Spanne zwischen seinen Handgelenken maß.

„Vater, du wolltest mich sehen?"

Rivaldin blinzelte. Er kehrte ins Hier und Jetzt zurück.

„Lass uns allein", schnarrte er. Das Mütterchen raffte ihr Maßband zusammen und schlich hinaus.

„Schon wieder neue Kleider?" Sara lächelte ihrem Vater zu. Er erwiderte diese Freundlichkeit nicht. Er stand immer noch da wie eine Statue, als habe er nicht bemerkt, dass er nicht mehr bemessen wurde.

„Wie andere uns sehen, so behandeln sie uns. Wie wir behandelt werden, so sind wir."

Sie unterdrückte den Drang, ihm zu widersprechen. Es war zu früh dafür.

„Bin ich wegen neuer Ausstattung hier?" Sie griff beiläufig nach dem Becher, der auf dem Pult rechts von ihr stand. Wein. Das Wasser ihres Vaters.

Der Direktor überwand seine Starre. Mit einem Schritt war er bei ihr und riss ihr den Becher aus der Hand.

„Carlos hat um deine Hand angehalten."

So war ihr Vater. Er vergeudete niemals Zeit damit, andere auf ein Thema vorzubereiten. Er erwartete uneingeschränkte Bereitschaft. Diesmal erwischte er sie kalt. „Was?" Hätte er Sara den Becher nicht weggenommen, sie hätte ihn fallen lassen. „Carlos, der Gewichtheber?"

„Er ist seit fünf Jahren bei uns. War nicht einen Tag krank. Hat selbst mit gebrochener Rippe gearbeitet. Seine Zuverlässigkeit hat mich überzeugt."

„Vater! Er ist zuverlässig, weil er zu *dumm* ist, um unzuverlässig zu sein!"

„Aber du bist nicht dumm. Du wirst es schon für dich zu nutzen wissen."

„Wirklich? *Damit* speist du mich ab?" Sara hatte keine Kontrolle darüber: Wenn sie aufgewühlt war, schrie sie, ohne es zu merken. Ihr Vater hingegen war wie Stein. Seine Härte machte sie noch wilder. Dass sie mit schlechten Neuigkeiten gerechnet hatte, verbesserte nichts.

„Du bist fast dreißig und immer noch unverheiratet", bemerkte Rivaldin trocken.

„Ich bin *fünfundzwanzig*!"

„Fünfundzwanzig", wiederholte der Direktor. Er trank den Wein, den er ihr entrissen hatte. „Und schreist herum, als seien die zwanzig ganz ohne Nutzen gewesen, und nur fünf hättest du dich entwickelt. Er ist ein guter Mann. Fleißig. Loyal. Du heiratest ihn, Sara."

„Du weißt doch gar nicht, was Loyalität bedeutet!" Für eine Sekunde erschrak Sara vor ihrer Wut. Sie hatte nicht brüllen wollen, erst recht nicht, da sie die Vorhaltungen ihres Vaters damit bekräftigte. Aber sein lächerliches Anliegen war so unvorstellbar weit hergeholt, ihre Hilflosigkeit so betäubend, dass sie nicht fassen konnte, dass er es ernst meinte. Jeder wusste, dass Direktor Rivaldin keinen Humor hatte. Er war überzeugt von seiner Idee, selbst wenn sie klang wie ein schlechter Witz. Sein Plan war gefasst. Unverrückbar wie ein Felsen, gegen den Saras Heulen nichts ausrichten konnte. Sie veranstaltete ein Unwetter im Zelt, räumte mit einer Armbewegung den Tisch ab und fegte dabei Becher, Bücher, Stoffmuster und eine Flasche zu Boden.

„Nein!", rief sie. Andere als ihr Vater wären von der Macht ihres Jähzorns beeindruckt gewesen.

„Ich habe dir gesagt, dass ich dir einen Mann suche, wenn du nicht daran denkst, es zu tun."

Er hingegen verweigerte seiner Tochter den Aufwind, auf den sie drängte. Kurz hatte seine Hand gezuckt. Jetzt richtete er sich damit den Kragen und zeigte, dass selbst ein Kleidungsstück, welches er zu ersetzen gedachte, ihn mehr interessierte als die Empörung seiner Tochter.

„Carlos' Anliegen kommt mir gelegen. Irgendwann bin ich nicht mehr. Du kannst diese Familie nicht weiterführen ohne einen starken Mann."

Fast hätte sie ihm ins Gesicht geschlagen. Alles an ihr schrie danach, und er hatte es verdient. Aber sie konnte es nicht tun. Wie alle hier war auch sie von dem Fluch betroffen, ihren Vater zu fürchten. Sie kannte seine Methoden. Sie wusste, dass sie ihn nicht schlagen konnte, weil er immer derjenige sein würde, der weniger Skrupel hatte, seine Ziele durchzusetzen. Das gemächliche Zucken seiner Oberlippe widerte sie genauso an wie ihre eigene Machtlosigkeit ihm gegenüber.

„Was ist mit *meinen* Anliegen? Mit dem, was ich will?"

Rivaldin musterte das Chaos auf dem Boden.

„Diese Theatralik hast du von deiner Mutter", stellte er fest. „Möge ihre Seele im Kreislauf Ruhe finden." Damit mochte er recht haben. Sie hatte das dunkle Mahagonihaar und die kräftigen, braunen Augen ihrer Mutter, außerdem dasselbe Temperament. Es war die Art von Temperament, die einen öfter in Schwierigkeiten brachte, als sie einen herausholte. Sara wagte zu behaupten, dass es das kleinere Übel war. Rivaldin ähnelte sie kaum. Er hatte ihr seine hohe, elegante Statur und die spitzen Gesichtszüge vererbt, aber nicht seine kleinen, schroffen Augen und nichts von seinem Charakter.

„Hör auf, so zu sprechen, als sei sie tot", zischte Sara.

„Vielleicht ist sie es?"

„Sie hat dich verlassen! Sie war die Klügste von uns, deinem Kontrollzwang zu entfliehen. Du bist süchtig danach, andere zu beherrschen!"

Rivaldin murmelte etwas, was Sara das Gefühl vermittelte, belanglos zu sein, ohne dass sie seine Worte verstehen musste. Ihr Herz war in Bewegung geraten. Sie musste hier weg. Ohne frische Luft und Auslauf tat sie sonst etwas, das sie bereute. Vielleicht war es schon zu spät.

„Ich bin wie sie? Dann sollte ich dich auch verlassen! Und das werde ich."

Während seine Tochter sich bemühte, ihn zu verletzen, bückte sich Rivaldin seelenruhig nach Wein und Becher. Der Boden war weich. Nichts war zu Bruch gegangen.

„Du wirst wieder einen deiner erbärmlichen Versuche machen, wegzulaufen, und heimkommen, sobald du Hunger hast." Gleichgültig und berechnend goss er sich ein. Er wusste, dass sie nirgends hin konnte. „Erspar uns diese Peinlichkeit. Beruhige dich. Und ruf die Schneiderin wieder rein."

Er behandelte Sara wie einen einbeinigen Hund, der versucht hatte, an ihm hochzuspringen und nach seiner Kehle zu schnappen, aber nicht einmal bis zu seinem Knie gekommen war. „Und bring gefälligst dein Haar in Ordnung. Heute Abend spielst du die Siobhán."

„Dann trage ich doch sowieso eine Krone", murmelte Sara abfällig und rauschte hinaus.

Sie war es so leid, Nyamen und andere große Frauen zu verkörpern; Frauen, die sie bewunderte, um dann wieder zu der rastlosen Gestalt zu werden, die sie war, sobald sie von der Bühne stieg. Als sie ihr Abbild in der Spiegelkommode in ihrem Zelt sah, musste sie sich eingestehen, dass eine Bürste ihr nicht geschadet hätte. Ihr Haar fiel ihr bis zum Gürtel und war so aufgewühlt, wie sie sich fühlte.

„Sara?" Die Zeltwand bewegte sich zur Seite. Rabea schlüpfte herein. Natürlich. Die dünnen Planen waren nicht dafür gemacht, Stimmen aufzuhalten. Sie und ihr Gespiele mussten die kleine Schmierenkomödie zwischen Sara und ihrem Vater mitbekommen haben.

„Was willst du?" Manchmal fiel es Sara schwer, ihren Zorn auf die zu beschränken, die ihn verdient hatten.

Rabea spähte über die Schulter zum offenen Zelt hinaus.

„Ich war neugierig", gestand sie. „Erst hab ich nichts verstanden. Aber dann hast du angefangen, herumzuschreien." Das schwarzhaarige Mädchen sah ihr frech ins Gesicht. Sie wusste, dass Unverschämtheit eine gute Methode war, Sara darauf hinzuweisen, wenn sie sich dumm verhielt. Sara sank gebeugt auf ihr Lager. Nach einer Sekunde hob sie den Kopf.

„Ich verschwinde von hier." Sie klang nicht so entschlossen, wie sie gehofft hatte.

Sie legte sich bereits Rechtfertigungen zurecht, doch Rabea sagte: „Ich weiß. Komm aber nicht wieder nach einem Tag zurück. Er wird dich verheiraten. Vielleicht nicht heute. Vielleicht nicht morgen. Aber noch bevor das Eherne Tor eingenommen ist, darauf wette ich mit dir."

Das Eherne Tor ... Sara hatte sich Geschichten von den Kämpfen erzählen lassen, die dort tobten. Armeen, die aufeinanderprallten, Siedler des Kontinents und Abenteurer, die sich Ruhm oder Reichtum versprachen; auf der anderen Seite der Schlachtreihe verfemte Kreaturen und Ungeheuer, die gegen die Elemente standen, aus denen diese Welt geschaffen war. Es war ein Krieg in der Ferne, Gefechte von einem ganz anderen Ausmaß als jenen, die Sara in sich auszutragen hatte.

„Mir ist nicht nach Wetten“, murrte Sara.

„Dann stimmt wirklich etwas nicht mit dir. Hör mal, ich hab Freunde, die sich hier auskennen.“ Rabea strich ihr über den Kopf. „Heute kommst du nicht mehr weit. Ich finde für dich einen guten Ort für die Nacht. Ich hab noch etwas Geld ...“

Der Abend kam, die Vorstellungen begannen. Sara spielte die Rolle der weisen Herrscherin des westlichen Mythodeas, als hätte es nie einen Streit gegeben. Spät, als alles schlief, schlich sie mit gepackter Tasche davon. Nur aus dem Nachtlager ihrer Freundin drang Geflüster und Kichern. Sara blieb stehen. Sie hatte Rabea zwei Handvoll Kupfer und eine erhebliche Menge guten Zuspruches zu verdanken.

„Rabea“, wisperte sie. „Ich gehe. Danke.“

Finger schoben sich durch die Zelttür. Das schwarzhaarige Mädchen kam schnell und leise, um sie zu umarmen. Einen Moment lang erhaschte Sara einen Blick auf das Gesicht des jungen Mannes im Inneren.

„Hoffentlich verrät *er* mich nicht“, war der Gedanke, mit dem sie in die Nacht schlüpfte.

Der Mond leuchtete ihr den Weg zur nächstgrößeren Straße, der sie folgte, bis am Wegesrand die Häuser des übernächsten Ortes auftauchten und schließlich, etwas außerhalb, die Taverne, die sie suchte. Auf das Schild oberhalb der Tür war ein überlaufender Bierkrug gemalt. Darunter stand: *Zum schäumenden Quell*. Einer von Rabeas Freunden hatte behauptet, dass es hier günstige Zimmer und zuverlässige, verschwiegene Wirtsleute gab. Der Schankraum war voller Menschen und Stimmen. Sara hatte Glück, einen Platz an einem kleinen Tisch zu bekommen. Sie bestellte Bier und beobachtete das bunte Treiben. Obwohl sie mit den Schauspielern und Zirkuskünstlern ihres Vaters immer auf Reisen war, hatte sie erst wenige Gasthäuser bei Nacht gesehen. Ein wenig erinnerte es sie an den Zauber einer Manege. Viele der Gäste kamen ihr vor wie Gaukler, und es schien innerhalb dieser Räume keine Zeit zu geben. Eigentlich mochte Sara den Geschmack von Bier nicht, aber das Schild über der Tür hatte ihr den Eindruck vermittelt, dass ein schäumender Humpen zur Erfahrung des Hauses gehörte. Sie ließ sich sogar einen zweiten bringen. Die beschwingte Stimmung steckte sie an, sie fühlte sich frei und aufrührerisch und glaubte, sie könne hier und heute alles erreichen. Aber sie musste lernen, dass die Zeit keineswegs abwesend war, und je mehr davon verging, je später es wurde, desto blasser wurde die Illusion. Im Zirkus verlor sich der Zauber des Ortes niemals ganz und ließ erst nach, wenn die Lichter erloschen und die Musik verklungen war. In der Taverne gingen die Leute nach Hause und nahmen die Stimmung mit oder wurden zusehends betrunkener, bis nur noch diejenigen blieben, die unkoordiniert und grob aussahen, und die, die lauernd über ihren Krügen brüteten, als warteten sie auf eine günstige Gelegenheit. Saras Überschwang war erschlafft. Mit jeder Minute fühlte sie sich unwohler. Es war kaum noch eine Frau außer ihr im Raum. Jeder schien sie anzusehen. Mancher auf eine Art, die ihr überhaupt nicht gefiel. Was hatte sie sich gedacht? Ihre Reisekleidung war unpraktisch, sie bestand aus einem Rock, einer Bluse und einem Mantel, und sie hatte nur ein kleines Messer im Gepäck, für das die meisten der düsteren Kerle hier sie ausgelacht hätten. Es war ein Geschenk von Gram gewesen, eigentlich dafür gemacht, Verletzte aufzuschneiden und an ihnen herum zu operieren. Gram hatte es ihr als Abschiedsgeschenk übergeben, bevor er die Familie verlassen hatte. Ihm war die Flucht gelungen. Das Leben bei den Gauklern war hart, und für ihn musste es unerträglich gewesen sein. Saras Vater hatte ihn behandelt wie ein Tier. Wegen seines Bukkels hatten sie ihn ausgestellt und verhöhnt – „Gram Grottenschrat! Der grausige Grottenschrat – eine Bestie in Menschengestalt!“ –, bis er es irgendwann nicht mehr ertragen hatte. Er hatte es geschafft, später auch sein Zwillingsbruder. Die ungleichen Zwillinge. Gram missgestaltet, mit einem goldenen Herz, sein Bruder gesund und der erste Junge, in den Sara verliebt gewesen war. Der Tag, an dem auch er dem Zirkus den Rücken gekehrt hatte, war der Tag gewesen, an dem sie begonnen hatte, sich ihr Leben in Freiheit auszumalen. Sie fragte sich, wo die beiden sein mochten und was aus ihnen geworden war. Und sie wünschte sich ihren Mut, denn keiner von beiden war je zum Zirkus zurückgekehrt. Sie hingegen zweifelte mit jeder Sekunde mehr an ihrem Vorhaben. Es weckte ihren wilden Widerwillen, sich vorzustellen, zurück zu ihrem Vater und wieder auf die Bühne zu gehen, wo jede Eskapade nichts weiter war als eine Inszenierung. Sie wollte echte Abenteuer. Obwohl sie Angst hatte.

Aeris ist dein Element, sagte sie sich still. *Du musst kühn sein.*

Als sie sich aber herausfordernd im Schankraum umsah, sah sie an mehreren Tischen Männer, die sie mit ihren Blicken entkleideten. Und zuallererst streiften sie ihr den Umhang aus Trotz und Entschlossenheit ab, den sie ihren Gedanken übergeworfen hatte. Sie wurde von Ekel übermannt. Wer immer Rabea gesagt hatte, es sei hier sicher, konnte keinen Gedanken daran vergeudet haben, wie es war, eine Frau zu sein.

Sara ließ ihr Bier stehen, drängte sich zwischen den Tischen durch und eilte hinaus. Diesmal vermied sie Blickkontakt. Trotzdem fühlte sie die Begaffung der Kerle um sich, wie Hände, die nach ihr griffen. Draußen fiel sie gegen die Wand neben der Tür, ließ ihre Tasche auf den Boden fallen und raufte sich das Haar. Was tat sie hier bloß? Wo sollte sie hin? Sie konnte nicht, wie sonst, einfach zurück zu den bunten Zelten. Aber *wohin*? Wenn ihr Vater morgen früh feststellte, dass sie fehlte, würde er nach ihr suchen lassen. Sie brauchte Vorsprung. Ihre verzweifelte Aufmerksamkeit fiel auf das Stallgebäude gegenüber der Taverne. Kurz rang sie mit sich selbst. Dann hob sie die Tasche auf und überquerte den Platz. Im Schmutz neben einer Bank vor dem Außengatter standen zwei herrenlose Öllampen. Sara zündete eine davon an. Ehe sie die zweite nehmen konnte, öffnete sich die Tür zur Taverne und jemand trat nach draußen. Sie huschte in den Stall. Es roch nach Heu und Pferden. Die Tiere gaben leise Lebenszeichen von sich, als Licht und Geräusche sie aufweckten. Sara leuchtete über sie hinweg, um zu erkennen, welches von ihnen am zutraulichsten war. Sie wusste immer noch nicht, wohin. Aber egal wo, mit einem Pferd kam sie schneller dort an. Ein dunkelbrauner Wallach in einem der hinteren Stände beobachtete sie. Saras Zögern war nur kurz, dann streckte sie die Hand zittrig in die

Richtung des Tieres. Mitten in der Bewegung fuhr sie erschrocken zusammen. Es knallte hinter ihr. Jemand war in den Stall gekommen. Sie riss die Lampe neben ihr Gesicht. Schockiert starrte sie in die Schatten auf der anderen Seite des Stallhauses. Die Tür war angelehnt und davor stand, in der Mitte des Ganges, eine riesige Figur. Der Mann war weniger groß als breit. Er hatte Arme wie junge Bäume.

„Ich wollte nicht …“, begann sie, vor lauter Schreck in die unwahrscheinliche Annahme verfallend, dass der Fremde ihr Vorhaben erkannt hatte und ihr vielleicht sogar deswegen hinterher gekommen war.

Er kam näher. Ein graugelber Bart und hervorquellende, wässrige Augen. Er war einer der Gaffer aus dem Schankraum.

Elemente, bitte lasst das nicht sein Pferd sein, flehte sie stumm.

„Was machst du hier?“ Obwohl der Hüne noch gut zwei Klafter entfernt stand, fühlte sich Sara von ihm bedrängt.

„Ich muss weiter“, behauptete sie und tat, als sei das Pferd, bei dem sie stand, ihr eigenes. Die Augen des Fremden krochen langsam über ihren Körper.

„Noch nicht“, sagte er. „Du hast hier noch ein Geschäft.“

„Ein Geschäft?“ Sie hielt inne und verfluchte sich dafür, kein besseres Messer als Grams armseliges Skalpell bei sich zu haben. Und selbst das war irgendwo in ihrem Bündel. „Ich habe hier keine Geschäfte.“

„Jetzt schon.“

„Wovon redest du?“ Sara versuchte, die Beklemmung, die sie beschlich, von sich zu stoßen, indem sie sich schroff verhielt.

„Komm schon.“ Der riesige Mann kam abermals näher. Er wankte. Als er grunzend das Gesicht verzog, sah Sara zwischen seinem Bart seine feuchte Unterlippe aufblitzen. „Ich weiß, was du bist. Du brauchst dich vor mir nicht zu verstellen.“

„Fass mich ja nicht an. Verschwinde!“ Sara ließ ihre Tasche von der Schulter rutschen, in der naiven Hoffnung, irgendwie an das Messer darin zu kommen. Sie musste sie unauffällig öffnen, ohne den Blickkontakt zu dem Betrunkenen zu trennen. Er war jetzt nahe genug, damit ihr sein Mischgestank aus Bier und Schweiß in die Nase stach. Der Knoten ihrer Tasche war zu fest. Es gelang ihr nicht, sie blind zu öffnen.

„Kein Grund, ruppig zu werden", raunte der Kerl. Es klang nicht nach einer Beruhigung, sondern nach einer Drohung. Er sperrte Sara den Weg ab und packte sie. „Ich bezahle."

„Lass mich los, du Hausschwein!" Sara ließ ihre Tasche zu Boden fallen, als sie mit der Lampe nach ihrem Angreifer schlug, doch sie hatte keine Reichweite und geriet fluchend nur fester in seinen Griff. Das Licht schaukelte. Schatten blitzten durch den Stall, sie wand sich, und der Betrunkene umschlang sie noch gröber. Hinter ihm bewegte sich etwas.

Sara sah einen spitzen Gegenstand aufblitzen. Etwas Helles, das sich unterhalb des Ohres ihres Angreifers in dessen Hals bohrte und wieder davonschoss. Der Griff um sie ließ nach. Sie stolperte rückwärts, dabei verlor sie die Lampe. Das Licht flackerte, landete und erlosch. Plötzlich waren nur noch Schemen zu sehen. Der betrunkene Hüne keuchte. Jemand gab ihm einen Tritt, zumindest klang es so. Sofort danach schlug etwas auf dem Boden auf. Blind drängte Sara zurück, bis sie das Ende des Stalls im Rücken spürte. Jemand war hier. Da waren Geräusche ganz in ihrer Nähe. Es zischte. Das Licht ging wieder an. Auf dem Boden lag der Betrunkene der Länge nach mit dem Gesicht im Stroh. Sara sah Blut aus seinem Hals laufen. Mit offenem Mund schaute sie zu der schlanken Gestalt, die die Lampe aufgehoben und entzündet hatte und sie nun auf Höhe ihres Gesichtes hob, um sich zu erkennen zu geben. Ihr Herz schlug wild. Sie kannte den Meuchler. Noch vor wenigen Stunden hatte sie einen zufälligen Blick in dieses Gesicht erhascht. Es war der junge Mann, mit dem Rabea die letzten Tage über geschäkert hatte. Der Mann, der mit ihr am Wagen vor dem Manegezelt herumgelungert hatte. Er war ruhig wie ein Raubtier, stellte die Lampe auf das Geländer eines leeren Standes und wischte seinen Dolch ab. Zum ersten Mal fiel ihr auf, dass unter seiner Kapuze zwischen blonden Haarsträhnen spitze Ohren hervorlugten. Er war ein Elf.

„Was ..." Sie war zu verwirrt, um zu sprechen.

„Du musst vorsichtiger sein", erwiderte die schlanke Kapuzengestalt, während sie ihr Messer wegsteckte. „Allein in dunklen Ecken, nachts – das war eigentlich noch nie eine gute Idee, oder?"

Sara musterte den Elfen misstrauisch. Als er auf sie zutrat, wich sie zurück, doch er beugte sich nur nach ihrer Tasche und reichte sie ihr.

„Wer bist du?“ Sie drückte die Tasche an sich. Dabei schlich sie zur Lampe, nahm sie und hielt sie so, dass er sie nicht mit einer Geste in den Schatten überraschen konnte.

Er lächelte seltsam einnehmend. „Was spielt das für eine Rolle? Hauptsache ich bin nicht *er*.“ Sein Fuß stieß lieblos gegen den Körper auf dem Boden.

„Warum hast du mich gerettet?“

„Gern geschehen.“

„Ich meine es ernst.“ Die Tatsache, dass der Elf ihr gerade aus einer misslichen Lage geholfen hatte, machte ihn nicht unbedingt zum Freund. „Warum bist du mir nachgeschlichen?“

Ihr Gegenüber erwiderte die skeptische Beobachtung. Er schien keinen Anstoß an ihrem schroffen Ton zu nehmen.

„Eigentlich bin ich *ihm* nachgeschlichen. Ich dachte mir schon, dass er nichts Gutes im Schilde führt. Apropos. Er sagte etwas von Bezahlen, oder?“

Voller Abneigung sah Sara mit an, wie der Meuchler neben seinem Opfer in die Hocke sank und begann, dessen Taschen zu plündern. Manches warf er einfach weg. Die Münzen strich er ein. Dabei redete er leise vor sich hin.

„Zum einen bin ich ein guter Kerl. Zum anderen könnte es sein, dass jemand mich gebeten hat, ein Auge auf dich zu haben.“

„Rabea ...“

„Namen sind Schall und Rauch.“

Sara verfolgte jede Handbewegung des Plünderers. Er war abschrekkend. Gleichzeitig musste sie sich eingestehen, dass sie selten oder nie solch faszinierende Leichtigkeit inmitten einer Situation wie dieser gesehen hatte. Er hatte einen Mann ermordet, trotzdem war er nicht aus der Ruhe zu bringen. Hundert Fragen schossen ihr durch den Kopf. Doch sie wollte nicht bleiben, um sich auch nur eine einzige davon zu beantworten.

„Dann ... danke ...“ Stattdessen wandte sie sich zu dem Pferd, das sie von vornherein hatte mitnehmen wollen. Es war ein wenig unruhig geworden. Wahrscheinlich roch es das Blut.

„Was denkst du, dass du da tust?“ Der Elf richtete sich auf.

„Ich hab nicht vor, noch hier zu stehen, wenn jemand reinkommt und … da liegt ein Toter auf dem Boden!“

Die Kapuze rutschte dem Elf tiefer ins Gesicht, als er den Kopf senkte, wie wenn ihm die Leiche zu seinen Füßen gerade erst aufgefallen wäre. Sara konnte die Pferde gut verstehen. Den Anblick konnte sie im Halbdunkel gerade so übergehen, aber von dem Geruch, der von dem Toten ausging, wurde ihr speiübel.

„Ich habe dich gerettet.“ Der Kapuzenträger trat neben sie. Sie versteifte sich, doch anstatt sie zu berühren, verstaute er einen Ring, den er der Leiche abgenommen hatte, und streckte anschließend seine Finger in Richtung des Wallachs, der sich sofort beruhigte. „Und zum Dank willst du mir mein Pferd stehlen?“

„Oh – das ist … Ich dachte …“

„Findest du nicht auch irgendwie, dass du mir was schuldig bist?“

„Wie bitte?“

„Findest du nicht auch irgendwie, dass du mir was schuldig bist?“

Der Elf war schön. Aber für einen Elfen war er gleichzeitig räudig. Seine Kleider waren abgetragen, außerdem trug er sein Hemd auf links gedreht. Ein verschlagener Glanz blitzte ab und zu hinter seinen Augen auf, wie die Klinge, mit der er Saras Angreifer niedergestochen hatte.

„Ich habe nichts“, stellte sie fest. Er lächelte über ihr erschrockenes Gesicht.

„Mach dir keine Sorgen. Du steckst nicht in Schwierigkeiten.“ Das war eine klare Lüge, selbst wenn Sara der Stimme des jungen Mannes gern glauben wollte. „Ich bin weder dein Feind noch will ich dir schaden. Aber ich habe dir geholfen, und es ist nur gerecht, wenn du mir einen Gefallen zurückzahlst. So wie ich das sehe, weißt du sowieso nicht, wohin du gehen sollst.“

„Was für einen Gefallen?“

„Ich sehe schon, dir fällt es schwer, anderen zu vertrauen, wie?“

„Wirklich witzig. Dort auf dem Boden liegt ein toter Mensch!“

Wieder sah der Elf hin, diesmal ohne Überraschung vorzuspielen.

„Richtig“, sagte er. „Darum schlage ich vor, wir führen unser Gespräch woanders fort.“

Er brachte sie zurück in die Taverne, die er den sichersten Ort nannte.

„Einfach wieder zurückzugehen, nachdem du einen Mord begangen hast, ist vielleicht nicht die beste Idee“, wandte Sara ein.

Der Elf drehte sich ihr zu. Ein paar Schritte ging er rückwärts.

„Warum nicht? Nach einem Mord ist nichts auffälliger als eine Flucht.“

Allerdings stellte Sara fest, dass er nicht in den Schrankraum ging, sondern ein Zimmer in den oberen Stockwerken aufsuchte.

„Du hast ein Zimmer?“

„Ich habe ein Zimmer. Unten kann ich mit dir nicht ungestört reden. Alle gaffen dich an.“

„Schön, dass es dir aufgefallen ist.“

Sara war alles andere als wohl dabei, mitzugehen. Der Schreck saß ihr in den Knochen. Andererseits hatte sie keine Alternative. Er hatte außerdem nicht den Eindruck gemacht, sich für sie zu interessieren, zumindest nicht auf die Weise, die es gefährlich machte, ihm aufs Zimmer zu folgen. Dabei war es bestimmt gefährlich. Sie war zu verstört und durcheinander, um an einen weniger riskanten Ort zu denken.

„Wenn du mich anfasst, hacke ich dir die Hand ab“, drohte sie ihrem Begleiter, als er sie zu den Kammern führte. Er betrachtete sie von oben bis unten. Eine seiner Brauen zuckte.

„Wirklich? Womit denn?“

Sie kam nicht in die Verlegenheit, antworten zu müssen, denn er blieb abrupt vor einer Tür stehen, gegen die er zweimal schlug. Ohne auf eine Reaktion von der anderen Seite zu warten, schubste er die Tür auf und trat ein. Dann vollführte er eine galante Einladungsgeste, die zu seiner Aufmachung nicht passte. Sara hielt inne. Sie waren nicht allein im Raum. Ein dunkelhaariger Mann in simpler Reisekleidung kniete auf dem Boden und drehte sich um, als der Elf hinter Sara die Tür schloss. Sein Haar lockte sich ihm in dicken Strähnen ins Gesicht. Er hatte grüne oder graue Augen, es war schwer zu sagen, ohne ihm zu nahe zu kommen, jedenfalls strahlten sie lebhaft und erinnerten Sara an die Farbe eines Gebirgsbaches. Er war höchstens ein paar Jahre älter als sie. Anscheinend war er gerade damit beschäftigt, seine Ausrüstung, die überall um ihn verteilt lag, zusammenzusuchen. Sara fielen seine

Hände auf. Kräftige Hände. Bestimmt daran gewöhnt, entweder ein Werkzeug oder ein Schwert zu halten. Vielleicht lag es weniger an den Händen als an seiner Haltung. Die meisten Leute liefen mit laschen Schultern, heraushängendem Bauch oder eingezogenem Nacken herum. Dieser hier hatte den Wuchs eines Athleten und die Positur eines Kämpfers. Seiner Hauttönung nach verbrachte er viel Zeit im Freien.

„Das ist Ares." Der Elf schob sich an Sara vorbei ins Zimmer. Er griff einen Rucksack, der auf dem linken von zwei Betten lag, und warf ihn sich über.

„Ares, darf ich vorstellen? Sara. Du bekommst mein Bett. Ich habe noch ein paar Dinge zu erledigen."

Ares begann sofort, Sara zu mustern. Da er die Hälfte seiner Sachen auf das rechte Bett geworfen hatte, ging sie davon aus, dass der Elf sie gemeint hatte. Sie schnitt dem Zimmer eine Grimasse.

„Ich soll hier schlafen? Ich will hier nicht schlafen!"

„Danke", sprach Ares sie an, ohne sein Werken zu unterbrechen. „Freut mich auch, dich kennenzulernen."

So wie er aussah, war er es gewohnt, dass die Frauen ihn mochten.

„Was ist das hier?" Sara wandte sich aufgebracht an den Elfen. „Ich habe nicht vor, hier zu übernachten!"

„Doch", erwiderte dieser gelassen. „Hast du."

Wieder musterte Ares sie. „Sperling, bist du sicher, dass sie die Richtige ist?" Er gab sich keine Mühe, seine Skepsis zu verhehlen.

„Die Richtige wofür? Worum geht es hier überhaupt?"

Dieser Blick – einerseits war Sara besorgt um sich selbst. Gleichzeitig fand sie etwas in Ares' Augen, das sie aufwiegelte, ohne dass sie sagen konnte, woran es lag.

Die Art und Weise, wie er sie infrage stellte, war nicht schlechter als eine offene Herausforderung.

„Das wird er dir erklären", bestimmte der Elf. Er griff eine größere Tasche vom Fußende seines Bettes. „Ich hab noch zu tun."

„Warte mal – was?"

Der Elf warf seine Kapuze ab. Sein Haar war lose genug zusammengebunden, um offen auszusehen. Aus irgendeinem Taschenfach zog er einen kleinen Süßholzast, den er zwischen seine Backenzähne klemmte.

„Hör mal." Er wollte seine Hand auf Saras Schulter legen, doch sie wich ihm aus. Daraufhin betrachtete er sie irritiert und belustigt. „Ich hab dir geholfen. Du hilfst uns. Dann, weil wir nette Leute sind, helfen wir noch mal dir. Eine einfache Rechnung zu deinen Gunsten. Aber sie geht nur auf, wenn ich mich jetzt um ein paar Dinge kümmere. Ares bleibt bei dir. Er wird dir alles erklären. Du hast nichts zu befürchten. Oder willst du zurück zu deiner Familie und den Rest deines Lebens eine Rolle spielen?"

Die Situation, die Beurteilung beider Männer; es war unausstehlich nachteilig für sie, ganz gleich, wie oft dieser Sperling ihr etwas anderes erzählte. Vollkommen unnötig erläuterte er: „Die der Ehefrau, meine ich."

„Die Verfemten sollen dich kriegen", fluchte Sara. „Dafür, dass du fremde Menschen belauschst."

„Es ist nicht meine Schuld." Der Elf tippte sich auf die Spitzen, die aus seinen blonden Haarsträhnen lugten. „Ich habe gute Ohren."

Der Dunkelhaarige hatte aufgehört zu packen.

„Ich erkläre dir alles", versprach er. „Und ich werde dich nicht anrühren. Also entspann dich und ruh dich aus. Der morgige Tag beginnt fast noch bei Nacht."

„Wir sehen uns wieder", versprach der Sperling. Wahrscheinlich erwartete er, dass Sara sich darüber freute. „Bis dahin halt dich an Ares. Er ist deine beste Option."

Mit diesen Worten ließ er sie zurück.

Ares nahm breitbeinig auf seinem Bett Platz. Die Hände ließ er über die Knie hängen. Sara unterdrückte den Impuls, dem Elfen hinterher zu laufen oder orientierungslos in irgendeine Richtung zu fliehen. Sie wollte wenigstens wissen, was das für ein Gefallen war, für den dieser Ares sie offenbar als ungeeignet erachtete. Vielleicht hatte der Sperling recht und er war ihre beste Option. Mit ihm kam sie wenigstens ein Stück weit weg. Sie konnte diesen geheimnisvollen Sonderlingen immer noch den Rücken kehren, wenn sie mehr Meilen zwischen sich und ihren Vater gebracht hatte. Ihr fiel auf, dass Ares unentschlossen dreinblickte. Sobald sie ihn dabei ertappte, quälte er sich zu einem Lächeln.

„Er heißt wirklich Sperling?“, fragte sie. Es war taktisch klüger, erst über unverbindliche Dinge zu reden.

„Kommt drauf an, was mit *wirklich* gemeint ist, schätze ich“, antwortete Ares. „Er hört auf den Namen.“

„Er ist ja auch ein komischer Vogel.“ Sara fing den Blick des anderen auf. Ihr wurde klar, dass sie nicht denselben Humor hatten.

Ares stand auf. Mit gestreckter Hand kam er auf Sara zu. Sie verstand, dass er ihre Tasche wollte, und versteifte sich. Er wölbte die Brauen und durchbohrte sie mit seinen nüchternen Augen, die aus der Nähe mehr grau als grün waren. Daraufhin gab sie ihm das Bündel. Er wog es in der Hand, ehe er es auf das Bett warf, das der Sperling Sara überlassen hatte.

„Und Sara soll wohl ein besserer Name sein?“

„Was hast du an meinem Namen auszusetzen?“

„Es ist ein netter Name. Aber kein künstlerischer.“

„Künstlerisch?“

„Es klingt wie eine Bäuerin. Die nette Sara mit der weißen Haube.“ Ares fuhr mit der Hand durch die Luft, in die er irgendein unsichtbares Szenario malte. „Leute, die im Zirkus arbeiten und herumreisen, sollten klangvolle Namen haben. Sie sollten Harlekin, Chapeau oder Touché heißen.“

„Niemand heißt so“, widersprach sie missbilligend.

Er lächelte müde. „Vielleicht ruhst du dich besser aus“, schlug er vor.

„Vielleicht sagst du mir erst mal, worauf ich mich hier eingelassen habe!“

„Morgen.“ Ares ließ sich wieder aufs Bett fallen.

„Heute.“ Das Ungestüm, mit dem Sara ihm nachsetzte, und wie sie sich ohne nachzudenken vor ihm aufbaute, überraschten ihn.

„Macht Weglaufen gar nicht müde?“, fragte er freundlicher als erwartet.

„Ich kann jetzt nicht schlafen.“ Zur Untermalung ihrer Worte ging sie im Zimmer auf und ab. Es war ein karger Raum, zwei Betten, ein leerer Schrank und ein Tisch. Die Männer hatten sich nicht eingerichtet. „Was gerade im Stall passiert ist …“

„Sollte im Stall bleiben.“ Ares fiel ihr sanft ins Wort. Er sank auf den Rücken und starrte an die Decke. Sein Gesicht war interessant. Sein Ausdruck. In den letzten paar Tagen hatte er seine Rasur vernachlässigt, aber es schärfte seine Züge nur. Er musste bemerkt haben, dass sie ihn beobachtete, denn er richtete sich, die Ellenbogen unter sich gestützt, halb auf. Schnell, aber zu spät, drehte sie sich weg.

„Der Sperling hat dich vielleicht verschreckt.“ Sie spürte, dass er sie immer noch ansah. „Aber im Kern ist er einer von den Guten. Zumindest, wenn man davon ausgeht, dass es so was wie die Guten gibt. Er schätzt die Elemente, und diese Sache, für die er dich braucht, soll den Menschen helfen.“

„Wofür braucht er mich?“

„Eigentlich brauche *ich* dich.“

Wahrscheinlich erzielten solche Sätze aus seinem Mund für gewöhnlich große Wirkung. Aber sie traute ihm nicht. „Wofür?“

Ares seufzte. Er setzte sich auf, rieb sich über die Schläfen und gab nach.

„Hast du schon mal von Taal gehört?“

„Von welchem Tal?“

„Taal – mit einem langen A. Das ist ein Dorf, hier im Westlichen Siegel Mythodeas.“

„Ich kenne nicht jedes Dorf im Siegel.“ Endlich legte sich Sara auf ihr Bett. Sie rollte sich auf die Seite. „Was ist mit Taal?“

„Es ist auch wirklich kein sehr bekannter Ort. Aber es gibt dort einen Dolch von Aqua.“

„Einen was?“

Ares überlegte einen Moment.

„Es handelt sich um eine Waffe von schwer zu begreifender Kraft. Ein Dolch der Elemente. Sie sind nur unter großen Mühen herzustellen, aber einmal geschaffen, bergen sie einen Teil eines der Sakralen Elemente und sind zu Außergewöhnlichem fähig. Du musst dir einen Dolch von Aqua als eine Waffe vorstellen, die heilen kann.“

Sie hatte aufmerksam zugehört und mitangesehen, wie sich Ares’ Miene bei dem Widerspruch, den er schilderte, erhellte. Sara schmälerte die Augen.

„Was hat das mit mir zu tun?“

„Taal ist in Schwierigkeiten. Sie stecken ganz schön tief drin und haben den Dolch denjenigen als Bezahlung angeboten, die ihnen da raushelfen.“

„Und ihr wollt den Dolch haben.“ Sie war nicht begeistert von der Idee, an welche Art Schatzjäger sie geraten war. Auf der anderen Seite spürte sie den tief verborgenen Kitzel von Abenteuer, das sich jetzt zwar unwirklich und fern anfühlte, anders als die Abenteuer auf der Bühne, aber wenigstens die Möglichkeit offenließ, wahr zu werden.

„Wir wollen den Menschen dort helfen, denn wir können es“, berichtigte Ares. „Und wir wollen dafür bezahlt werden.“

„Heldenhaftigkeit ist wohl nicht wirklich lukrativ?“ Sara fühlte Genugtuung dabei, diesmal selbst ein wenig spöttisch zu sein. Als er nicht antwortete, sondern nur aufmerksam und geduldig von seinem Bett aus zu ihrem sah, als würde er auf etwas warten, wechselte ihr Hohn zu Verwirrung.

„Was hat das alles mit mir zu tun? Wo liegt das Problem?“

„Das Problem liegt bei den Leuten.“

„Was ist mit den Leuten?“

„Sie sind abergläubisch.“

„Abergläubisch? Inwiefern?“

„Du weißt, was die ölige Pestilenz ist, oder?“

Sara runzelte die Stirn. „Aquas schlimmster Feind“, sagte sie voller Abscheu. „Verfemte, die alles mit Krankheit überziehen. Eine Perversion gegenüber den Elementen.“

Ares hob eine Hand, um sie zu unterbrechen. „Und du weißt, wie es sich mit Verfemten verhält? Wie man sie am besten bekämpft?“

„Auf Leben und Tod!“

„Das ... das auch. Aber das meine ich nicht.“

„Ich weiß nicht, wie *du* die Verfemten bekämpfst.“ Sara reckte ihr Kinn und schlug mit der Faust in die flache Hand. „Aber *ich* bekämpfe sie auf Leben und Tod.“

„Worauf ich hinauswollte: Da die ölige Pestilenz, wie du es ausdrückst, Aquas schlimmster Feind ist, ist Aqua als Element gegenüber diesen Verfemten im Nachteil. Dafür ist Ignis umso stärker gegen die

Pestler. So wie Aqua ein gefürchteter Gegner für das Schwarze Eis ist, das wiederum Ignis schwächt."

„Das weiß ich doch!" Sie winkte unwirsch ab. „Die Leere soll Terra fürchten und der Untod die Gewalt von Aeris. Alle sollten die Gewalt von Aeris fürchten! Zumindest in der Theorie. In Wahrheit sind die Dinge etwas komplizierter."

Ares nickte. Sie hatte den Nagel auf den Kopf getroffen.

„Aber einfache Leute halten gern an einfachen Erklärungen fest." Auch er sank, Saras Haltung spiegelnd, auf die Seite.

Sie wunderte sich nicht darüber, mit einem fremden Mann in einem fremden Zimmer zu liegen und über die Elemente zu philosophieren. Das eigentlich Gefährliche an Ares war vielleicht, wie vertrauenswürdig er war. Er sprach über einfache Leute, als sei er keiner von ihnen. Und er lag auffällig still. An Sara war immer irgendetwas in Bewegung. Wenn sie nicht herumlaufen konnte, zappelte ihr Fuß oder sie spielte mit den Händen an etwas herum. Er verfolgte ungerührt, wie Sara die Formen des Kissens nachzeichnete.

„Der Sperling und ich können Taals Problem lösen. Die Öligen streifen irgendwo in der Nähe des Dorfes herum. Menschen werden krank. Die Verfemten müssen gefunden und unschädlich gemacht werden."

Sara bereute ihre vorherigen Worte darüber, wie sie mit den Verfemten verfahren würde.

„Ich bin keine Kämpferin", warnte sie. „Ich bin Schauspielerin."

„Ich weiß."

„Dann erklär mir endlich, was ihr beiden von mir wollt!"

„Das versuche ich gerade. Das Problem besteht nicht darin, die Anhänger der Pestilenz aufzuspüren. Auch nicht darin, sie unschädlich zu machen. Wir wissen, dass es nicht viele sind. Aber das ist nicht, was die Bewohner von Taal wollen."

„Warum nicht?"

„Weil sie, wie ich sagte, abergläubisch sind. Irgendjemand hat ihnen eingeredet, dass es ein Ignis-Wesen braucht, um die Seuche der Pestilenz zu heilen. Sie glauben, die Krankheit ohne ein solches Geschöpf nicht besiegen zu können. Sie weigern sich, die Bezahlung herauszugeben, wenn das Problem nicht auf ihre Art angegangen wird. Es ist Unfug! Es verkompliziert alles. Aber sture Leute bleiben stur, und wenn man ihnen sagt, wie stur sie sind, werden sie nur noch sturer."

„Warum beweist ihr ihnen nicht das Gegenteil? Zeigt ihnen, dass ihr euch der Sache annehmen könnt."

„Weil sie es nicht glauben werden!" Die Mühsal vergangener Diskussionen verfinsterte Ares' Miene. „Und der Sperling nicht sein Leben riskiert, ohne zu wissen, ob ihm nicht hinterher die Bezahlung verweigert wird. Und ich ebenso wenig. Denn du hast recht. Heldenhaftigkeit ist überhaupt nicht lukrativ."

Sara wechselte in den Schneidersitz, ohne Ares zu unterbrechen.

„Manchmal ist es besser, den Leuten einfach zu geben, was sie wollen", sagte er. „So sind am Ende alle glücklich. Bedauerlicherweise gibt es keinen Weg, ihnen wirklich zu besorgen, was sie wollen."

„Was da wäre?" Sie wurde ungeduldig. Er redete zu lange um den heißen Brei.

„Eine Feuertänzerin."

Sara starrte Ares verstört an. Sein Mundwinkel und seine Schulter zuckten zeitgleich in die Höhe.

„Eine Feuertänzerin", brabbelte sie nach. Feuertänzerinnen waren mächtige menschliche Waffen. Nur, wer geprüft wurde und dem Tod leidenschaftlich widerstand, konnte eine von Ignis' Gemahlinnen werden.

„Richtig. Natürlich kennen wir keine. Und selbst wenn, wäre es unmöglich, sie in ein Kaff wie Taal zu locken, wegen einer Sache, bei der eine Feuertänzerin in Wahrheit wahrscheinlich nicht einmal etwas ausrichten kann."

„Ihr wollt eine Feuertänzerin?" Bestürzend. Sara hatte eine dunkle Ahnung.

„Wir wollen so nah wie möglich herankommen."

„Seid ihr wahnsinnig? Ich bin ..."

„Schauspielerin."

„Ich kann keine ..."

„Soviel ich weiß, hast du zuletzt die Nyame des Westens gespielt. Eine der größten Herrscherinnen Mythodeas. Was ist dagegen eine Feuertänzerin?"

„Was dagegen eine Feuertänzerin ist?“, schrie Sara wütend auf. „Das sind Ignis’ Frauen! Es ist etwas anderes, Kitsch im Zirkus zu spielen, als irgendwelchen Leuten in irgendeinem Dorf weiszumachen, man sei eine Braut des Feuers und könne sie heilen!“

„Aber das können wir!“, beharrte Ares.

„Dann tut es. Bei Aeris – tut es ohne mich!“

„Sara, hör mal zu.“ Er war aufgestanden, sank vor ihr in die Hocke. „Diese Menschen sind *überzeugt* davon, nur eine Feuertänzerin oder etwas Mächtigeres könne die Krankheit aus ihrem Dorf ausbrennen. Alle ihre Heiler haben versagt. Mit Vernunft ist ihnen nicht beizukommen. Wir können keinen Feuerelementar beschwören.“ Kühl und klar suchte er Augenkontakt. Sie versuchte zu verbergen, dass es sie Mühe kostete, ihn zu halten.

„Aber wir können die Pestilenz vertreiben“, fuhr er fort. „Und den Taalern durch einen kleinen Trick den Seelenfrieden und Trost geben, den sie brauchen. Niemandem entsteht Schaden.“

„Und ihr bekommt euren Aquadolch“, führte sie verächtlich fort.

Er rollte den Blick zur Decke. „Ja, es ist ein kleiner Schwindel! Am Ende gewinnt jeder. Du auch. Hilf uns, dann bringen wir dich wohin du willst, samt Anteil.“

Sara verfluchte ihren Vater, den toten Kerl in den Ställen, den Sperling und wer immer noch Schuld daran trug, dass sie hier war. Das Nein lag ihr auf der Zunge. Es haftete dort. Ares wusste, dass sie keine Wahl hatte. Sie wusste es auch. Lieber würde sie ihrer Liebe zu ihrem Element Aeris das kleine Unrecht antun, eine Anhängerin des Feuers zu spielen, als ihr Leben lang vorzugaukeln, eine Ehefrau zu sein.

„Aber ich BIN keine Feuertänzerin“, erboste sie sich.

„Na und? Glaubst du, auch nur einer dieser Bauern hat je eine Feuertänzerin gesehen?“

Er war nachdrücklich darin, sie auf seine Seite zu ziehen, trotz der Zweifel, die immer noch in seinen Augenwinkeln lauerten.

Er war ihre beste Option. Aber umgekehrt schien auch sie die beste Option zu sein, die er hatte, wenn nicht sogar die einzige.

„Wohin ist der Sperling gegangen?“, verlangte sie zu wissen, als hätte die Antwort Einfluss auf ihre Entscheidung. In Wahrheit war die

Entscheidung längst gefallen. Sie konnte nicht prüfen, was Ares ihr auftischte, genauso wenig konnte sie einfach gehen. So fragwürdig ihr das Theater vorkam, das die Männer mit ihr planten, es *war* ein Plan. Mehr, als sie ohne die beiden hatte. Schauspiel lag ihr. Und es bestand Hoffnung, dass Ares und sein merkwürdiger Elfenfreund ihr anschließend halfen. Und dann war da noch Ares' Blick. Die Skepsis darin kam einer Wette gegen sie gleich. Sara gewann beileibe nicht jede Wette. Aber sie nahm jede an. Viele Blessuren und Probleme ihrer Vergangenheit ließen sich dadurch erklären, dass sie sich jeder Herausforderung stellen musste, die man ihr gegenüber aussprach, ganz egal, wie unsinnig sie war.

Zuerst antwortete Ares nicht. Schließlich ging er eine Runde durchs Zimmer.

„Er trifft Vorbereitungen, um die Pestilenz zu besiegen. Er holt Hilfe. Das ist Teil seiner Aufgabe. Wir sollten uns auf unseren Teil konzentrieren."

„Unseren Teil? Der da wäre?"

Verwundert blieb er stehen und streckte beide Hände zu den Seiten aus. „Eine Feuertänzerin aus dir zu machen. Du siehst nicht wie eine aus."

„Und wie stellen wir das an?"

„Du brauchst ein Kostüm."

„Ich weiß nicht, wie eine Feuertänzerin aussieht."

„Die in Taal wissen es nicht besser. Und du hast mich, der dir hilft."

„Hast du schon mal eine echte Feuertänzerin gesehen?"

„Klar." Ares antwortete schnell und unbedarft. Sara war sicher, dass er log.

„Woher bekommen wir ein Kostüm?", fragte sie.

Er hob das Kinn, eine dünne Spur Humor auf den Lippen. „Ich dachte, das sei offensichtlich ..."

Sie brauchte einen Moment, um zu verstehen. Dann fuhr sie kraftvoll hoch. „Ich geh nicht zurück!"

„Ich sagte doch, der morgige Tag beginnt bei Nacht, und du solltest dich ausruhen. Wir schleichen uns rein, bevor die Ersten aufstehen, und sind weg, ehe auch nur jemand von uns träumt."

„Warum sollte jemand von uns träumen?"

„Vergiss es! Leg dich schlafen, Sara."

„Wir haben keine Verkleidungen für Feuertänzerinnen!“

Ares machte es sich seelenruhig auf seinem Lager bequem. „Ich bin sicher, wir finden was Passendes.“

Sich in den Zirkus zu stehlen und Kostüme zu klauen – wenn das ihr bester Plan war, schwante ihr Übles. Ares war im Gegensatz zu ihr vollkommen überzeugt. Er strahlte so viel Zuversicht aus, dass es Sara fast wie eine Krankheit vorkam, an der man sich ansteckte, ohne es zu bemerken. Sie wälzte sich im Bett herum, starrte ins Dunkel und hoffte, während sie auf Ares' ruhiges Atmen hörte, dass die Nacht bald vorbei war. Irgendwann schlief sie ein. Eine Berührung am Arm riss sie nicht viel später aus oberflächlichen Träumen. Ares stand über sie gebeugt. Sein Haar war nass und troff auf die Bettdecke.

„Steh auf“, flüsterte er. „Wir müssen los.“

Während sie sich aufsetzte und sich die Betäubung aus den Augen rieb, kniete er beim Gepäck und suchte etwas.

„Bist du schon lange wach?“, fragte sie verschlafen.

Übermüdet, wie sie war, war ihr unbegreiflich, wie er so frisch aussehen konnte. Er drehte sich ihr zu und warf etwas. Ein schweres Stück Stoff landete auf ihrem Kopf.

„Zieh das über. Es ist kalt heute Morgen.“

Die Welt vor dem Fenster sagte Sara, dass die Dämmerung noch nicht angebrochen war. Draußen war es tiefschwarze Nacht.

„Wie lange hab ich geschlafen?“

„Lange genug. Zieh dich an. Oder muss ich dich aus dem Bett holen?“

„Lange genug ... darüber lässt sich streiten.“ Da sie keinen Bedarf hatte, an den Füßen auf die Beine gezogen zu werden, zog sie sich das Stück Stoff vom Kopf und entfaltete einen dunkelbraunen Mantel. Er war für Männer gemacht und roch verstockt.

„Hübsch ...“, murmelte sie.

Ares ließ vom Gepäck ab. Er wandte sich bedrohlich in ihre Richtung. Sie stieg sofort aus dem Bett.

Nicht lange danach waren sie auf dem Weg. Nachdem sie den *Schäumenden Quell* verlassen hatten, wollte Sara zuerst auf den Stall zuhalten. Ares hielt sie fest.

„Was hast du vor?", zischte er.

Verdutzt über seinen brüsken Ton hielt sie inne. „Der Sperling hatte ein Pferd. Ich dachte, du hättest auch ..."

„Er hat kein Pferd."

„Er hat gesagt ..."

„Er hat kein Pferd. Er hat dich angelogen." Er zog sie unsanft in die entgegengesetzte Richtung. „Und wir werden keins stehlen. Alles, was uns da drin gehört, ist eine Leiche, die darauf wartet, gefunden zu werden. Ich schlage vor, wenn das passiert, sind wir weg."

Sara stolperte neben Ares her. Sie wandte sich noch einmal um zum in die Ferne rückenden Tavernengebäude. Natürlich. Sie schlichen sich bei Nacht und Nebel davon.

„Hast du für das Zimmer bezahlt?", fragte sie. „Wenn wir einfach weg sind ... es geht kaum auffälliger."

„Denkst du?"

„Ares." Sie befreite ihren Arm.

„In dem Fall wäre es das Beste, etwas schneller voranzukommen, findest du nicht?"

Sara nahm ihn beim Wort. Nach einer Stunde musste er sie bitten, langsamer zu gehen. Er hatte lange durchgehalten. Welchem Element auch immer er sich zugehörig fühlte, Aeris war es nicht. Dafür war er zu ausgeglichen, nicht getrieben genug. Gemessen daran hatte er sich Saras Trittgeschwindigkeit gut angepasst. Sie ließ ihn ein paar Minuten gemächlicher gehen und zog dann wieder an. Als sie die Zelte ihrer Familie erreichten, war Ares nassgeschwitzt.

„Gut", presste er hervor.

Sara war nicht sicher, ob es ihr schmeichelte, dass er zwischen zwei Atemzügen noch Anerkennung heuchelte, oder ob sie nicht hart genug zu ihm gewesen war.

„Die Kostüme sind in einer Seitenkammer des Manegezelts", flüsterte sie. Allein der Anblick der bunten Zeltplanen beunruhigte sie. Ares bemerkte es. Er berührte flüchtig ihre Schulter.

„Willst du, dass ich die Sachen hole?“

„Nein.“ Sie schüttelte den Kopf. „Ich muss mitgehen.“

Sie schlichen zwischen gestreiften und einfarbigen Zelten und ein paar Holzwagen hindurch, stiegen über Schnüre und gaben sich stille Zeichen. Manchmal ließ sie das Sägen und Pfeifen eines nahen Schnarchers zusammenzucken. Niemand war wach. Als sie das blau-gelbe Manegezelt erreichten, stoppte Ares ruckartig. Er fixierte den Boden. Von dort drang kehliges, bedrohliches Knurren. Mit gespannten Armen stand er dort, wollte nach seiner Waffe greifen und wagte es nicht. Sara kniete nieder. Sie begrüßte die beiden Kettenhunde, die vor dem Eingang angeleint waren.

„Ahat, Eliar. Still.“ Beide Hunde hörten auf zu knurren und leckten ihr die Hände. Ares öffnete den Mund, aber bevor er den Fehler machte, etwas zu sagen, zog Sara ihn mit sich in die Dunkelheit des großen Vorführungszeltes.

„Ich sagte doch, ich muss mitgehen.“

Das Zirkuszelt hatte fünf abgetrennte Hinter- und Nebenkammern, die verschiedenen Zwecken dienten. Sie tasteten sich bis in die größte davon voran. Hier lagerten die Kostüme.

„Wir brauchen Licht.“ Sara dimmte die Lampe so weit wie möglich, damit sie etwas sehen konnten, der Schein von draußen betrachtet aber unauffällig blieb. Anschließend nahmen sie eine leere Kiste und luden alles ein, was pompös aussah.

„Wir nehmen mit, was wir kriegen, und sortieren es in Sicherheit“, war Ares’ leise Anweisung gewesen, aber nicht lange und er riss Sara einen Schleier aus der Hand, ehe sie ihn einstecken konnte.

„Das ist weiß“, zischte er. „Du bist eine Feuertänzerin! Keine Naldar! Du brauchst rote Kleider!“

„Meistens ist Rabea diejenige, die Rot trägt“, zischte Sara zurück. „Ihre Sachen könnten ein bisschen klein sein.“

Ares’ Augen glitten über Saras Oberkörper. „Klein? Oder Eng? Eng ist in Ordnung.“

Zungeschnalzend wickelte sie ihm den Schleier um den Hals und holte alles, was sie an auffällig schillernder und roter Kleidung finden konnte. Als sie fertig waren, ließen sie das Licht zurück.

Die Kiste war nicht ganz leicht. Vor allem war sie sperrig. Sara wollte helfen, sie zu tragen, doch Ares schritt damit voran.

„Geh schon mal und sieh nach, ob die Luft rein ist“, schlug er vor.

Sie führte ihn aus dem Manegezelt zurück durchs Dunkel und sorgte dafür, dass die Wachhunde nicht anschlugen. Der unauffälligste Weg von hier verlief zwischen den Zelten. Sara war nicht weit vorausgegangen, als eine Erschütterung sie erschreckte. Jemand fluchte, und Hundegebell setzte ein. Eine der bunten Wände hatte gezittert. Sie drehte sich um. Ares hing, sich umständlich stützend, über einer straff gespannten Zeltschnur. Die Kiste war zu Boden gegangen. Die Hunde rissen an ihren Leinen und kläfften wild durcheinander.

„Schnell“, zischte Sara. Während Ares sich auf die Beine kämpfte, versuchte sie, Ahat und Eliar zum Schweigen zu bringen. Aufgeregt, wie sie waren, hörten sie diesmal nicht sofort, knurrten und bellten und fletschten die Zähne.

„Weg hier.“ Ares schnappte die Kiste. Er eilte strauchelnd los, bevor er sein Gleichgewicht wiedergefunden hatte. Sara ließ von den Hunden ab, um ihm zu folgen. Etwa fünf Schritt, bis sie unsanft gegen seinen Rücken stieß.

„Warum bleibst du ...?“

Die Gestalt, die ihnen den Weg abschnitt, war Antwort genug. Ares mochte athletisch sein, doch es hätte zwei von ihm gebraucht, um den Mann auszufüllen, der vor ihm stand. Er verbaute den Zeltgang wie ein Gebirge, das sich in einen schmalen Pass geschoben hat. Sein Haar war vom Schlafen zerwühlt, die Arme verschränkt. Auf seinem Gesicht saß ein Ausdruck von Verwirrung und Ärger. Dann wurde er auf Sara aufmerksam.

„Sara. Was ist hier los?“

„Carlos.“ Sara versuchte, mit einem Lächeln die Tatsache zu überspielen, dass sie den hässlichen Mantel eines Fremden trug. Sie spürte, wie es ihr misslang. Und dass Carlos es ebenfalls merkte.

„Was ist hier los?“, fragte er noch einmal. Mittlerweile hatte er Ares entdeckt, der, die Kiste an sich gedrückt, zwei Schritte Abstand zu Carlos gewann. „Wer ist das?“

Bisher wusste niemand von Saras Flucht. Erst am Morgen, wenn der Zirkus erwacht wäre, wäre ihr Fehlen aufgefallen. Niemand ahnte, dass sie bereits weg gewesen und noch einmal zurückgekommen war.

„Das ist einer von Rabeas Freunden“, behauptete sie. „Ich hab ihn beim Herumstreichen entdeckt. Er kam aus ihrem Zelt. Anscheinend ist er falsch abgebogen. Die Hunde haben ihn zuerst erwischt.“

„Aus Rabeas Zelt“, brummte Carlos. Selbst in der morgendlichen Finsternis glaubte Sara, an seinem Hals eine Ader anschwellen zu sehen. „Mit einer Kiste voller Kostüme.“

Sara tauschte einen Blick mit Ares, der mit halb offenem Mund dastand und glotzte. Er war deutlich mit der Situation überfordert.

„Das sind Rabeas Kostüme“, schoss es unvermittelt aus ihm heraus. „Sieh es dir an, wenn du willst. Rote Sachen.“

„Wolltest du etwas klauen?“ Carlos interessierte sich nicht für Ares' Erklärungen. Er holte den Abstand ein, den der andere vorher gewonnen hatte. Mit jedem bisschen, das der Gewichtheber näherkam, wuchs er weiter. Einen Moment fühlte sich Sara unangenehm an letzte Nacht im Stall erinnert.

„Nein“, wehrte Ares ab. „Natürlich nicht.“

Carlos schloss weiterhin zu ihm auf.

„Sara ist mir versprochen. Du bist ein Dieb.“

„Das ist ein Missverständnis“, warf sie leise ein. Sie hoffte auf die geringe Chance, beachtet zu werden. Vergeblich. Carlos ließ die Knochen knacken und bedrängte Ares, bis es ihm zu viel wurde.

„Sara ist dir versprochen“, sprach er dem anderen versichernd nach. Doch er fuhr fort: „In diesem Fall – kein Wunder, dass sie abhauen will. Was bist du doch für ein hässlicher Vogel.“

„Ares ...“ Im Geiste schlug sich Sara die Hände vor die Stirn. In der Realität war dafür keine Zeit. Die Lage war gerade brenzlig geworden. Noch während er sprach, drückte Ares Carlos die Kiste gegen die Brust und ließ los. Aus Reflex nahm er sie an. Wie einen Beweis seiner Kraft wirbelte er sie samt Inhalt über die Schulter, wo sie auf einen breiteren Weg ins Gras fiel und umkippte.

„Lauf weg, Sara!“ Ares fiel nichts Besseres ein, als sein Schwert zu ziehen.

Sie konnten hier kein Blutbad anrichten. Andererseits würde Carlos den kleineren Mann zerquetschen, wenn er sich nicht wehrte. Die Hunde bauten sich auf und bellten gereizt, und Sara wusste, dass es nur noch eine Frage von Augenblicken war, bis andere aufstehen und aus ihren Zelten gerannt kommen würden.

„Also gut ..." Im Grunde war Carlos selbst schuld. Er hatte über sie gesprochen, als sei sie sein Eigentum.

Sara sprang zurück zu Ahat und Eliar. Mit Grams Skalpell schnitt sie beide Seile los und nahm sie in die Hand.

„Pack das Schwert weg, Dieb. Es wird dir nichts nützen." Carlos tänzelte schwerfällig um Ares herum. Er wartete auf einen unachtsamen Moment, in dem er den anderen überwältigen konnte. Sara wartete nicht. Wie ein Blitz schoss sie, die Hunde im Schlepptau, an Ares vorbei, schubste ihn zur Seite und stürzte sich auf Carlos. Ares fiel aufs nächste Zelt, in dem sich daraufhin etwas bewegte. Gedämpfte Stimmen riefen unverständliche Worte. Carlos fing Sara auf, doch weil er nicht auf sie vorbereitet war, stieß er sie von sich. Er wandte kaum Gewalt an, trotzdem ließ sie sich schwungvoll zur Seite fallen. Mit einem Schmerzensschrei ließ sie die Hundeleinen los. Die Tiere attackierten den Gewichtheber sofort. Ehe er überhaupt daran denken konnte, Ares anzugreifen, hatten sie sich in Carlos' Hosenbeinen verbissen, rissen und zerrten und schnappten nach seinen Ärmeln. Er mochte schon lange dabei sein, aber Sara kannten Ahat und Eliar seit ihrer Geburt. Sie hatte ihnen ihre Namen gegeben.

„Was ist denn hier los?" Wie befürchtet hatte der Aufruhr andere aus dem Schlaf gerissen. Die Zirkusleute steckten die Köpfe aus ihren Zelten und zischten ins anstehende Morgengrauen oder traten sporadisch bewaffnet auf die Wege.

„Weg hier!", rief Ares.

Aber es war Sara, die sein Handgelenk packte und ihn an Carlos vorbei zog, der von den Hunden in Schach gehalten wurde.

„Warte!" Auf Höhe der Kiste blieb Ares stehen. Er sammelte ein, was er auf die Schnelle in zwei Armen tragen konnte. Dann rannte er weiter. Unterwegs verlor er die Hälfte. Sara hob ebenfalls ein paar Kleider auf.

„Sara! Bleib hier. Warte, Sara!“

Sie ließ sich nicht dazu verleiten, zurückzusehen. Nicht einmal, als Carlos aufheulte, weil einer der Hunde sein Bein erwischte. Er hätte sie fragen können! Sie hätte Nein gesagt, aber es wäre der richtige Weg gewesen. Stattdessen hatte sich Carlos an ihren Vater gewandt, ohne sie vorher einzubeziehen. Sollten Ahat und Eliar ihn doch in Stücke beißen.

Sie hatte das Ende der Fläche noch nicht erreicht, auf der der Zirkus lagerte, als sie hinter sich die schneidende Stimme ihres Vaters hörte, der die Hunde zurückrief. Er würde wissen wollen, was hier geschehen war. Ehe jemand es ihm erklärt hätte, wäre sie zwischen den Bäumen verschwunden. Das war nicht der Vorsprung, den sie sich erhofft hatte, als sie am späten Abend zum ersten Mal den Zirkus verlassen hatte, aber jetzt musste es reichen, um Rivaldin zu entkommen.

„Schneller“, trieb sie Ares an. Diesmal nahm sie keine Rücksicht auf ihn oder sein Gepäck. Sie verließ die Straße, durchquerte einen Buchenhain, sprang eine Niederung hinab und hielt nicht an, ehe sie in einem Waldstück in den Schutz einer von Gestrüpp bewucherten Mulde getaucht war. Hier duckte sie sich und horchte. Der Morgen graute zwischen den Wipfeln. Sie hörte ihren Atem und das Pochen ihres Herzens. Von den Ästen zwitscherten Vögel. Sie war allein. Sie hatte alle Verfolger abgehängt. Sogar Ares. Saras Kopf sackte zwischen die Schultern. Hervorragend. Und jetzt? Sie warf die Kleidung, die sie während der Flucht umklammert hatte, ins Moos. Er hatte sich doch nicht erwischen lassen? Falls doch, hätte er sich besser von Carlos erschlagen lassen sollen. Es wäre nichts gegen das, was ihr Vater mit ihm anstellte, wenn er glaubte, Sara hätte mit ihm fliehen wollen.

Ich muss zurück, sagte ein Teil ihres Gewissens, während ein anderer fragte: *Warum?*

Die Stimme, die antwortete, gehörte nicht ihr. „Sara? Wo bist du? Uns ist niemand gefolgt!“

Sie stand schnell auf, wurde aber plötzlich von Misstrauen erfasst. Sie verharrte und wartete.

„Sara? Ach komm schon! Warum bist du so schnell?“

Sie entdeckte Ares oberhalb ihres Verstecks zwischen den Bäumen. Mit den ganzen Kostümen sah er aus, als trüge er einen Berg dreckiger Wäsche durch den Wald.

„Weil ich lange Beine habe“, entgegnete sie ihm, nachdem sie ihren Teil der gestohlenen Sachen vom Boden gesammelt hatte und aus der Vertiefung getreten war. „Und weil Aeris mich beflügelt.“

„Aeris?“ Seine dunklen Locken klebten Ares feucht an der Stirn. Seine Brust hob und senkte sich stark. „Oder dein charmanter Verlobter?“

„Beide.“ Sara ging zu ihm. Sie verpasste ihm einen Stoß gegen die Schulter, den er vergnügt einsteckte. „Und er ist nicht mein Verlobter.“

„Schon klar.“

Sie versicherten sich, dass ihnen niemand gefolgt war. Falls das Zirkusvolk es versucht hatte, hatten sie ihre Spur verloren. Trotzdem gingen sie kein Risiko ein. An zwei Stellen überquerten sie einen Fluss, der sich durch den Wald schlängelte, ehe sie eine umgestürzte Eiche erreichten, über deren Stamm sie die Kleider aus dem Kostümzelt ausbreiteten. Aeris' Stürme hatten den Baum brutal entwurzelt und aus dem Erdreich gerissen. Seine Krone verlor sich im Unterholz, aber das Wurzelwerk griff wie eine gewaltige Kralle ins Leere.

Aeris und Terra, ging es Sara durch den Kopf, als ihre Hand über die Rinde des gefallenen Baumes strich. *Sie liegen immer im Wettstreit.* Sie seufzte. „Mein Vater wird die Hunde nach meiner Fährte ausschikken“, vermutete sie.

„Dann hoffen wir, dass sie nur meinen Mantel wittern.“

„Wir haben unterwegs einiges verloren.“

„Wir haben mehr als genug.„ Ares griff an seine Schulter und schnallte das zusammengebundene Gepäck ab, das er auf dem Rücken trug. Er beugte sich nach hinten, und die zwei verschnürten Taschen rauschten zu Boden. Kein Wunder, dass er so ungeschickt über die Zeltschnur gestolpert war. So bepackt hätte er einen Kampf gegen Carlos niemals gewonnen. Es verblüffte Sara, aber sie war erleichtert, dass Ares sie wiedergefunden hatte.

„Eine Wanderung, ein Einbruch und ein Kampf. Und das alles vor dem Frühstück.“ Er öffnete eine der Taschen und verteilte geschnittene Brotstücke.

„Ich hab keinen Kampf gesehen."

„Was dir zu verdanken ist." Er reichte ihr einen Apfel, zog ihn aber wieder weg, als sie danach griff. „Danke dafür."

„Eigentlich sind wir quitt", behauptete Sara. „Jetzt, wo ich dich gerettet hab."

„Was? *Ich* hab *dich* gerettet!"

Sara nutzte den Moment, in dem Ares empört auflachte, um ihm den Apfel wegzunehmen. „Rede dir das ruhig ein." Es knackte, als sie abbiss.

Das Frühstück war belebend. Trockenes Brot und Obst. Beides hatte ihr Begleiter wahrscheinlich aus der Gasthausküche gestohlen. Aber es hatte den köstlichen Geschmack der Freiheit. Sie aßen auf und nahmen sich der Kostümierung an – und Saras Begeisterung schwand. Jeder von ihnen hatte Teile ausgesucht, die am ehesten mit seiner Vorstellung einer Feuertänzerin übereinstimmten. Wie sich herausstellte, hatten sie nicht annähernd das gleiche Bild im Kopf.

„Ich sehe aus wie ein unglücklicher Weibel, der zur Hälfte ein Vogel ist!" Sara deutete an ihrem verkleideten Körper hinab. Anschließend prüfte sie Ares' Reaktion, der vor ihr stand und sie abschätzend musterte. Er war der einzige Spiegel, den sie hatte. Und der altbekannte Zweifel in seinem Gesicht verhieß nichts Gutes.

„So schlecht ist es nicht", befand er. „Du schindest auf jeden Fall Eindruck!"

„Ach ja? Wo? Unter den anderen Papageien?"

Sie trug einen bestickten Rock, der vorn und hinten zweifach geschlitzt war. Der Stoff an ihrem Oberkörper verteilte sich hauptsächlich auf die Ärmel, die sehr weit ausfielen und mit falschen Rubinen besetzt waren. Dafür befand sich der Saum am Bauch ein gutes Stück über dem Nabel. Die Kleidung schillerte rot und aufwändig verziert. Die Schnürsandalen, die sie aus dem Theaterbestand gestohlen hatte, zog sie gar nicht erst an, solange sie im Wald waren. Sie war über und über mit billigem Schmuck behängt. Auf ihrem Kopf saß eine rote Haube mit Goldkranz, aus deren Krone große Federn ragten.

„Vielleicht überdenken wir den Hut noch mal", gestand Ares ihr zu.

Sara zog die Haube vom Kopf. Sie ließ sie zu Boden fallen. „Keine Feuertänzerin würde *so* herumlaufen, Ares."

Sein Blick durchdrang sie nachdenklich. „Kann sein", sagte er. „Auf der anderen Seite haben Feuertänzerinnen Qualitäten, die du nicht besitzt."

„Was soll das denn heißen?!"

„Sie tragen Ignis in sich. Du musst über das hinwegtäuschen, was dir fehlt. Deshalb musst du Ignis nach außen tragen."

„Und das mache ich mit diesem Fummel?"

„Kleines, wir müssen mit dem arbeiten, was wir haben."

Es war lächerlich. Lächerlich, dass er sie Kleines nannte. Sie war so groß wie er. Und lächerlich, dass sie verkleidet mitten im Wald stand, in einer Garnitur, für die jede echte Feuertänzerin sie niedergeschlagen hätte. Sie musste Ares jedoch widerwillig zustimmen. Wenn sie gut genug spielte, kam ihr dieses Kostüm zugute. Es nahm ihr Arbeit ab. Aeris und Ignis, so unterschiedlich sie waren, hatten auch Ähnlichkeiten. Saras Jähzorn als Leidenschaft auszulegen, würde leicht sein. Die Menschen würden den stürmischen Eifer der jungen Frau für feurigen halten.

„Ich ziehe den Hut nicht an!", feilschte sie.

Ares lächelte schwach. „Darüber reden wir noch."

Für die Reise legte Sara ihre gewohnten Sachen und den alten Mantel an, den sie von Ares bekommen hatte. Sie waren lange unterwegs. Saras Feuertänzerinnen-Verkleidung hatten sie zwischen dem restlichen Gepäck verstaut. Alles, was sie nicht gebraucht hatten, war auf dem Baumstamm im Wald liegen geblieben. Ihr Vater würde sich wundern, falls er ihr doch gefolgt war und diese Reste fand.

Nachdem sie den Wald verlassen hatten, gingen sie auf einer gewundenen Straße, die leicht aufwärts führte und schließlich in einen Wanderpfad überging. Sie sprachen kaum. Stundenlang gingen sie schweigend nebeneinander her. Sara hatte das Gefühl, weit von der Zivilisation entfernt zu sein. Die Stille störte sie nicht. Die Gegend war wunderschön. Die Wiesen wuchsen ungebändigt und surrten vor Leben.

So fühlt sich Freiheit an, dachte sie. Sie sah zu dem Mann, der neben ihr lief. Er war nachdenklich und schien die Gegend, die ihn umgab, gar nicht zu sehen. Sein Blick driftete irgendwo anders hin, wohin

Sara ihm nicht folgen konnte. Als ihm auffiel, dass er beobachtet wurde, zog er eine Grimasse.

„Brauchst du eine Pause?“, fragte er.

„Mir geht es gut. Wie weit ist es noch?“

„Ein gutes Stück.“

Ares hatte nicht vor, sich mit ihr zu unterhalten. Sara ließ ihn in Ruhe. Seltsamerweise wurde ihr Drang, mit ihm zu sprechen, größer, je weniger er darauf aus war. Sie grübelte ziellos über ihre Situation und genoss die Luft, die frei war vom Gestank von Zirkusvieh und Menschen, die zu eng aufeinander hockten. Ares war rücksichtsvoller, als sie ihn eingeschätzt hatte. Er trug mehr Gepäck als sie und fragte öfter, ob sie Halt machen musste. Sara hatte die Hälfte der Last nehmen wollen. Aber er hatte wortlos den größeren Teil an sich genommen, sodass sie sich nicht dazu herausgefordert gefühlt hatte. Halt machten sie erst am frühen Nachmittag und nur kurz. Sie stillten Hunger und Durst und streckten die Füße aus, dann reisten sie weiter bis zum Abend. Dabei kamen sie an ein paar Dörfern vorbei. In einem davon füllten sie ihre Vorräte auf. Sara war nicht mehr aufgeregt. Entweder hatte Ares' Gelassenheit sie angesteckt oder sie war endlich überzeugt, dass niemand aus ihrer alten Familie sie finden würde. Und Ares schien ihr nicht wie ein Verräter. Der Plan, den er und sein Freund geschmiedet hatten, war ungewöhnlich und vollkommen abwegig. Aber waren es nicht oft genug genau diese Pläne, die aufgingen? Sie konnte außerdem nicht bestreiten, dass Ares freundlich zu ihr war. Er behandelte sie gut. Er plante keinen Hinterhalt oder dergleichen. Er und der Elf wollten sie wirklich für ihr hirnrissiges Vorhaben. Sie fragte sich, ob sie auf sein gutes Aussehen hereinfiel und ihm gegenüber deshalb milder urteilte. Vielleicht. Aber nicht ausschließlich.

„Du bist erschöpft“, stellte Ares bei Einbruch der Dämmerung fest.

Er hatte recht. Sie waren den ganzen Tag unterwegs gewesen. Sara war es gewohnt, zu reisen, aber nicht unter diesen Umständen. Trotzdem winkte sie ab.

„Mir geht es gut.“ Sie wollte nicht schwach wirken.

Er schirmte die Augen gegen den letzten Rest Sonnenlicht ab, der vom Horizont als einzelner heller Strahl auf sie fiel.

„*Ich* bin erschöpft", betonte er. „Da vorne steht ein Bauernhof. Dort können wir übernachten."

Es war noch nicht dunkel, als sie den Hof erreichten. Eine Frau mit Bauernhaube, die auf jeder Seite einen Daubeneimer schleppte, sah die beiden Fremden den Platz vor dem Haus überqueren. Sie blieb stehen und runzelte misstrauisch die Stirn.

„Ich kümmere mich darum", versprach Ares. Er hielt schwungvoll auf die alte Bäuerin zu.

So, dachte Sara. *Er ist also erschöpft ...*

„Was wollt ihr?" Ehe Ares die Alte begrüßen konnte, blaffte sie ihn an. Er blieb stehen, ohne etwas zu sagen. Sara schloss zu ihm auf, um ihm beizustehen, doch sie stockte, als sie hörte, was er antwortete:

„Ich bin Ares. Das ist meine Frau Sara. Wir sind Reisende, die einen Platz für die Nacht suchen. Wir machen keinen Dreck, versorgen uns selbst und sind morgen früh wieder weg."

Die Alte stellte die Eimer ab. Ein widerliches Durcheinander aus Müll und Essensresten gammelte darin vor sich hin.

„Wir sind kein Gasthof." Die Bäuerin hatte etwas von einem alten Hund. Sie klang, als wolle sie bellen, doch sei sie zu müde dafür.

Ares nickte ihr zu. „Deswegen versorgen wir uns selbst."

Sie kratzte sich unter der Nase. Sie benutzte dafür ihren gesamten Unterarm. Dabei stierte sie Sara und Ares an wie Vieh, das sie entweder kaufen wollte oder nicht. Ihrem Blick nach eher nicht.

„Deine Augen glänzen so", warf sie Ares vor. „Das gefällt mir nicht. Kommst du aus dem Süden?"

„Aus dem Süden? Nicht doch!" Ares' Hand flog vertraulich an seine Brust. „Wir sind stolze Einwohner des Westlichen Siegels."

„Ah ja?" Die alte Bäuerin schniefte. „Wo kommt ihr her?"

„Steinhofen", schoss es aus Sara, ehe Ares etwas anderes sagte. Anderen etwas vorzuspielen, war eher ihre Stärke als seine. „Aus der Nähe davon. Wir sind Viehzüchter."

„Und wie kommt es dann, dass ihr euren Hof so einfach verlassen könnt?", bellte die Alte kraftlos.

Saras Züge erweichten. Ihre Hand breitete sich über ihrem Bauch aus.

„Wir sind unterwegs zu meinen Eltern nach Bruckheim. Sie sollen die frohe Botschaft von uns selbst erfahren, solange ich noch reisen kann."

Der Blick der Alten betrachtete aufdringlich Saras Bauch, die unscheinbar lächelnd die Hand über den Nabel schob.

„Wir haben es selbst ganz frisch erfahren."

Sie stockte, als sie gewahrte, dass Ares genauso starrte wie die Bäuerin. Von jetzt auf gleich riss er sich los und schnappte die Eimer.

„Lasst mich das für Euch tragen! Wo soll es hin?"

Die Alte kommandierte ihn zum Schweinegehege hinter dem Haus. Sara kam nicht mit. Sie nutzte die Zeit, um die Gegend zu erkunden. Links des Bauernhauses gab es einen Kuhstall und eine Scheune. Dahinter Weideland. Sie ging nicht weit, damit sie die Rückkehr der anderen nicht verpasste. Als sie noch mit ihrem Vater unterwegs und immer auf Reisen gewesen war, hatte sich Sara oft gewünscht, sesshaft zu sein. Vielleicht ersehnte sie nur, was sie nicht hatte. Sie wollte nicht die Verantwortung eines Bauern tragen. Als Bauer konnte man nicht eines Tages aufstehen und beschließen, alles zurückzulassen. Pflicht und Arbeit fesselten ihn an seinen Grund. Und für all das bekam er kaum etwas zurück.

„Sara!" Ares bog wieder auf den Hof. Hinter ihm kehrte die Bäuerin mit leeren Eimern ins Haus zurück.

Sara hob fragend die Hände, während sie zu ihm ging.

„Sie will uns nicht", verkündete ihr Begleiter mit bedauerndem Lächeln, das fähig war, für die schlechten Neuigkeiten zu entschädigen. „Aber wir dürfen die Scheune haben. Sie schickt uns morgen früh den Knecht rein, der uns raus prügelt, wenn wir nicht weg sind." Sein Bedauern hatte sich zu ungerechtfertigtem Triumph gewandelt.

„Mehr konntest du nicht herausschlagen?"

„Sei nicht so hart zu mir, Sara. Du und ich und eine Scheune. Das wird lustig. Jetzt noch eine Flasche Wein ..."

Sara rollte zischend mit den Augen, doch sie lächelte.

„Vergiss es." Sie zog an ihm vorbei zur Scheune. Im Rücken spürte sie seine Belustigung wie eine streichende Hand.

Sobald sie ihre Decken über das Stroh ausgebreitet hatten, gab die Scheune ein annehmbares Nachtlager ab. Ares ging, um die Bäuerin nach Licht zu fragen, und kam mit einer Lampe und einem Korb mit Fleisch, Käse und Milch zurück.

„Wenn wir den Korb nicht hier lassen, hetzt sie uns den Knecht nach", berichtete er fröhlich, als er die Speisen auf einer der Decken verteilte.

Sara breitete sich behaglich auf dem Lager aus. Ihre Beine waren dankbar für die Unterbrechung. „Diesen Knecht möchte ich mal sehen."

Die Stimmung während des Abendessens war gut. Ares war weniger schweigsam als während ihrer Wanderung.

„Ist dir aufgefallen", fragte er, „dass dein Element und ich fast denselben Namen haben?" Er saß ihr zurückgelehnt gegenüber, eine Hand hinter sich gestützt, ein Bein angewinkelt, das andere ausgestreckt.

„Natürlich ist es mir aufgefallen." Sara goss Milch ein. Sie schmeckte frisch und voll. Die Bäuerin war nicht so übel, wie sie tat. „Aber Aeris ist nicht dein Element. Oder?"

Ares puhlte geheimniskrämerisch Teig aus dem Brot.

„Muss man sich denn einem einzigen Element verpflichten?"

„Keineswegs. Ich liebe auch die anderen Elemente. Aber keines davon entspricht mir so sehr wie ..."

„Ignis." Ares hob den Finger. „Verinnerliche das! Du bist jetzt eine Braut der ewigen Flamme."

„Vor einer Stunde war ich noch deine Braut", versetzte Sara. Er lachte über ihre Schlagfertigkeit.

„Und du hast beschlossen, mir einen Erben zu schenken!"

Ihr war angesichts seiner Ausgelassenheit plötzlich unwohl. Sie wurde nachlässig. Es war zu angenehm und verlockend, sich Ares' Späßen hinzugeben, ihm zu vertrauen, sich um nichts weiter zu sorgen als einen weichen Schlafplatz. Die Nacht war warm. Sie hätten ebenso gut draußen rasten können. Ares sah nicht wie jemand aus, der ein Dach brauchte. Er hatte sich ihretwegen mit der Bäuerin auseinandergesetzt. Der Alten waren seine glänzenden Augen aufgefallen ... es war auch eines der ersten Dinge gewesen, die Sara an ihm bemerkt hatte. Dieses klare Schimmern ...

„Aqua!“, entfuhr es ihr.

Ares zog den Kopf zurück. „Was?“

„Aqua. Dein Element. Diese Inszenierung, die ihr plant! Der Versuch, Taal zu täuschen. Intrige – das ist ein Aspekt von Aqua.“

„So wie Wissen und Heilung“, vervollständigte er. „Mir liegt vor allem daran, den Menschen dort zu helfen. Die Inszenierung, die es dafür braucht, war die Idee des Sperlings.“

„Das Wasser umfließt jedes Hindernis und findet seinen Weg.“ Sara war nicht bereit, von ihrer Idee abzulassen. „So wie du mit deinem Ausweichen vor meinen Fragen und deiner Flucht.“

„*Meiner* Flucht?“ Warmer Hohn sprang ihr aus Ares' Gesicht entgegen. „Wer ist denn von zu Hause weggelaufen?“

„Das ist etwas anderes!“

„Es ist immer etwas anderes bei einem selbst, richtig? Was das Wasser betrifft: Es umfließt ein Hindernis. *Oder* es trägt das Hindernis ab und schafft sich seinen Weg hindurch.“

„Jetzt klingst du schon wie Miro Klippenwald! Er hat mir damals das Gleiche gesagt.“

„Und wer soll Miro Klippenwald sein?“ Ares schnitt eine seiner Grimassen. Ihm gefiel der Vergleich mit anderen Leuten nicht.

„Ein junger Mann, den ich auf meinen Reisen getroffen habe. In einer Taverne. Er war betrunken und hat ständig solches Zeug geredet.“

Ares schnalzte mit der Zunge. Überheblich warf er Sara ein Stück Käse zu.

„Hör lieber auf mich als auf irgendwelche Miro Klippenwalds. Ein Trunkenbold. Aus dem wird doch nichts!“

„Ich soll also lieber dem Freund von einem glauben, der sich Sperling nennt?“

Ihr Reisegefährte winkte ab. Er wollte das Gespräch beenden. Doch Sara fuhr zunehmend heiter fort. „Vor allem, da ihr beide die gleiche Aussage getroffen habt. Du bist eitel.“

„Wie kommst du bloß auf den Unsinn?“

„Ich erkenne einen eitlen Mann, wenn ich einen sehe."

Sie war gerade auf der Spitze ihres Wohlgefühls, als Ares beschloss, sie von ihrem hohen Ross zu ziehen.

„Du bist eitel!", rief sie. „Mit deinen Locken und deinem Heldengesicht und ..."

Bevor sie wusste, wie ihr geschah, lag sie auf dem Rücken und schnappte nach Luft. Ares war über ihr und hielt sie mit dem Brustkorb unten. Er versperrte ihr jede Möglichkeit, aufzustehen. Seine Hände drückten ihre Schultern ins Stroh, aber sein eigentliches Gewicht verlagerte er in seine Beine, mit denen er sie nicht belastete.

„Du bist langsam", entgegnete er mit der sanften Grausamkeit einer Streicheleinheit mit dem Messer.

Sara schwieg und starrte ihn an. Sie wartete. Sie fragte sich, wie der Kuss schmecken würde, den er ihr gleich geben würde. Aus der Nähe betrachtet war er noch anziehender. Sein Mund hatte etwas Sanftes, Unbeugsames.

Kein Kuss. Als Ares sich von ihr rollte, riss die Energie zwischen ihnen wie ein empfindsamer Faden, auf dem zu große Spannung gelastet hatte. Sie fühlte sich merkwürdig. Wie hatte das passieren können? Sie war *wirklich* zu nachlässig. Dann, auf der anderen Seite, hatte sie das Abenteuer gewählt.

„Hast du eine Frau?", fragte sie.

Ares ruckte verwundert mit dem Kopf. „Nein."

„Liebst du Männer?"

Sie sah seine Verwirrung wachsen. „Nein."

„Gefalle ich dir nicht?"

Jetzt hatte er verstanden. Erst fast unsichtbar, erhellte sich sein Gesicht nach und nach. Es war irgendwie fesselnd.

„Vielleicht ist Aqua doch nicht dein Element", provozierte Sara gespielt beiläufig. Sie richtete sich auf, um die Reste des Abendessens einzustecken. Als Ares' Hand sich kraftvoll an ihre Wange legte, erstarrte sie. Gerade hatte sie den Mund noch aufgerissen. Jetzt fühlte er sich taub an. Doch er erwachte zum Leben, als sie einen Zug fühlte und er den von Ares berührte, den sie gerade noch betrachtet hatte, und der rauer und viel weniger sanft war, als sie erwartet hatte. Sie wusste nicht, wie es kam, dass sie plötzlich mit ihm verschlungen im Stroh lag. Vor ein paar Stunden wäre ihr dieser Gedanke wie Spott vorgekommen. Vielleicht war tatsächlich ein Funke von Ignis auf sie übergesprungen.

Sie verbrachte die Nacht nackt, eng an ihn geschmiegt und tief und fest schlafend. Sie merkte nicht einmal, als er aufstand. Als sie aufwachte, lag Ares nicht mehr neben ihr. Seine Sachen standen nicht mehr herum. Nur eine Spur seines Geruches haftete ihr noch an. Sara ruckte hoch.

„Guten Morgen", sprach eine vertraute Stimme bei der Scheunentür. Ares lehnte dort, das Gepäck neben sich geschichtet. „Hier stehen ein Eimer Wasser und ein Lappen. Wir brechen gleich auf. Bevor uns die Alte wirklich ihren Knecht schickt."

Die Angst vor dem Knecht der Bäuerin war auf keinen Fall der Grund für Ares' Eile. Trotzdem war Sara seiner Meinung.

„Was ist mit Frühstück?", fragte sie.

Er beobachtete sie mit einem langen Blick, als sie den Lappen nahm und in den Wassereimer tauchte.

„Wir frühstücken unterwegs. Ich warte draußen."

Bevor sie gingen, kam die Bäuerin zu ihnen, um sich zu versichern, dass sie nichts mitnahmen, was ihnen nicht gehörte. Dabei gab sie ihnen mit ein paar garstigen Worten gekochte Eier und noch ein Stück Käse. Ares fiel wieder in seine ungesprächige Laune. Es fühlte sich an, als sei es ein anderes Schweigen als gestern. Wenn Sara sich zurückfallen ließ, um heimlich zu ihm hinüber zu linsen, kam er ihr verschlossen vor. Sie hatte gestern die vielen Narben auf seinem Oberkörper gesehen. Gegen wen kämpfte er für gewöhnlich? Verfemte? Oder Menschen?

Irgendwann blieb er plötzlich stehen.

„Es ist nicht mehr weit." Sie standen auf freier Flur. Das letzte Dorf lag meilenweit zurück, und vor ihnen ging es geradewegs auf das Gebirge zu. „Taal liegt hinter den Hügeln, vor den Bergen. Du solltest den Rest des Weges verkleidet gehen, falls uns jemand entgegenkommt."

„Ich soll mich *jetzt* verkleiden?"

„Brauchst du mich, um dir beim Ausziehen zu helfen?“

Sara erschrak über Ares’ Stimme. Sie klang fast wie ein Vorwurf.

Die Verwandlung zur Feuertänzerin fand unspektakulär am Straßenrand statt. Während Sara sich umzog, lief ihr Begleiter ein Stück weiter vorn hin und her.

„Stimmt etwas nicht?“ Zuerst war sie wegen seines merkwürdigen Verhaltens verunsichert gewesen. Je länger es anhielt, umso ungeduldiger wurde sie. Sie war ungnädig gegenüber Leuten, deren Benehmen sie nicht deuten konnte.

„Es ist alles in Ordnung.“ Ares klang wieder sanft. „Aber wir dürfen nicht herumtrödeln.“

Die alten Kleider stopften sie ins Gepäck. Sie brauchten weniger Platz als das aufwändige Feuertänzerinnenkostüm, das jetzt an Saras Körper funkelte.

„Ich sehe lächerlich aus!“

„Du siehst aus wie eine Feuertänzerin. Die Zirkus-Version davon.“

Fassungslos sah sie zu, wie Ares lachte. Den ganzen Tag hatte er fast nicht mit ihr geredet, und jetzt stand er da und lachte sie aus. Als sie ein paar schnelle Schritte auf ihn zumachte, hob er verteidigend die Hände.

„Sara, das ist eine gute Verkleidung“, besänftigte er sie. „Das meiste wirst du ohnehin selbst machen müssen. Der Firlefanz unterstützt nur deine Darstellung.“

Sie hielt ein, obwohl sie immer noch Lust hatte, ihn zu schlagen.

„Dein Name“, fuhr Ares fort.

„Mein Name?“

„Ja. Dein Name.“

„Was ist damit?“ Sie blieb herausfordernd vor ihm stehen. Vielleicht gab er ihr doch noch einen Grund ...

„Er ist nicht imposant genug.“

„Ich werde mich garantiert nicht Harlekin nennen!“

„Natürlich nicht! Aber eine Feuertänzerin sollte nicht heißen wie ein Bauer.“

„Ich bin kein ...“

„Aber Zarra! Das funktioniert. Klingt nach Feuer. Dank mir später.“

Sara riss die geballte Faust hoch, aber er war zu entwaffnend, sein Gesicht zu freundlich, als dass sie ihn hätte angreifen können, ohne sich hinterher schuldig zu fühlen. Sie schnalzte genervt mit der Zunge und rückte ihre Kleider zurecht. Diese Sachen waren nicht zum Reisen gemacht, weder die luftigen oberen Lagen noch die Schnürsandalen. Zu allem Überfluss verschlechterte sich der Weg. Er schlängelte sich die Hügel hoch und war stellenweise fast so bewachsen wie die Wiesen daneben.

„Am besten überlässt du mir das Reden“, schnaufte Ares, als sie eine Höhe erklommen hatten.

„Und was soll ich tun?“

„Ernst und elegant aussehen. Und viel tanzen.“

„*Tanzen?*“

„Du bist Feuertänzerin.“

„Ich glaube nicht, dass eine Feuertänzerin ...“

„Guter Punkt!“ Ares fiel dem Einwand ins Wort. „Es ist Zeit für einen kleinen Test.“ Er hielt an und orientierte sich. Sie befanden sich inmitten grüner Hügel. Während er den kommenden Anstieg hinauf zeigte, fragte Ares: „Welche Tugenden sind dir am wichtigsten?“

„Mut“, schoss Sara hervor. „Bereitschaft zum Wagnis. Und festes Schuhwerk.“

„Ich frage Zarra, nicht Sara.“

„Was stimmt nicht mit meiner Antwort? Ehre gibt es nur im Sieg.“

„Was nicht stimmt? Hör auf, Naldar zu zitieren! Du musst die Sache ernst nehmen!“

Ares gab ein Bild von Unverständnis und Verzweiflung ab. Sara seufzte. Ihre Antwort war impulsiv gewesen. Sie hatte es gemerkt und sich absichtlich trotzig gestellt, weil er sich ihr gegenüber komisch verhielt.

„Das sind Aeris’ Lehren!“, tadelte ihr Gefährte. In seinen Augen leuchtete die Skepsis ihrer ersten Begegnung.

„Also gut.“ Sara richtete ihre Haube, von der sie immer noch alles andere als überzeugt war, und nahm Haltung an. „Sei mit Leidenschaft bei der Sache! Handle aus tiefstem Herzen! Ehre die Gemeinschaft und brenne für dein Ziel! Brenne heiß, und niemand wird es wagen, sich dir in den Weg zu stellen." Sie hatte ohne Eifer begonnen. Aber während sie sprach, richtete sie sich weiter und weiter auf. „Trag Licht in die Welt! Wärme die, die es verdienen, und merze deine Feinde aus! Äschere sie ein."

Während des Zuhörens hatte sich Ares' Gesichtsausdruck verändert. Sein Blick war an ihr hängen geblieben und schaffte es nicht, sich aus eigener Kraft wieder zu lösen. Sara kannte diesen Ausdruck. Seit sie ein kleines Mädchen war, spielte sie auf der Zirkusbühne große Figuren. Sie wusste genau, wie man so *tat*, als sei man ein Held. Sie konnte eine Menge fesseln, ohne dass es eine Rolle spielte, was sie sagte. Es war ihre Stimme, die den Leuten unter die Haut kroch. Es war die sanfte Unterwanderung ihrer Gesten. Die unterschwellige Macht ihres Verhaltens, Beeinflussung und Verführung, beides so schonend, dass es unbemerkt auf Menschen einwirkte. Sie hatte genug davon, der Welt etwas vorzuspielen. Aber wenn dieses letzte Mal ihr dabei half, sich aus dem ewigen Schauspiel zu befreien, würde sie die Darbietung ihres Lebens geben.

„Was starrst du mich so an?", fragte sie Ares stolz und selbstbewusst.

Er wischte sich übers Gesicht, dann schüttelte er den Kopf. Er schüttelte den gesamten Körper.

„Das könnte wirklich funktionieren", murmelte er.

Von der Hügelkuppe aus sahen sie Taal in der Niederung voraus. Das Dorf war sehr klein. In seinem Rücken wuchs ein Hang, der allmählich zum Gebirge anstieg, aus dem ein Bach abwärts zu den Hütten sprudelte.

„Wie viele Menschen leben dort?" Sara blieb dicht neben Ares stehen. Obwohl sie auf Taal schaute, galt ihre Aufmerksamkeit dem Mann neben sich. Er stand da wie ein Felsen.

„Vielleicht zwei Dutzend." Er schaute in die Ferne. „Die Begegnung mit der öligen Pestilenz macht vor allem den Alten und den Jungen zu schaffen. Und gerade auf die Jungen ist Taal angewiesen."

Irgendetwas störte Ares' Ruhe. Er hatte die Arme verschränkt. Seine Fingerkuppen bewegten sich auf den Oberarmen.

„Es ist irgendwie falsch, diesen armen Menschen etwas vorzuspielen“, versuchte Sara zu erraten, was ihn umtrieb. Er drehte sich ihr zu. Seine Züge waren plötzlich hart geworden.

„Richtig, falsch.“ Ares lächelte, aber seine Augen wurden nicht weicher. „Die Hauptsache ist, sie sind nicht mehr krank. Wenn eine Lüge uns schneller dahin bringt ...“

Er wandte sich ab und stieg den Hügel Richtung Taal hinunter. Sara atmete tief durch, ehe sie ihm folgte.

„Aber missfällt es dir als terraverbundenem Menschen nicht sehr?“

„Terra? Gestern hast du mir noch Aqua angedichtet.“

„Ich hab mich geirrt.“ Mittlerweile schien es ihr unvorstellbar, wie sie diesen steinernen Kerl für einen Anhänger der Herren der Tiefe hatte halten können. „Terra bedeutet Wahrheit, oder nicht?“

„Terra bedeutet so viel mehr.“ Sie mussten ihre Schritte vorsichtig setzen. Wo sie gingen, gab es keine Straße, und das Gras wuchs stellenweise bis zu ihren Waden. „Und zuletzt sind wir immer noch eigenständig in unserem Wesen. Den Elementen zu folgen, heißt nicht, sich von ihren Bedeutungen geißeln zu lassen.“

Ares achtete während des Abstiegs auf Sara. An steileren Stellen bot er ihr die Hand als Stütze, und obwohl sie nicht darauf angewiesen war, nahm sie die Hilfe an. Trotz seiner Umsicht war er abweisend. Aber es war unklar, was sich seit gestern Nacht geändert hatte. Sara wagte nicht, zu fragen.

„Noch mal“, erinnerte er sie, als sie nur noch ein kurzes Wegstück vom Dorfrand trennte. „Überlass mir das Reden. Du bist eine Feuertänzerin. Du verkörperst Ignis, nicht Aeris. Für welche Aspekte stehst du ein?“

„Wettkampf, Freiheit, Schönheit!“

Ares sah sie lange an. Sara lachte.

„Das war ein Witz!“ Sie schlug ihm gegen die Schulter. „Du darfst lachen, Ares. Vertrau mir. Ich werde so viel Ignis ausstrahlen, dass du glaubst, du brennst. Jetzt gehen wir endlich!“

Kurz bevor sie das Dorf erreichten, traten Sara und Ares zurück auf den Weg. Es gab nur einen einzigen, der hierher führte. Sie wurden sofort bemerkt. Die Häuser von Taal standen weit auseinander. Zwischen zwei Hütten hätte jeweils eine dritte gepasst, die dort nicht stand, weil es niemanden gab, um sie zu bewohnen. Durch die Mitte des Ortes floss der Bach aus den Bergen und teilte den Marktplatz in zwei Hälften, die durch eine kurze Brücke verbunden waren. Es war ein junges Mädchen in Handwerkerkleidung, der das Eintreten der Fremden ins Dorf zuerst auffiel. Sie ließ alles stehen und liegen und rannte in das einzige doppelstöckige Haus gleich am Rande des Marktplatzes. Lange war sie nicht verschwunden. Als sie wieder herauskam, schleppte sie hinter sich einen fetten Kerl her, der in seinem körperbetonten kurzen Rock wichtig aussah. Er trug Dunkelblau und war kein Bauer. Sein Mund und Kiefer waren von einem roten Bart überwuchert. Außer ihm kamen andere in schlichteren Farben aus den Häusern, um zu schauen, was passierte. Männer und Frauen reckten die Hälse und fragten einander, was es zu sehen gab. Als sie es dann erblickten – Sara in ihrem schillerndem Kostüm, eine rot glänzende Erscheinung aus einer anderen Welt, die selbst viele der Männer überragte –, fiel ihnen alles aus dem Gesicht. Manche kamen näher, um zu gaffen. Ein Mann sank auf die Knie. Sara warf Ares einen ratlosen Blick zu. Er erwiderte ihn ernst und ermahnte sie noch einmal stumm, sich zurückzuhalten.

„Bürgermeister!“, ging er anschließend dem Mann in blauer Kleidung entgegen, den er mit tiefer Verbeugung grüßte. Der Mann starrte zuerst Ares an, dann Zarra, die Feuertänzerin. Er war blass. Sara straffte die Schultern. Sie stand hoch aufgerichtet, ihr Kinn gehoben, streng blickend. „Wie versprochen bin ich wieder da. Ich konnte Zarra, eine Feuertänzerin, geprüft und bewährt in Ignis' Gunst, überzeugen, mit mir zu kommen. Sie ist hier, um Euch zu helfen.“

Nicht nur der Bürgermeister starrte. Die Menschen, die um Sara herumstanden, senkten respektvoll ihre Köpfe. Dabei versuchten sie gleichzeitig, möglichst viel von ihr zu sehen. Etwa ein Dutzend drängte sich um sie. Viele davon standen wackelig auf den Beinen. In ihren Augen fand Sara wohlbekanntes Sehnen. Die Leute lauerten darauf, dass sie etwas tat. Sie senkte kurz und scharf das Haupt. Danach zog sie ihr Kinn höher in die Luft als zuvor.

„Wir sind ...“, begann der Bürgermeister, indem er mit ausgestreckten Händen auf Sara zukam, aber ihr Gesichtsausdruck ließ ihn abbrechen und noch einmal neu beginnen. „Die Elemente zum Gruße. Ignis zum Gruße! Wir sind so froh, dass Ihr gekommen seid.“

Ares verfolgte die Reaktion des Bürgermeisters genau.

„Ich hab Euch gesagt, dass ich mein Wort halte“, brummte er. „Ich hoffe, Ihr haltet Eures genauso.“

„Natürlich“, brachte der Bürgermeister hervor, nachdem er ein paar Momente erschüttert geschaut hatte. Seine Aufmerksamkeit schweifte immer wieder zu Sara ab. Ihr schillernder Rock schwang um ihre Beine, als sie den fetten Mann umkreiste. Vor ihm blieb sie stehen. Sie kam sich albern vor mit ihrem federbesetzten Goldkranz, wie ein Paradepferdchen. Aber sie ließ es nicht nach außen dringen.

„Wie viele von euch sind krank?“, verlangte sie zu wissen.

Ares verzog das Gesicht. Sara beachtete ihn nicht. Er hatte gewollt, dass sie ihm das Reden überließ. Aber sie war eine Feuertänzerin. Er hatte sie dazu gemacht. Eine Feuertänzerin ließ sich nicht den Mund verbieten. Die Menschen um sie herum steckten die Köpfe zusammen und tuschelten. Manche rückten unauffällig näher, aber keinen ließ Sara nahe genug heran, um zu sehen, dass ihr Schmuck nur minderwertiger Plunder war.

„Acht. Ohne die Toten.“

„Tote?“ Saras Mund klaffte auf. Bevor jemand ihren Aussetzer bemerkte, zog sie die Lippen zu einem dünnen Strich. „Wie viele?“

Der Bürgermeister blies die Wangen auf. Er war weniger erleichtert als nervös und machte Geräusche, die Lachen oder Wimmern sein konnten.

In einer größeren Stadt hätte sich so jemand niemals als Oberhaupt durchsetzen können, dachte Sara. Der Mann war viel zu schwach. Ihre Strenge verunsicherte ihn viel zu sehr. Sie sprach ihren Gedanken aus.

„Ich hoffe, Ihr seid nicht der Stärkste hier.“ Sie achtete nicht darauf, freundlich zu klingen. „Das würde Schlechtes für Euer Dorf bedeuten.“

Der Bürgermeister verstand, dass er beleidigt worden war. Es beirrte ihn noch mehr.

„Die kleinen Bäcker-Zwillinge konnten der Sieche nicht standhalten“, berichtete er dem Boden. „Und mein alter Vater ...“

„War er vor Euch Bürgermeister?“ Sara hatte von ihrem Vater gelernt, wie man Leuten ins Wort fiel. Angeekelt stellte sie fest, dass sie die gleiche Ehrfurcht auslöste wie er, wenn sie ihr Gegenüber abschnitt.

Der Mann fuhr sich nickend durch den Bart. Darunter wackelte sein zweites Kinn.

„Das erklärt einiges …“

„Zarra.“ Ares berührte sanft ihren Arm. Sie strafte ihn mit einem kalten Blick, und er zog die Hand zurück. „Vielleicht sollte ich dem Bürgermeister und den Einwohnern von Taal von dem Ritual erzählen.“

„Das Ritual“, wiederholte Sara. Sie verengte die Augen.

„Ja. Das Ritual. Um den Odem der Pestilenz aus den Kranken auszubrennen.“

„Ach. Dieses Ritual.“

Sie ließ ihren weiten Ärmel durch die Luft fliegen. Die Geste war unbedeutend, aber elegant, und sie lenkte von ihrer kurzen Verwirrung ab. Warum hatte Ares sie nicht genauer eingeweiht? Ließ er sie lieber im Ungewissen, um sie zu kontrollieren? Es war vielleicht töricht gewesen, davon auszugehen, dass sie improvisieren würden. Nur wusste sie von einem Ritual genauso wenig wie die neugierigen Leute, die sich um sie drängten. Das ganze Dorf versammelte sich auf dem Marktplatz, um die Feuertänzerin zu sehen. Zumindest der Teil, der die Betten verlassen konnte. Ihre Erwartung war überdeutlich, und Sara tat ihr Bestes, sie zu erfüllen. Sie bewegte sich wie eine Flamme, anmutig, aber jede Geste eine Warnung, Abstand zu halten.

„Zarra wird zu Ignis beten“, erklärte Ares den Dorfbewohnern laut, damit alle ihn verstanden. „Doch das Feuer verlangt Opfer. Eure Kranken müssen etwas geben, das dem Hunger der ewigen Flamme widersteht.“

„Wie ist das gemeint?“ Eine Stimme aus der zweiten Reihe unterbrach seinen Vortrag. Kurz darauf schob sich zwischen zwei Schultern das Mädchen in den Vordergrund, das den Bürgermeister geholt hatte. Die Frage, die sie stellte, war auch in vielen anderen Gesichtern zu lesen.

„Ein persönlicher Gegenstand“, sagte Ares. „Sie müssen ihn den Flammen übergeben, aber er darf in ihnen nicht vergehen. Es ist Sinnbild des Rituals und Teil davon. Zarra wird die Gegenstände aus der

Asche nehmen. Sie wird sie anlegen und Eure Familien mit Ignis' Gunst heilen."

Sara glotzte Ares starr ins Gesicht. Hoffentlich entnahm er ihrer ansonsten ungerührten Mimik die Verachtung, die sie ihm gerade entgegenbrachte. Er hatte ihr vom Ablauf des Rituals nichts erzählt, weil er gewusst haben musste, dass sie versuchen würde, ihn aufzuhalten ...

War ihre Inszenierung denn nicht Betrug genug? Mussten sie sich an den armen Dorfbewohnern noch bereichern?

Die einfachen Männer und Frauen waren nicht weniger misstrauisch als Sara, und sie zeigten es viel deutlicher.

„Ihr sagt also", ergriff nicht der Bürgermeister das Wort, sondern das junge Mädchen, das sich neben ihm postiert hatte wie eine Beschützerin, „dass wir Euch, ganz unabhängig von der Bezahlung, die wir vereinbart haben, Opfergaben bringen müssen, damit Ihr unseren Leuten helft?"

„Gut, du hast zugehört", gratulierte Ares, doch sein Mund stand schräg. „Aber nur die Hälfte verstanden. Nicht an uns opfert Ihr, sondern an Ignis. Es muss geschehen, damit wir Euch helfen *können*. Das Feuer verschenkt nicht. Dem Feuer muss man standhalten."

Sara betrachtete das Mädchen in Handwerkerkleidung. Ein Blick in ihre Augen sagte ihr, dass sie, obwohl noch ein halbes Kind, schon jetzt mehr von Ignis verstand als Ares, der ihr gerade Erklärungen dazu machte. Und der Argwohn, den sie offen zur Schau trug, sorgte für einen Funkenschlag, der auf die anderen Dorfbewohner übersprang.

„Wir haben es anders abgemacht", rief einer. Ein anderer: „Warum braucht Ignis unser Hab und Gut?"

Trotz ihrer Missbilligung für Ares in diesem Moment trat Sara vor.

„Sieh mich an!" Sie richtete sich direkt an das Mädchen. Mit einer herrischen Gebärde streckte sie beide Hände aus, sodass die Reifen an ihren Handgelenken und Armen gegeneinanderschlugen und klingelten. „Siehst du, was ich an mir trage?"

Das Mädchen, überrascht von der plötzlichen Aufmerksamkeit und den blitzenden Augen der Feuertänzerin, nickte verschreckt.

„Dies sind Opfergaben an Ignis", mahnte Zarra. „Die Menschen, die sie der Flamme überlassen haben, leben. Sie haben ihr Leben über den Besitz gestellt und ihren Glauben über das Weltliche." Alle waren in Schweigen verfallen, als die Stimme der Feuertänzerin über den Dorfplatz peitschte. „Warum ich diese Opfergaben trage? Weil auch ich ein Opfer an Ignis bin. Ich bin die Dienerin und Braut des Feuers. Und ich sage euch dies: Wenn ihr euch als kleinlich und gierig erweist, verdient ihr nicht den Beistand der Flamme. Dann sterben eure Kranken. Wollt ihr das?"

Sara sah sich um. Eingeschüchterte Gesichter starrten zurück. Sogar Ares war versteinert.

„N-Nein!", rief der Bürgermeister. „Wir machen es, wie Ihr sagt!" Er rieb sich besorgt die Hände und sprach zu dem Mädchen: „Minna, sorg dafür, dass die Gaben zusammengetragen werden. Sorg dafür, dass es genug sind!" Er wollte noch mehr sagen, sobald sein Schützling fort war, doch anstelle von Worten fiel ihm ein spitzer Schrei aus dem Mund, und sein dicker Finger stach in die Luft. Er zeigte die Berge hinauf, von wo aus der Bach ins Dorf floss.

„Da sind sie!"

Sara folgte dem Deut des Bürgermeisters. Noch ehe sie etwas erkannte, schnürte die Ahnung ihr das Herz zu. Die Leute im Dorf riefen durcheinander und flohen in ihre Hütten.

„Wo?" Es fiel Sara nicht leicht, ihre Panik niederzukämpfen, denn sie sah nicht, woher die Gefahr kam, doch sie zwang sich, die Haltung zu wahren.

„Dort oben." Ares wies stirnrunzelnd den Berghang hinauf.

Sie entdeckte es zwischen den Bäumen. Weiter oben als erwartet, aber klar und deutlich. Grüne und graue Dämpfe, die aufstiegen und wie fette, giftige Raupen auf das Tal zutrieben.

„Was ist das?", keuchte sie. Oben am Hang zog sich ein Unwetter aus Pestdunst zusammen.

„Schnell", befahl Ares dem Bürgermeister, der sich schwitzend in sämtliche Richtungen drehte und nicht wusste, wohin. „Treibt die Gaben ein! Bringt die Kranken auf den Platz! Zarra muss das Ritual sofort beginnen!"

„Hier raus?", japste der Bürgermeister.

„Tut, was ich sage!" Der Krieger warf sein Gepäck ab. Er behielt nur die Waffen am Leib. Ein Schwert und ein schlankes Messer. Während er mit einer Hand seinen Gurt zurechtrückte, zerrte er mit der anderen Sara zur Seite.

„Was ist das?“, klagte sie, doch er ging nicht auf sie ein.

„In meiner großen Tasche findest du eine Flasche Wasser und eine Phiole. Misch beides zusammen und sorg dafür, dass jeder Kranke trinkt. Hörst du? *Jeder* muss trinken! Du findest auch eine Dose. Sie ist mit Steinen besetzt, darin befindet sich ein helles Pulver. Wirf es am Ende deines Rituals in die Flammen. Wirf nicht daneben.“

„Was wirst du tun?“ Sara versuchte, Ares festzuhalten, aber er schob sie von sich. „Ares! Was hast du jetzt vor?“

„Ich tue das, wofür ich hier bin. Und du auch!“ Er zeigte auffordernd zu seinen Taschen. Als er in Richtung der Dämpfe loshasten wollte, krallte sie sich an ihm fest.

„Ich weiß doch gar nicht, was ich tun soll!“

„Doch. Du weißt es. Überzeug sie! Heil sie! Ich kümmere mich um den Rest.“

„Du? Allein? Wo ist dein Sperling mit seiner Verstärkung?“ Sie hatte ihn nie so gehetzt erlebt. Auf seinen Versuch, sich von ihr loszumachen, klammerte sie noch fester. „Du kannst nicht allein da hoch!“

Er küsste sie. Es war plötzlich und grob. Er nutzte ihre Überraschung aus, um sich von ihr zu schieben und Distanz zwischen sie zu bringen.

„Du bist eine Feuertänzerin“, ermahnte er sie. „Ich erwarte, dass Taal gesund ist, wenn ich zurückkomme.“

„Ares! Warte!“ Zu spät. Er rannte über die kleine Brücke und zwischen den Häusern hindurch den Talhang hinauf.

„Verdammter ...“

Einzelne Dorfbewohner spurteten von Tür zu Tür, um die notwendigen Opfergaben zu sammeln. Manche schleppten Kranke auf den Platz. Sie sahen elend aus und brauchten Stütze beim Gehen. Einer oder zwei mussten getragen werden.

„Legt sie dort um den Brunnen herum“, kommandierte Sara. Sie atmete durch, fing sich, vergegenwärtigte sich in Gedanken, dass sie hier war, um diesen Leuten zu helfen. Anders, als die Menschen von Taal dachten, letztendlich aber war es das Ergebnis, das zählte. Als Zarra schritt sie zu der Stelle, wo Ares' Gepäck lag. Sie fand die Flaschen und das Pulver, von denen er gesprochen hatte.

„Ich brauche eine Wasserschale und einen Becher", herrschte sie die nächstbeste Person an, die in ihre Nähe kam. Es war das junge Mädchen.

„Wo ist Euer Begleiter?", fragte es.

„Beweg dich! Wir haben keine Zeit."

Das Mädchen wollte aufbegehren, überlegte es sich jedoch anders und sprang los, um ihren Nachbarn zu helfen. Die Kranken, die auf Strohmatten oder im Staub um den Brunnen lagen, waren vollzählig. Die Älteren sahen aus wie Geister. Zwei der acht waren höchstens fünf Jahre alt. Ihr hohlwangiger Anblick war entsetzlich.

„Eine Feuerschale", verlangte Zarra vom Bürgermeister, der händeringend bei dem kleinen Schmuckhaufen stand, den die Dorfbewohner in der Mitte des Platzes zusammengetragen hatten. „Und macht ein Feuer!"

Das fette Männchen reagierte nicht sofort. Seine Angst lähmte ihn.

„Wird es bald!", knallte Zarras Befehl wie ein Peitschenschlag neben seinem Ohr. Er zuckte zusammen und lief los.

Der grüne Dampf auf dem Berghang hatte sich mittlerweile in der Luft verteilt. Er war Nebel geworden, ein trüber Sud in der Luft, wie gasförmiger Schimmel, der sich langsam ausbreitete.

„Hoffentlich kommt es nicht hier runter", flehte Sara lautlos. Sie bekam Gänsehaut vom Stöhnen der Siechenden und fror in ihrem Kostüm.

Sei kein Feigling, forderte sie sich heraus. Zarra die Feuertänzerin war das Einzige, was die Taaler davon abhielt, kopflos auseinanderzusprengen. Sie war der Held, auf den alle ihre Hoffnungen setzten. Und so sehr sie diese Lage schmerzte, je mehr sie darin aufging, umso wahrer wurde sie. Minna, das Handwerkermädchen, brachte ihr die Wasserschale, die sie gefordert hatte, und einen Holzbecher.

„Was macht Ihr da?", fragte sie, als die Feuertänzerin den Inhalt beider Flaschen in die Schale goss.

„Ein Ritual besteht aus mehreren Komponenten." Beide Flüssigkeiten hatten die Eigenschaften von Wasser.

„Aber Wasser? Bei einem Ignis-Ritual?“

Das Mädchen ging ihr auf die Nerven.

„Ignis weiß um die Dualität dieser Welt. Luft und Erde, Wasser und Feuer. Lasst die Kranken trinken. Anschließend wird die Macht der Flamme ihre Leiden ausbrennen. Dieses Wasser wird sie schützen. Hast du noch eine Frage, mit der du mich ablenken willst, oder lässt du mich tun, wozu ich hier bin?“

„Ich ...“

„Gut. Dann wäre das geklärt. Hilf dem Bürgermeister mit dem Feuer! Er scheint noch nie selbst eines entfacht zu haben.“

Die Flamme in der kleinen Schale brannte nicht hoch. Es war Sara recht so. Sie wusste ohnehin nicht, wie sie das Feuer nach dem Ritual ersticken sollte, um den Schmuck an sich zu nehmen. Immer wieder linste sie unauffällig den Berghang hinauf, mit dem Wunsch, Ares auszumachen. Irgendwo da oben musste er sein. Aber sie sah ihn nicht.

„Das ist alles“, sagte der Bürgermeister zu ihr.

Auf einer kleinen Decke lagen Armreifen, Ringe, Broschen und Ketten, manche alt und verbogen und wenig wert, andere kostbar.

„Das ist mehr, als wir Kranke haben“, stellte sie fest.

„Die Kinder besitzen keinen Schmuck“, schluchzte eine Frau. Sie trug einen braunen Rock mit weißer Schürze und Bundhaube. „Aber wir sind bereit, alles zu opfern, was wir haben.“

Es war beklagenswert. Aber was hätte Sara sagen sollen? Sie durfte die Gaben nicht ablehnen. Sie nickte der Frau zu.

„Bitte.“ Und erschrak, als diese plötzlich an ihrer Hand hing. „Bitte, rettet meine Töchter!“

Die beiden Mädchen lagen beieinander. Es war der bisher schlimmste Moment dieser Reise. Woher sollte sie wissen, ob sie diesen Menschen helfen konnte? Was, wenn dieses Mittel die Kranken nicht heilte?

Sara wies die Hand der Mutter zurück, nickte jedoch abermals, um zu zeigen, dass sie ihr Flehen gehört hatte. Sie winkte Minna zu sich.

„Reich mir ein Schmuckstück nach dem anderen“, ordnete sie an. Das Mädchen nickte und sammelte das Tuch mit dem Geschmeide auf.

Seltsam eigentlich, schoss es Sara durch den Kopf. *Wenn sie hier einen Dolch von Aqua vor der Welt verstecken, der heilen kann, aber eine Feuertänzerin brauchen, um es zu tun.*

Sie stellte sich mittig vor die Feuerschale und hob Arme und Hände über den Kopf. Nicht alle Dorfbewohner waren auf dem Platz. Die ohne Angehörigen schauten von ihren Hütten aus zu, was geschah. Die widerwärtigen Schwaden waren nur noch als dünne Spuren zu sehen. War die Pestilenz vorbeigezogen?

„Ich bin Zarra, Braut von Ignis, Instrument gegen die Verfemten!"

Die Reifen an ihren Gelenken zitterten, ihr Atem zitterte, und auch Minnas Hände zitterten, als sie Zarra die ersten Opfergaben reichte. Kurz glaubte die Feuertänzerin, Ares in der Ferne zu erblicken. Als sie bedächtig und scharf in die Höhe sah, um ihren Auftritt zu untermauern, fiel ihr Blick auf eine einzelne Gestalt, die sich entlang des Baches den Berg hoch bewegte. Sie holte tief Luft.

„Mein Leben opfere ich dem Dienst an den Roten Jademeistern. Hört mich, Ihr Quihen'Assil, ihr Ewigen des Feuers! Hier stehe ich, die dieses Land spürt. Hier bin ich, die seinen Schmerz mit erleidet. Mit der Macht, die Ihr mir gebt, werde ich es heilen!"

Sara wusste nicht, worin die Kraft einer Feuertänzerin in Wirklichkeit bestand. Sie gab eine leicht abgewandelte Form ihrer Nyamenrede zum Besten, die sie in ihrer Rolle als Siobhán zum Ende des Bühnenstücks gehalten hatte. Ihr war der Monolog immer pathetisch vorgekommen, aber die Dorfbewohner staunten und merkten nichts von der Täuschung.

„Ihr Weltenkinder, steht mir bei!" Sie kreiste ums Feuer, warf den Schmuck hinein und ließ sich neuen geben. „Nehmt dieses Opfer!" Als sie den Flammen ein paar Ringe und eine Kette übergab, ging ihr durch den Sinn, dass ein richtiges Ignis-Ritual wahrscheinlich Trommeln und Tanz gebraucht hätte. Taal sah nicht aus, als gäbe es hier viel Musik.

„Gebt den Kranken zu trinken. Jeder von ihnen muss einen tiefen Schluck aus dem Becher nehmen. Auf dass die Sieche sich gegen Aqua aufbäume und Ignis sie ausbrenne!"

Was für ein Blödsinn. Ihr wurde heiß vor Angst, enttarnt zu werden, doch seit sie begonnen hatte, zweifelte niemand mehr an Zarra. Die

Gesunden tauchten den Holzbecher in die Wasserschale und halfen den Kranken beim Trinken. In der Zwischenzeit tanzte Zarra ums Feuer und versenkte Schmuckstück für Schmuckstück darin. Die linke Hand hatte sie die gesamte Zeit über zur Faust geballt. Darin war das Pulver, das sie dem letzten Opfer mit ein paar abschließenden Worten hinterher schleuderte.

„Ignis! Schüre die Flamme des Lebens in diesen Geschöpfen. Vernichte die Spuren der Verfemten. Heile deine Anhänger!"

Eine Stichflamme stob in den Himmel. Zuschauer stießen spitze Überraschungsrufe aus, keuchten und wichen zurück. Auch Sara erschrak. Sie stürzte, Hände und Hüften kreisend, nacheinander zu den auf dem Boden Liegenden. Manche schrien, als sie wie eine brennende Windhose heranwirbelte, sich über sie beugte und ihnen die Nägel tief ins Schulterfleisch grub. Soweit sie wusste, verlief eine Ignis-Heilung unter Schmerzen. Sie musste es so realistisch wie möglich machen.

„Ewige Flamme. Verzehre die Verunreinigung in diesem Körper. Heile ihn von der Krankheit!"

Einer oder zwei waren bereits so schwach, dass sie Zarras groben Übergriff kaum mitbekamen. Sie blinzelten und stöhnten leise über Lippen, die so trocken waren wie Sandstein. Ein paar Umstehende fielen in Zarras Gebet mit ein und riefen die Roten Jademeister an. Als die Feuertänzerin in die Mitte des Platzes zurückkehrte und mit schlangenförmigen Bewegungen in sich zusammensank, wurden auch sie wieder still. Das Feuer war kurz nach der Stichflamme erloschen. Das Pulver hatte ihm ein schnelles Ende bereitet. Einige Momente verharrte Zarra in ihrer entrückten Haltung. Dann richtete sie sich zu ganzer Höhe auf. Sie wusste, dass alle Augen auf sie gerichtet waren. Im Zirkus war dies der kribbelnde Moment, die kurze, spannungsgeladene Stille vor dem Applaus. Doch in Taal klatschte niemand. Auf einer Strohmatte säuselte einer der Kranken vor sich hin.

„Sie werden genesen", sagte sie behutsam.

Die Mutter der zwei kleinen Mädchen war in Tränen ausgebrochen. Sie war nicht die Einzige, die weinte. Sogar der Bürgermeister hatte gerötete Augen.

„Wie lange wird es dauern?", fragte er.

Verdammter Ares. Warum hatte er sie nicht besser auf das hier vorbereitet?

„Habt noch ein bisschen Geduld. Das Ritual war erschöpfend für uns alle. Und gebt euren Leuten noch etwas zu trinken."

Minna nahm Wasserschale und Becher und kümmerte sich um die Kranken. Sara bewachte die Berge, um sicherzugehen, dass nicht wieder Pestdunst aufstieg. Sie versuchte außerdem, sich davon abzulenken, was passieren würde, sollte ihre Zeremonie wirkungslos gewesen sein. Ares hatte sie allein gelassen. Sie konnte sich schlecht mit einem alten Skalpell gegen ein ganzes Dorf verteidigen und wusste nicht, wohin. Es drängte sie, ihm zu folgen. Ihn zu suchen.

„Zarra. Seht!"

Einer der Kranken hatte sich aufgesetzt. Der Greis hatte vorher schlecht ausgesehen, gefiebert und geschwitzt. Jetzt war Farbe in sein Gesicht zurückgekehrt, und es gelang ihm, ein paar Worte zu sprechen.

„Ich habe Hunger", hustete er, woraufhin seine Frau ihm gleichzeitig weinend und lachend um den Hals fiel.

Auch die anderen öffneten die Augen. Die Kinder wurden zurück in ihre Betten getragen, aber es dauerte nicht lange, bis das erste von ihnen aufstand. Das Heilmittel hatte gewirkt.

Sara nahm unbemerkt Abstand zu den Dorfbewohnern. Sie musste sich sammeln und ihre Erleichterung überwinden, ohne dass man sie ihr ansah. Einen Moment lang fragte sie sich, ob es sein konnte, dass die Quihen'Assil sie tatsächlich erhört hatten.

Unsinn, rügte sie sich für diesen Gedanken. Taal war leicht zu täuschen gewesen, aber die Roten Jademeister würden eine Betrügerin nicht belohnen. Sie hatten sie bestimmt gesehen, von ihrer glühenden Festung am Himmel aus, die zum fortgeschrittenen Tage nah über den Horizont gesunken war. Aber wenn überhaupt jemand sie belohnt hatte, so mussten es die Herren der Tiefe gewesen sein, die Herren über Heilung und Intrige. Die Dorfbewohner ahnten nichts von Saras Sorge. Sie fanden sie, schlossen sie in einen Kreis und bejubelten sie, dankten ihr und den Quihen'Assil und wollten wissen, ob die Pestilenz endgültig besiegt war. Während Sara ihre Dankesbekundungen annahm und sie beruhigte, drehten sich ihre Gedanken um Ares. Ihr Kopf spielte ihr die schlimmsten Szenarien vor. Was, wenn der Sperling nicht rechtzeitig mit der Verstärkung gekommen war? Er allein gegen einen Trupp warzenübersäter Ungetüme …

Sie hörte dem Bürgermeister gar nicht zu, als er ihr anbot, ihn beim Vornamen, Jakub, anzusprechen, oder mit seinem Plan prahlte, auf dem Platz einen Schrein für die Roten Jademeister zu errichten. Doch dann sagte er etwas, was sie aus ihren Gedanken riss wie ein kräftiger Ruck an einem Seil.

„Zuerst wollten wir Eurem Freund nicht glauben. Aber er hatte recht, was Euch betraf. Wir werden ihn reich entlohnen, wenn er wiederkehrt.“

„Was? Meint Ihr Ares? Was wolltet Ihr ihm nicht glauben?“

„Nein, nein. Der andere. Der Elf. Nun.“ Der Bürgermeister, mittlerweile eines Besseren belehrt, schob scheu die Oberlippe über die Zähne. Wahrscheinlich versuchte er zu lächeln. „Zu meiner Schmach muss ich gestehen, dass ich nicht sofort überzeugt war, als er darauf beharrte, dass es eine Feuertänzerin braucht.“

„*Er* hat darauf beharrt?“

„Na ja, inbrünstig. Und ich war, ich will es ja zugeben, zögerlich, wo doch Heilung ein Aspekt von Aqu…“

„Der Elf hat Euch das gesagt?“

Der Bürgermeister stutzte. Mit gehobenen Brauen spähte er nervös hin und her.

„Er war derjenige, der …“

„Nicht *Ihr* habt es *ihm* gesagt?“

„Ich … was meint Ihr?“

Der Sperling! Er war ein Betrüger. Aber er hatte nicht nur Taal betrogen, sondern im selben Zug Sara und Ares!

Ares! Er war da oben ohne Unterstützung, um die Pestilenz zu bekämpfen! Er hatte sich darauf verlassen, dass der Sperling mit anderen Mannen nachkam, aber das würde nicht passieren. Ihr Herz setzte schmerzhaft aus.

„Gebt mir den Dolch!“

„W… wie?“

„Den Dolch. Den Dolch von Aqua. Gebt ihn mir. Jetzt sofort!“

Früher oder später würde der verfluchte Elf auftauchen, um seine Belohnung abzuholen. Und dann würde sie den Dolch haben! Außerdem brauchte sie eine bessere Waffe.

Der Bürgermeister trat verzagt auf der Stelle, anstatt zu tun, was Sara von ihm wollte.

Sie baute sich vor ihm auf und riss sich die Haube vom Kopf. Ihr befreites Haar brach wie wildes Feuer darunter hervor. „Ihr gebt mir diesen Dolch. Oder ich lasse Eure Eingeweide zu Kohlenstaub zerfallen, sodass Ihr nur noch Asche ausscheidet!“ „Ich will nur ...“

„JETZT!“

„Ja!“ Plötzlich schien es dem Bürgermeister ein Anliegen zu sein, den Gang möglichst schnell zu erledigen. Sara überlegte, ob sie ihm in sein Haus folgen sollte, um ihn zu überprüfen, doch so weit kam es nicht. Sie schrak zusammen, als sie seinen dicken Körper davon wackeln sah und dabei registrierte, dass der Opferschmuck noch in der erloschenen Feuerschale lag. Sie hatte vor Aufregung vergessen, ihn anzustreifen! Aber keiner hatte etwas gesagt. Möglichst unauffällig sank sie neben die Schale und legte sich den mittlerweile erkalteten Schmuck um. Da ihr Ritual gelungen war, würde keiner den Zeitpunkt dieser Maßnahme anfechten. Ohnehin waren die meisten Taaler bei den Kranken, um sich immer wieder davon zu überzeugen, dass sie tatsächlich gesundeten. Minna allerdings saß auf dem Brunnenrand und beobachtete Sara.

„Beschattest du mich?“, fragte sie das Mädchen.

Es zuckte mit den Schultern. „Ich schaue nur, was passiert.“

„Du bist misstrauisch.“

„Ich frage mich, was aus den Männern wurde, die zuerst hier waren. Die Euch geholt haben.“

„Sie sorgen dafür, dass die Pestilenz dein Dorf nicht wieder heimsucht.“ Sara wurde unwohl, deshalb sprach sie schroff.

Das Mädchen nickte langsam. Es hielt mit seinen Gedanken an einer Idee fest.

„Genau. Und ich frage mich, wenn Ihr eine Feuertänzerin seid, warum Ihr das nicht könnt.“

Sara wollte eine scharfe Antwort geben, aber sie spürte ihre Zunge im Mund erlahmen. Die Rückkehr des Bürgermeisters entband sie glücklicherweise von der Pflicht, etwas zu sagen. Er trug eine längliche Schatulle, die außen mit Messing verziert war. Sara nahm sie und klappte sie auf. Innen war sie mit Polstern ausgelegt. Darauf lag ein makelloser Dolch. Die Arbeit eines Meisters. Ein Geflecht von Silberdrähten rankte sich um den Griff, außerordentlich fein, und endete in zwei scharfen Schneiden, die das Licht der untergehenden Sonne weißlich reflektierten, als sei es Mondlicht. Der Bürgermeister stand geduckt da. Er druckste nicht, wie sonst, herum, aber er schien auf etwas zu warten. Er war mitleiderregend. Der Mann war vollkommen verschüchtert. Er brauchte jemanden, der ihn ermutigte, aber sie machte es ihm schwer.

„In Ordnung." Sie schloss die Schatulle wieder. Die Schleier ihres Rockes schlugen aus wie Feuerflügel, als sie sich vehement abwandte, bevor der dicke Mann durch ein Wunder den Mut entwickeln konnte, es sich anders zu überlegen.

„Wohin geht Ihr?" Minna war tapfer genug, sie zu fragen, während der Bürgermeister kleinlaut im Boden versank.

„Du hattest unrecht", rief Sara mit der Stimme der Zarra, als sie die Brücke über den kleinen Bach überquerte. „Ich kann die Pestilenz vertreiben!"

„Eine Feuertänzerin ... mit einem Aqua-Dolch?"

„Stell dir vor! Das gibt eine gute Geschichte!"

Ein bisschen wunderte sich Sara, dass niemand versuchte, sie aufzuhalten. Andererseits gab es im Dorf niemanden, der den Willen und gleichzeitig den Schneid besaß, sich ihr entgegenzustellen, ausgenommen ein kleines Mädchen, das seinen Platz auf dem Brunnenrand aber nicht verließ. Der Bürgermeister hatte elend ausgesehen, als er ihr den Dolch überlassen hatte. Kein Wunder, wenn es stimmte, was man sich darüber erzählte. Obwohl sich Sara eingestehen musste, dass all die Macht, die diese Waffe angeblich in sich trug, nicht ausreichte, damit sie sich tapferer fühlte. Als sie zwischen den Häusern hindurch Ares' Spuren folgte, war ihr vor Angst sterbensübel.

Zeitweise hatte sie sich so in ihr Spiel vertieft, dass sie ihrer eigenen Illusion aufgesessen war. Aber ohne die Begleitung des Publikums, ohne Zuspruch und Bewunderung, allein beim anstrengenden Aufstieg ins Ungewisse, wurde ihr unheimlich klar, dass sie Sara war, ein Mädchen aus dem Zirkus, nicht Zarra die Feuertänzerin. Daran konnte auch ein geheimnisvoller Dolch nichts ändern.

Es war einfältig, sich auf ein Stück Metall zu verlassen. Sie durfte sich nur auf sich selbst verlassen. Natürlich konnte sie sich einreden, dass es allein ihr Drang war, jede Herausforderung zu bestehen, der sie den Berg hochtrieb, aber derart unbedarft war sie nicht. Sie musste Ares warnen. Vielleicht war er den Anhängern der öligen Pestilenz noch gar nicht begegnet. Vielleicht konnte sie ihn noch aufhalten!

Überall an den Rändern des Baches, dem sie wie einer Straße folgte, wuchs Gestrüpp. Es gewährte Sara Deckung, erschwerte ihr aber auch, Ares' Route nachzuvollziehen. Sie fröstelte bei dem Gedanken, dass er direkt auf die Dämpfe zugelaufen war, und mehr noch bei der Vorstellung, was sie oben finden mochte. Die Dämmerung setzte ein, was ihre Situation nicht verbesserte. Es knackte im Gebüsch. Ein Spatz sprang aus dem dünnen Zweiggeflecht, zwitscherte unschuldig und flog davon. Saras Schock legte sich nur langsam. Sie nahm den Dolch aus der Schatulle. Letztere versteckte sie dort, wo ihr der Vogel entgegengekommen war. Sie hatte nie gelernt, mit einem Dolch umzugehen. Wenn sie zurückschaute, sah sie das Dorf wie eine Miniatur seiner selbst in der Talsenke. Was würde aus den armen Menschen, wenn sie die Pestilenz nicht vertreiben konnten?

Der Bach wurde breiter und wieder schmaler, steiler und flacher. Sara musste Kurven einschlagen und Felsformationen ausweichen. Auf halber Strecke zum Gipfel verschwand er in einer Grotte mit breitem Eingang. Der Quell musste darin liegen. Aber auch etwas anderes musste im Inneren sein. Fußabdrücke, die vom Wasser durch ein schlammiges Stück Gras in die Höhle führten, verrieten Sara, wohin Ares gegangen war. Sie fasste sich ein Herz, außerdem den Dolch fester und ging hinein. Der Weg bog unmittelbar nach links, offen genug, damit das Tageslicht die Umgebung erhellte.

„Aeris, steh mir bei", flüsterte Sara, vielleicht zu den falschen Quihen'Assil, denn gerade war es vielmehr Leidenschaft als Mut, die ihre Taten lenkte. Sie ging so unsicher, als sei der Boden aus Glatteis. Im Bauch der Höhle schepperte es. Ihr Herz setzte aus. Das waren keine Kampfgeräusche. Es hatte geklungen wie ein zu Boden fallendes Schwert. Mit jedem Schritt wurde es dunkler, und immer mehr hielt ein schlechtes Gefühl sie zurück, aber immer wieder rang ein stärkeres Gefühl das erste nieder. Da waren Töne, die von der Decke widerhallten. Stimmen. Saras Hals war ausgetrocknet, sie konnte kaum schlukken. Die Finger um den Dolch hingegen waren schwitzig. Wer redete da? War das Ares' Stimme? Aber er konnte unmöglich mit der Pestilenz sprechen. Ein übler Schauer kroch ihr rückwärts die Wirbelsäule hinauf. Sie hatten Ares geschnappt.

Nein. Nein, das darf nicht sein. Die Schwere und Gefahr ihrer Pflicht trieben Sara Tränen in die Augen, als ihr bewusst wurde, dass es ihre Aufgabe war, ihn zu retten. Sie musste näher ran. Der Dolch erschütterte, nicht aus eigener Kraft, sondern unter ihrer Unruhe. Wenn sie ihn näher betrachtete, sah er gar nicht mehr so besonders aus. Elegant, ohne Frage, aber wie sollte dieser Zahnstocher sie retten? Sie schnitt einen ihrer weiten Ärmel aus dem Oberteil und wickelte ihn um Mund und Nase. Aus einer ihrer Reden als ehemalige Nyame des Südens hatte sie gelernt, dass es wichtig war, sich gegen die Erreger der Pestilenz zu schützen.

Jeder Schritt weiter in die Höhle hinein entsprach einem Tauziehen gegen die Vernunft. Jetzt war es so weit. Ihre eigene Heldengeschichte erfüllte sich. In ihrer Vorstellung war sie nie so schrecklich unvorbereitet gewesen. Aber die Menschen in den Heldengeschichten waren nie vorbereitet, das war es, was sie ausmachte, und es war kurzsichtig gewesen, von etwas anderem auszugehen. Hinter der nächsten Biegung wurde es wieder heller. Irgendwo musste es eine Lichtquelle geben. Die Stimmen waren jetzt deutlicher. Der Gang öffnete sich in eine große Höhlenkammer. Hier drangen sie heraus. Hier mussten Ares und die Verfemten sein. Sie hörte ihn sprechen.

„Unmöglich! Das ist grausam! Das lasse ich nicht zu!"

Er war aufgebracht. Ihre Vernunft verlor das Tauziehen. Sie presste sich an den Rand des Eingangs in die Kammer, in deren Mitte sie irgendein furchteinflößendes Gerät sah. Aus einem Loch in der Decke fiel Licht darauf. Es sah aus wie ein gewaltiger Sack aus Leder und Holz, an dem Griffe und Ventile angebracht waren. Was war das?

„Was willst du tun? Sie mitnehmen? Du bist zu weich, Caspar."

Es fuhr Sara kalt in die Knochen. Das war die Stimme des Sperlings.

„Ich lass sie nicht allein. Dann verschwinde du mit dem Dolch. Ich bin kein Verräter."

„Bei den Ewigen! Sag nicht, du Narr hast dich verliebt! Das passt mir gar nicht in den Plan."

„Du wirst umplanen müssen."

„Caspar!"

„Brynn!"

„Caspar? Brynn?"

Ares und der Sperling rissen die Köpfe herum und schauten wie die Gänse, als sie Sara entdeckten, die in die Höhlenkammer getreten war und sich fassungslos das Tuch vom Mund zog. Kein einziger Verfemter war hier. Ares hatte die Waffen abgeworfen. Der Sperling spazierte zwischen ein paar geschlossenen Fässchen und leeren Schalen herum, die um die merkwürdige Gerätschaft verteilt lagen. Es handelte sich um einen riesigen Blasebalg. Das Ventil war nach einer Feuerstelle ausgerichtet, die gerade nicht brannte, hinter der ein Loch im Gestein, ein zusätzlicher Ausgang, wenn auch zu eng für einen Menschen, ins Freie führte. Einem der Fässer fehlte der Deckel. Es war gefüllt mit grünlichem Pulver.

„Was tust du hier?", fuhr der Elf sie an, als sei Sara diejenige, die die anderen beiden betrogen hätte, indem sie beim Versteckspiel nicht bis zu Ende gezählt hatte.

„Was *ich* hier tue?"

Sie hatte sie ertappt. Klarer hätte man es Ares nicht ansehen können. Sein Mund stand offen, und er guckte Sara an, als sei er tatsächlich der Pestilenz begegnet.

„Das war alles gelogen, oder?", rief sie.

Ares streckte die Hand aus, um sie vom Näherkommen abzuhalten, doch sie beachtete ihn nicht.

Das Pulver, der Blasebalg, der Sperling.

„Es *gab* nie Verfemte, richtig? Das wart alles ihr.“

Sie glaubte, von einer Ohnmacht in die andere zu fallen. Weder Ares noch der Sperling antworteten ihr. Der erste vergrub die Hände in den Locken, der zweite starrte auf den Dolch in Saras Hand.

„Ihr habt dieses *Ding* verwendet, um den Qualm zu produzieren!“ Sie trat gegen den Blasebalg.

„He!“, rief der Sperling.

„Caspar und Brynn! Das sind eure Namen? Caspar? Du heißt Caspar?“

„Nicht sehr beeindruckend, oder?“ Ares’ Erwiderung klang wie eine Entschuldigung.

„Hat *irgendetwas* gestimmt von dem, was du mir erzählt hast?“

„Natürlich.“ Ares senkte die Hände, wie um ein wildes Tier zu beruhigen. Er begegnete Sara ähnlich wie ihren Hunden, als sie ihn vor dem Manegezelt überrascht hatten. „Natürlich. Lass mich ...“

„Wage nicht, vorzuschlagen, mir etwas zu erklären!“, fauchte sie. „Ich kann es mir selbst erklären.“

„Sara ...“

„Ich bin nicht Sara. Ich bin Zarra. Richtig? So wie du Ares bist. Nicht wahr, *Caspar*? Wir sind alle nichts als Figuren in diesem perfiden Spiel. Wer bestimmt die Regeln? Er?“ Sie spuckte in Richtung des Sperlings aus. „Ich spiel nicht mehr mit.“

Der Elf schätzte sie immer noch ab. Er lächelte bedauernd.

„Du erinnerst mich wirklich an jemanden“, sagte er. „Ich mag dich. Gib mir den Dolch. Wir werden uns schon einig.“

„Ich kann dich nicht leiden!“

„Schade. Gib mir den Dolch trotzdem.“

Er kam auf sie zu. Sie wartete, bis er nah genug war.

„Du willst den Dolch?“

Dann rammte sie ihm die Klinge in den Arm.

„Sara!“ Ares schrie auf.

Sie versuchte es zumindest. Der Sperling war nicht darauf vorbereitet, doch seine Reflexe waren ausgezeichnet. Er zog den Oberkörper zurück wie ein Gummiseil, wippte auf den Hacken und schnellte wieder vor. Sara hörte ihn zischen und sah Blut. Sie hatte ihn erwischt, aber nicht so wie geplant. Sein Hemd war zerrissen, der Schnitt, den sein Oberarm abbekommen hatte, jedoch nicht tief.

„Na gut", raunte der Elf an ihrem Ohr. Ein Schlag traf sie gegen die Schläfe.

„Versuch es noch mal."

„Es passiert nichts ..."

„Versuch es *noch mal.*"

Sara hörte den Bach durch die Höhle plätschern. Fackellicht tanzte über die Gesichter von Ares und dem Sperling, die ihr gegenüber saßen und ihre leise Unterredung unterbrachen, als Sara aufwachte. Der Arm des Elfen war verbunden. Zwischen seinen Fingern tanzte der Dolch von Aqua. Sie erinnerte sich daran, dass er sie geschlagen hatte. Daran, dass er sie gepackt und Druck auf sie ausgeübt hatte, bis ihr schwarz vor Augen geworden war. Ihr war miserabel zumute.

„Ich bin nicht gefesselt", murmelte sie. Ihr war schwindelig. Ihr Hals schmerzte.

„Du bist nicht unsere Gefangene." Ares' Stimme kündete von Reue.

Er war ein Lügner. Und sie, benommen vor Tatendurst, war sehenden Auges in seinen Betrug gerannt.

„Wie lang war ich weg?" Sie war immer noch benommen.

„Nicht lange." Der Sperling spielte unaufhörlich mit dem Dolch. Während die Klinge unter den Lichtverhältnissen des Fackelscheins noch brillanter aussah, erschien das Lächeln in seinem Gesicht verzerrt. „Es war nur eine Sicherheitsmaßnahme." Er war verklärt. Bitter.

„Ihr habt euch das alles ausgedacht!", warf sie beiden vor, und dann Ares: „Ich wollte dich retten!"

„Ich wollte nicht gerettet werden!"

„Ihr seid Schurken! Alle beide!"

„Nicht wieder wild werden", warnte Brynn. Er griff hinter sich und reichte Sara eine Feldflasche. Sie nahm sie nicht. Wasser wäre gut. Aber wer wusste, was er ihr verabreichte? Sie setzte sich wackelig auf. Jemand hatte ihre Beine zugedeckt. Brynn reckte ihr drei Finger entgegen.

„Drei Fragen."

„Was?"

„Wir haben beschlossen, dir drei Fragen zu beantworten. Wir werden ehrlich sein. Wenn du wieder angreifst, schlagen wir dich nieder und lassen dich liegen."

Saras Kopf schmerzte. Ihre Abwägungen überschlugen sich. Das Letzte, wonach ihr war, war gut über Ares zu denken. Trotzdem ahnte sie, dass dieses Angebot ihm zu verdanken war. Er saß da ernst und schweigend und säuberte sich mit einer Messerspitze die Nägel.

„Habt ihr die Bedrohung durch die Pestilenz erfunden und Taal weisgemacht, dass sie eine Feuertänzerin brauchen, um an den Dolch zu kommen?"

Zwei Männer, die mit Klingen spielten, und sie stellte die unangenehmste Frage, die ihr einfiel.

„Ja", sagte der Sperling.

„*Warum?*"

„Weil ich diesen Dolch brauche."

„Wofür?"

„Das geht dich nichts an. Stell eine andere Frage."

„Drei Fragen. Deine Worte!"

„Ich ging davon aus, dass du *ihm* Fragen stellst." Die Spitze des Aquadolchs zeigte auf Ares, der das Kinn hob und an Brynns Stelle antwortete.

„Er hat viel verloren. Wer so was einmal erlebt hat, sucht nach Wegen, Verluste dieser Art in der Zukunft zu verhindern."

Die Antwort war glaubhaft direkt, erschreckend überzeugend, als sie das wütende Blitzen in den Augen des Sperlings sah.

„Das war's mit dem Fragen", bestimmte er.

„Was? Ich habe doch erst zwei ..."

„Drei. Es waren drei Fragen."

„Die zweite hat nicht gezählt!"

Sie sank zurück, als der Elf sich erhob. Plötzlich war er sehr viel größer als sie.

„Na gut." Er schaute auf sie herab. „Eine noch. Für den Frieden. Aber gib Ruhe."

Sie hatte sich geirrt. Ihre Gedanken, da sie einmal zu arbeiten begonnen hatten, gruben ganz andere Dinge aus, Vermutungen und Annahmen, die viel unangenehmer waren als ihre erste Frage.

„Wo hat die Inszenierung begonnen?“ Sie klang leise und hohl, aber
ihre wachsame Art nahm der Befürchtung nichts von ihrem Schrek-
ken. „Du hast dich mit Rabea herumgetrieben ... du hast sie überredet,
mich zum Weglaufen zu ermutigen. So ist es doch?“

„Zu meiner Verteidigung sei gesagt“, der Elf begann, das Lager ab-
zubauen, „es war nicht viel Überredungsarbeit nötig.“ Er schaute über
die Schulter. „Weder bei deiner Freundin noch bei dem Gewichthe-
ber.“

„DU HAST ...“

„Sara ...“ Ares nahm ihr den Wind aus den Segeln. Er hatte das Mes-
ser weggesteckt und war aufgesprungen, hatte sich gedreht und neben
sie fallen lassen. Ihr erster Antrieb, als seine Finger sich auf ihren Arm
legten, war, sich ihm zu entziehen. Doch seine Nähe beruhigte sie im-
mer noch. „Wir haben dich wirklich gebraucht. Es war falsch. Aber wir
wussten, dass du die Richtige bist. Wir mussten dich irgendwie dazu
bringen, dass du es auch weißt.“

Aber ihre Überlegungen waren außer Kontrolle geraten. Sie fand
überall Hinweise. Überall Teile, die sich zu einem Bild zusammensetz-
ten. Und dieses Bild gab eine hässliche Realität ab.

„Ihr habt mir diesen Kerl in der Scheune nachgeschickt. Ihr habt
dafür gesorgt, dass ich nicht mehr nach Hause zurück kann. Ihr habt
... habt ihr die Leute krank gemacht?“

Ares riss die Augen auf. Er widersprach nicht.

„Du hast deine Fragen aufgebraucht“, erinnerte sie der Sperling,
während er zusammenpackte. Obwohl der Dolch ihm dabei lästig sein
musste, legte er ihn nicht aus der Hand.

„Wie konntet ihr das tun? Es sind Leute gestorben! Ihr seid Unge-
heuer!“

„Es war so nicht geplant. Wir haben uns verschätzt.“

„Verschätzt? Ihr habt euch verschätzt? Gib mir dein Messer!“

Ares hielt Sara fest, als sie nach vorn stürzen wollte. Seine Umar-
mung von hinten war nicht zärtlich, sondern ein Weg, sie davon abzu-
halten, auf den Elfen loszugehen.

„Es war so nicht geplant!“ Brynn fuhr heftig herum. „Es war so nicht
geplant! Und jetzt sei endlich still!“

Sie hielt bestürzt inne beim Anblick des Sperlings. Er sah aus, als bräche er zusammen.

„Warum habt ihr gelogen?“, fragte sie nach einer Pause in die verzagte Stille.

„Hättest du uns geholfen, wenn wir ehrlich gewesen wären?“ Ares ließ von ihr ab, als er nicht mehr glaubte, dass sie seinem Freund an die Gurgel gehen würde, sobald sie frei war.

„Nein. Vielleicht.“

„Zu unsicher.“

„Habt ihr den Bach vergiftet?“

Niemand antwortete. Eigentlich spielte es auch keine Rolle.

„Und jetzt?“

„Jetzt schlägt die Stunde der Wahrheit.“ Der Sperling ließ alles Gepäck auf einem Haufen liegen und trat noch einmal ins Licht. Er wikkelte sich den Verband vom Arm. Ares ging zu ihm.

„Ich hab dir von Anfang an geraten, es ohne den Verband zu versuchen.“

„Halt den Mund.“

„Was macht ihr da?“ Kaum hatte Sara gefragt, kam ihr die Antwort von selbst: „Ihr wollt ihn mit dem Dolch heilen.“

Wieder hatte der Sperling diese Bitterkeit in seinem Aussehen. Er drehte die Klinge, hielt sie an den Schnitt, der so klein war, dass Sara ihn von ihrem Platz aus nicht sah, jetzt, wo er nicht mehr blutete, murmelte vor sich hin und versetzte sich, als er nicht weiter wusste, sogar einen neuen Schmiss. Zuletzt warf er den Aquadolch mit einem Fluch quer durch die Höhle, riss die Fäuste an die Stirn und rannte hinterher, um ihn wieder aufzuheben.

„Es funktioniert wohl nicht?“ Sara schürzte hämisch die Lippen.

Ares gab ein alarmierendes Geräusch von sich, doch der Elf hatte sie nicht gehört. Er stieß Verwünschungen aus, marschierte durch die Kammer, hielt die Waffe auf jede erdenkliche Weise, schloss die Augen, flüsterte vor sich hin und gab schließlich auf.

„Du hast recht“, sagte er trocken, als er zurückkam. „Es ist ein perfides Spiel. Und wir sind nur Figuren darin. Aber nicht ich mache die Regeln. Die Quihen’Assil machen sie.“ Er schaute ungerührt während seiner Behauptung, doch es gelang ihm nicht, seine Enttäuschung zu verbergen. „Und in dieser Sache wurde nur den Herren der Tiefe ein Dienst erwiesen."

„Was soll das heißen?"

„Wir alle waren Teil dieser Inszenierung. Und jeder hat gedacht, er sei schlauer als die anderen." Er winkte mit dem Dolch. „Das ist kein Dolch von Aqua. Es ist nur ein schöner Dolch. Er wird niemanden heilen. Und schon gar nicht mich."

„Bist du sicher?", brummte Ares.

Brynn seufzte nur. Er ging zu seinem Gepäck und steckte das Messer weg.

„Vielleicht", sinnierte er, „haben es die Bewohner von Taal selbst nicht gewusst."

„Ich glaube nicht, dass sie es wussten", stimmte Sara zu. Sie log. Der Schweiß auf der Stirn des Bürgermeisters, als er ihr den Dolch übergeben hatte ... jetzt war es ihr klar. Eine echte Feuertänzerin hätte die Fälschung wahrscheinlich erkannt. Sie verstand jetzt auch, weshalb sich Ares ihr gegenüber nach der Nacht in der Scheune so seltsam verhalten hatte. Weil er nicht Ares war, sondern Caspar. Ein Schwindler. So wie sie eine Schwindlerin war.

„Wir halten unser Wort." Plötzlich sprach er sie an. „Wir bringen dich, wohin du möchtest. Samt Anteil. Aber wenn du willst ... du könntest auch bei uns bleiben."

„Caspar!" Brynn, einen der Rucksäcke schon geschultert, stöhnte auf.

„Du hast gesagt, du magst sie!"

„So gern auch wieder nicht." Nach kurzem Bedenken räumte er ein: „Aber bevor der Narr mich deinetwegen sitzen lässt, komm mit, Mädchen. Ich glaube, du passt besser rein, als du wahrhaben willst."

„Warum sollte er dich sitzen lassen?"

„Stell keine blöden Fragen. Komm einfach mit. Prüf nicht meine Geduld. Das endet nie gut."

„Ich komme nicht mit euch mit. Ihr seid schuld an allem, was mir widerfahren ist. Ihr seid skrupellose Betrüger und Lügenmäuler."

„Wir arbeiten mit Geschichten und Illusionen", widersprach Caspar. „Das ist das, was du im Zirkus auch getan hast!"

„Aber im Zirkus wollte ich nicht bleiben. Ich geh nicht mit euch!"

Es fiel dem Mann nicht leicht, Saras Entscheidung hinzunehmen. Und er machte ihr die Entscheidung wiederum durch seine scharfen Augen und den Blick darin schwer. Aber schlussendlich gab er auf.

„Dann gestatte uns wenigstens, dich irgendwo hinzubringen, wo es sicher ist", bat er.

„Was, denkst du, ich begegne der Pestilenz?! Haut ab! Ich geh nicht mit euch."

Er tat es ungern, doch er respektierte ihren Wunsch. Brynn und er ließen ihr einen der Rucksäcke und ein paar Vorräte da. Es war ein miserables Gefühl, als die beiden gingen. Sie verfluchte ihr störrisches Gemüt, ihren Stolz, ihr Herz. Sie verfluchte die Männer, die inmitten der Dunkelheit aufgebrochen waren. Die Fackeln, die zitternde Schatten an die Wände warfen. Im Halbdunkel sah der große Blasebalg aus wie ein buckeliges Konstrukt. Holz knackte. Sara drückte sich auf die Füße. In Windeseile hatte sie den Rucksack aufgehoben.

„Wartet auf mich!"

Sie wusste, sie konnte die beiden noch einholen.

Hexenjagt

Von Matthias Ramtke

Der See war klein, beinahe perfekt oval und gesäumt von Erlendickicht auf der einen Seite sowie Schilf, krummen Weiden und durch die tagelang anhaltende Hitze braun gewordene Wiese auf der anderen. Am Ufer, versteckt in ihren Nestern, schnatterten wilde Enten; Frösche und Unken riefen um die Wette. Ihnen machte die Hitze nichts aus, ebenso wenig wie den Mücken, die in Schwärmen über dem See kreisten.

Die Wasseroberfläche war ruhig. Dort, wo sich bei anderen Gewässern der Himmel spiegelte, wo die Sonne glitzerte und man das Bild der Baumkronen sah, wie sie sanft im warmen Wind wogten, dort war bei jenem See nur ölige Schwärze. Eine Schwärze, die eine unbeschreibliche Tiefe offenbarte, so klein der See auch war.

Er stand am Ufer, gekleidet in eine schlichte Tunika, und starrte auf die Wasseroberfläche hinaus. In den Händen hielt er ein blaues Tuch aus Seide, auf das in eine der vier Ecken drei kleine schwarze Blumen gestickt waren. Er murmelte unverständliche Worte, konzentrierte sich vollkommen, ignorierte die unbarmherzige Hitze.

Die Worte, die er sprach, wurden jetzt lauter, und hätte jemand neben ihm gestanden, hätte dieser Jemand zumindest erahnen können, worum es ging.

Aber da war niemand. Er war allein.

Langsam lief er dem See entgegen, bis seine Knöchel vom Wasser umspült wurden. Dann bückte er sich, legte das Tuch so behutsam, als sei es ein Neugeborenes, auf die Wasseroberfläche, schöpfte Wasser mit den hohlen Händen und trank. Die schnatternden Enten verstummten, die Lieder der Frösche kamen zum Erliegen.

Er riss den Kopf zurück, die Augen geschlossen. Das Wasser belebte ihn, erfüllte ihn mit einem nie dagewesenen Feuer, setzte seine Seele in Brand. Reine Energie durchströmte jede Faser seines Körpers. Er streckte den Arm aus und deutete auf die tiefste Stelle. Er kannte sie, wusste, wo sie sich befand, denn er war eins mit dem See, nein, er *war* der See.

Das Tuch trieb zielstrebig auf jenen Punkt zu, auf den er deutete, dann verharrte es, als warte es auf neue Instruktionen.

„Das Wasser", sprach er leise, „ist Leben und Tod. Schütze und richte."

Das Tuch schien zu erzittern, konzentrische Kreise zerstörten den Spiegel.

„Du bist mein Sohn, meine Schöpfung! Wachse, erstarke! Ich bin dein Herr und auf ewig dein Diener." Er schöpfte erneut Wasser, trank, richtete sich auf und trat aus dem See hinaus.

Das Tuch erzitterte nun tatsächlich, und dann, so abrupt, dass man seinen Augen kaum trauen wollte, wurde es von etwas gepackt und hinab in die Schwärze gezogen.

Er lächelte.

Er lächelte auch noch, als er seinen Dolch zog und sein Blut vom Schilf tropfte.

***

Die beiden Pferde schnaubten und schüttelten die massigen Köpfe.

„Ruhig, Radieschen, ruhig", sagte der Kutscher. Reinhard, der neben ihm auf dem Kutschbock saß, nestelte nervös am Knauf seines Schwertes herum, rutschte, soweit es sein Platz zuließ und er den Kutscher nicht behinderte, hin und her und blickte furchtsam nach links, wo der steinige Weg in eine beachtliche und nicht weniger steinige Schlucht überging.

„Ja, wir haben ein paar ganz feine Kluften hier im Osten. Ihr kennt die Berge nicht?", fragte der Kutscher. Er war ein alter Zausel, aber seine großen Hände und dicken Arme zeugten noch immer von Kraft und Zähigkeit.

„Nein“, gab Reinhard zu. „Ich kenne die Berge nicht. In Kariander haben wir kein derlei karges Gestein, unsere Hügel sind bewachsen. Meistens mit Wein.“

Der Kutscher schnaubte. „Hügel!“, rief er. „Radieschen, Karotte, habt ihr das gehört? Hügel! Ruhig, Radieschen, schön ruhig jetzt.“ Er schnalzte mit der Zunge, gab dem Radieschen genannten Pferd einen Klaps mit einem dünnen, langen Weidenzweig und zwang die Tiere wieder in eine geordnete Bahn.

„An Hügeln ist nichts auszusetzen, Kutscher. Ritterlichkeit misst man nicht an der Größe der umliegenden Berge, sondern an Ehre und Stolz.“

Der Weg wurde allmählich breiter, die Schlucht flacher, der Bewuchs wurde dichter, Kraut und Gestrüpp höher und vielfältiger. Dürre Nadelbäume krallten sich an die Felsen wie Ertrinkende an Treibholz.

„Ihr seid mir aber auch ein eigenartiger Ritter, wenn ich mir die Bemerkung erlauben darf, Herr von Bitterblum. Das alles nur für eine Frau? Für ein einziges Weibsbild? Gibt es keine wichtigeren Aufgaben, dort, wo Ihr herkommt? In Koriander?“

„Es heißt Kariander, und sicher gibt es die. Aber darum können sich andere kümmern. Die Ergreifung dieser Frau *ist* wichtig für mich.“ Reinhard rückte den Leinensack gerade, der auf seinem Schoß ruhte. Er hielt ihn mit beiden Händen fest.

„Ich glaube jedenfalls nicht“, meinte der Kutscher, „dass Ihr in Findling fündig werdet.“ Er deutete hinter sich, auf die Kisten und Fässer, die er transportierte. „Das ist nur ein kleines Dorf, die Siedler dort sind auf meine Lieferungen angewiesen. Ich kann Euch versichern, dass sich keine Flüchtige freiwillig dort versteckt hält, geschweige denn, dass die Siedler sie verstecken würden. Die haben genug eigene Probleme.“ Er lachte kurz, dann schnalzte er wieder mit der Zunge.

„Meine Spur führt mich hierher. Sicher weiß jemand etwas.“

„Die meisten *glauben*, etwas zu wissen. Das ist ein Unterschied. Aber wer bin ich denn, Euch etwas vorzuschreiben, Herr Ritter? Versucht Euer Glück! Radieschen, lass das!“ Der Weidenstock klatschte sachte gegen das Tier. „Wer, wenn ich fragen darf, hat Euch denn nach Findling geschickt?"

„Nicht nach Findling, nur in diese Richtung. Ein Ritter, wohl ein großer Mann. Er war unterwegs nach Aschan, wenn ich mich recht entsinne. Und einem Ritter - einem Ehrenmann! - vertraue ich."

Der Kutscher zog die wettergegerbte Stirn kraus. „Das wird wohl As'Shan gewesen sein. Jeder Ritter, der etwas auf sich hält, ist dorthin unterwegs. Ihr solltet es ihnen gleichtun!"

Reinhard von Bitterblum strich sich durch den Bart, den er seit Beginn seiner Reise selbst stutzen und schneiden musste. Er hatte noch keinen vernünftigen Barbier gefunden, der seinen alten Glanz wiederherzustellen vermochte.

Er überlegte kurz, dann zuckte er mit den Schultern. „Ihre Fehden sind mir gleich. Meine Aufgabe ist weitaus wichtiger, das kannst du mir glauben. Seit ich in Porto Armatio angekommen bin, habe ..."

„Porto Armatio!", unterbrach der Kutscher ihn. „Dort war ich noch nie! Ich würde gern den Hafen sehen. Ich liebe das Meer und das Wasser, müsst Ihr wissen. Und Ihr seid Euch sicher, dass diese Frau - Karotte, brrr - vor Euch flieht? Wäre es nicht klüger, sich einfach irgendwo zu verstecken?"

„Wäre es. Aber genau damit rechnet sie."

„Mhm."

„Sie ist ein ausgefuchstes Weibsbild, eine clevere Hexe. Deswegen muss ich ihr immer einen Schritt voraus sein, Kutscher, verstehst du? Aber Hochmut kommt bekanntlich vor dem Fall, und ihrer wird schmerzhaft, so wahr ich Reinhard von Bitterblum bin, der Letzte meines Geschlechts!" Reinhard packte den Knauf seines Schwertes fester und griff sich an die Brust, wo drei schwarze Blumen, umrahmt von Goldfaden, auf den blauen Waffenrock aufgenäht waren.

„Diese Frau bringt Euer Blut zum Kochen, wie ich sehe! Was, wenn ich fragen darf, Herr Ritter, hat sie denn getan? Weshalb dieser Aufwand?"

Reinhard blickte den Kutscher lange an. Schweiß rann beiden Männern über die Gesichter, die Hitze hing schwer in der Luft.

„Du darfst nicht fragen, Kutscher", sagte er schließlich. „Es ist eine Sache der Ehre. Bring mich nach Findling, dann komme ich schon zurecht."

Der Kutscher schnalzte mit der Zunge, und die Räder polterten über Wurzeln und Gestein. Die Pferde schnaubten weiterhin, die Mähnen wippten im Takt ihrer Schritte auf und ab. Der Rest der Fahrt verlief in brütendem Schweigen.

***

Sie hielten auf einem mit festgetretener Erde bedeckten Platz, und einige Siedler aus Findling kamen freudig herbeigeeilt, als sie die Kutsche erblickten. Sie versorgten die Pferde mit Wasser und Heu, und Reinhard kam nicht umhin, ihre Freundlichkeit und Hilfsbereitschaft zu bewundern. Der Kutscher schüttelte ein paar Hände, wechselte ein paar Worte, lachte und scherzte.

„Mir scheint", sagte Reinhard an den Kutscher gewandt, „dass ich hier mit Sicherheit ein Lager für die Nacht finde. Und eine Mahlzeit obendrein. Du siehst also, ich bin versorgt."

Er packte den Leinensack, schwang ihn über den Rücken und zurrte ihn mithilfe eines Riemens über der Brust fest. Dann sprang er vom Kutschbock auf den durch die Hitze und Trockenheit rissig gewordenen Boden.

Der Kutscher stieg ebenfalls herab, wenn auch schwerfälliger und ungelenker als der Ritter. „Wisst Ihr, Herr Ritter, ich will offen und ehrlich zu Euch sein", sagte er und begann, die Kisten abzuladen. „Ich denke, Ihr jagt da einem Hirngespinst nach, einer Fantasie. Diese Frau, die anscheinend einen solchen Frevel begangen hat, dass es selbst die Elemente erzürnt, wenn man Eurem Schweigen Glauben schenken darf, hockt sicher irgendwo in einer feinen Kammer und trinkt feinen Wein mit einem feinen Herrn."

Reinhards Hand legte sich wie zufällig auf die Schwertscheide. Er wollte nicht provozieren, sondern das vertraute Gefühl verschaffte ihm Sicherheit. Das Schwert stammte noch von seinem Vater. „Du hältst mich also für einen Toren, Kutscher", stellte er fest.

Der Kutscher schüttelte den Kopf. „Ich halte Euch nicht für einen Toren. Ich halte Euch für einen Mann, der durch eine Verkettung unglücklicher Umstände auf einem ihm völlig unbekannten Kontinent gelandet ist und dem eben jener Kontinent gehörig über den Kopf wächst. Ihr seid hier nicht zu Hause in Eurem Kariander, Herr Ritter, und auch wenn Mythodea Neuankömmlingen gegenüber schon immer offen war, gibt es gewisse Grundsätze, an die Ihr Euch halten müsst. Und mir scheint, Ihr kennt keinen einzigen davon."

Reinhard stand neben dem Kutscher, unschlüssig, was er erwidern sollte. Die Siedler holten sich die Kisten und schleppten sie in den Schatten einer länglichen Hütte, die größer und robuster gebaut war als die anderen.

„Versteht mich nicht falsch, Herr Ritter", sagte der Kutscher plötzlich, und Reinhard bemerkte, dass er ihn die ganze Zeit gemustert hatte. „Ich kann Eure Aufgabe nachvollziehen, auch wenn ich die Beweggründe nicht kenne. Ich meine nur, dass Ihr vorsichtig sein solltet. Zieht in Erwägung, umzukehren. Denkt nur darüber nach."

„Niemals, Kutscher. Was für ein Ritter wäre ich, wenn ich unverrichteter Dinge umkehren würde? Ich würde mich selbst verabscheuen! Hast du gar kein Ehrgefühl?"

Der Kutscher seufzte, dann deutete er auf die Hütte, zu der die Kisten gebracht wurden. Erst jetzt sah Reinhard drei Gestalten mit wuchtigen Schwertern, die im Schatten neben der Eingangstür lehnten und ihn unverhohlen musterten.

„Das da ist der *Hahnenfuß*", erklärte der Kutscher. „Die Wirtin, Melhijana heißt sie, hat auch Zimmer. Wenn Euch nichts an Komfort liegt, seid Ihr dort richtig. Ansonsten müsst Ihr wohl weiterreisen."

„Und die dort?"

Der Kutscher blinzelte. „Das sind Söldner, wenn man so will. Sie schützen das Dorf, und dafür saufen sie umsonst. Der mit den Bildern auf der Haut, der nennt sich Falk, glaube ich. Der andere, der Hüne mit der Narbe auf der Stirn, das ist Lobelin. Und der Dritte heißt Morawitz. Der ist vor gar nicht allzu langer Zeit dazugekommen. Hat nur noch ein Auge, der arme Tropf."

Reinhard öffnete ein Ledersäckchen und gab dem Kutscher ein Goldstück. „Danke", sagte er, „für die Fahrt und die Auskunft."

Der Kutscher glotzte das fremdländische Gold ungläubig an, dann schüttelte er den Kopf, dass sein Bart von einer Seite zur anderen schwang, und grinste. „Mögen die Herren der Tiefe Euch schützen, Herr Ritter!"

Reinhard sah dem Mann hinterher, als er auf den Kutschbock kletterte und den Wagen zwischen den Hütten hindurch zu einer Scheune lenkte, die im Schatten eines Tannenwäldchens stand. Er konnte wenig mit den Herren der Tiefe anfangen, aber er erinnerte sich an die Worte des Ritters. Sie musste hier sein, irgendwo. Er musste nur gründlich genug suchen, tief genug wühlen.

Mit festen Schritten steuerte er den *Hahnenfuß* an, wohl wissend, dass die drei Söldner ihn selbst dann noch beobachteten, als er unmittelbar neben ihnen die Tür öffnete. Er schenkte ihnen ein verkniffenes Lächeln und betrat den *Hahnenfuß*.

Im Inneren der Taverne, wenn die Hütte eine solche Bezeichnung denn wirklich verdient hatte, stank es nach verbranntem Fett, nach Knoblauch und ungewaschenen Menschen. Reinhard rümpfte die Nase, erspähte dann einen freien Tisch und setzte sich. Die schwüle Wärme von draußen war im *Hahnenfuß* zu einer drückenden Hitze angewachsen, und der Ritter wischte sich mit dem Ärmel den Schweiß von der Stirn.

Er legte den Leinensack neben sich auf die Bank und das Schwert quer über die Schenkel, sodass er es jederzeit ziehen konnte, sollte irgendjemand auf dumme Gedanken kommen.

Es dauerte nicht lange, da öffnete sich die Tür, und die drei Söldner, die Wachen Findlings, betraten die Taverne. Sie schauten sich im Schankraum um, blickten jeden Gast länger an, als nötig gewesen wäre, und ließen sich bei der Musterung Reinhards besonders viel Zeit. Sie wählten schließlich einen Tisch in einer der Ecken. Dort war noch weniger Licht, aber sie hatten die Wand im Rücken und die Taverne im Blick.

Reinhards Faust schloss sich um den Knauf seines Schwertes. Er hatte auf seiner Reise durch Mythodea viele Gefahren überlebt, hatte so fremdartige Dinge gesehen, dass er sie noch immer nicht richtig einzuordnen vermochte, hatte allerorts von den Elementen gehört und von den Zweiflern, von den Verfemten. Der Kontinent war ihm noch immer zuwider, daran hatten auch die vielen Gespräche und respektvollen Begegnungen nichts geändert. Aber wenn sie dachten, er sei leichte Beute, dann irrten sie gewaltig.

Als Melhijana kam, schien sich die Lage etwas zu entspannen. Sie war eine magere Frau, die Schürze flatterte nur so um ihre Beine. Die Haare hatte sie nachlässig zu einem Dutt gesteckt. Mit ihren Sommersprossen und den hellen Augen war sie eine eigenwillige Schönheit, Reinhard konnte ihr eine gewisse Anziehungskraft nicht absprechen.

„Ihr seid nicht von hier", stellte sie fest. Reinhard hatte Mühe, sie richtig zu verstehen. Sie zog manche Wörter in die Länge, während sie andere regelrecht verschluckte, so schnell sprudelten sie aus ihr hervor. „Ich habe Euch noch nie hier gesehen, und Ihr könnt mir glauben, wenn ich Euch sage, dass ich jede Seele in Findling kenne."

„Das bestreite ich nicht. Du liegst ganz richtig, ich bin nicht von hier. Ich bin auch nur auf der Durchreise."

Sie stützte die Hände auf dem grob gezimmerten Tisch ab. „Wo kommt Ihr her, wenn ich fragen darf?"

„Darfst du", antwortete Reinhard. „Ich komme aus Kariander. Ich lebte dort in einem Anwesen, mein Name ist Reinhard von Bitterblum, falls dir das etwas sagt."

Sie schüttelte den Kopf. Eine Strähne löste sich aus ihrem Dutt und fiel ihr in die Stirn. „Tut mir leid, da muss ich passen. Ich habe noch nie von einem Bitterblum gehört." Sie drehte sich zu den drei Söldnern um. „Jungs, kennt ihr einen Bitterblum? Habt ihr davon schon mal gehört? Und von einem Land, das wie ein Gewürz klingt?"

In der Ecke murmelte es. Reinhard verstand kein Wort.

„Es heißt *von* Bitterblum, nicht einfach nur Bitterblum. Und Kariander ist kein Gewürz. Ich nehme Wein, wenn es recht ist. Guten Wein, keine Pisse, Frau Wirtin", forderte Reinhard. Er hatte das Gespräch satt, das sich so schnell in eine so unglückliche Richtung entwickelt hatte.

Melhijana lächelte keck. „Oho! Einen noblen Wein für den Gewürzritter! Kommt sofort, mein Herr!", spottete sie und feixte. Reinhard musste sich zusammenreißen, nicht aufzuspringen, sie zu packen, ihr Manieren beizubringen. Die anderen Gäste lachten verhalten, die Söldner blieben still.

Melhijana trollte sich, und Reinhard beruhigte sich wieder. Vielleicht war es keine so gute Idee, in einem so kleinen Dorf Quartier zu beziehen? Die Menschen hier waren eine eingeschworene Gemeinschaft, jeder kannte jeden. Er würde es schwer haben, ihr Vertrauen und damit Informationen zu gewinnen. Ohnehin bezweifelte er, dass in Findling auch nur irgendjemand etwas von seiner Frau gehört oder gesehen haben könnte.

Auf der anderen Seite sehnten sich seine müden Knochen, brennenden Muskeln und schmerzenden Gelenke nach einem Bett, selbst wenn es nur mit Stroh ausgelegt war und die Decken aus kratziger Wolle bestanden. Er hatte zu viele Nächte unter freiem Himmel verbracht, eingeklemmt zwischen Wurzeln und Felsen. Etwas Erholung konnte nicht schaden. Außerdem war er auf der richtigen Spur, das wusste er!

Melhijana brachte den bestellten Wein. „Was wollt Ihr hier in Findling, Gewürzritter? Ihr macht doch keinen Ärger, oder?"

Sie füllte einen schweren Krug, und Reinhard verzog das Gesicht ob der Wahl des Gefäßes. Er hatte einen ordentlichen Kelch erwartet, keinen besseren Becher, an dem noch die Reste des Bierschaums klebten.

„Ich mache nur Ärger, wenn der Wein nicht schmeckt", brummte er. „In Kariander haben wir den besten Wein angebaut, den man in Irda bekommen kann. Ein edler Tropfen! Was soll das hier sein?"

„Trinkt es, oder lasst es bleiben. Mir ist es gleich, solange Ihr bezahlt." Melhijana stemmte die Hände in ihre schlanke Taille, die durchaus auch zu einem kleinen Mädchen hätte gehören können, und blies sich eine Strähne aus dem Gesicht. „Warum verschwindet Ihr nicht einfach wieder in Euer Gewürzland, wenn Euer Wein dort ach so gut ist? Hm?"

Reinhard hörte das leise Flüstern von Stahl, der aus der Scheide gezogen wurde. Verhalten und langsam, aber unbestreitbar. Die Söldner bereiteten sich vor.

„Ich habe hier etwas zu erledigen."

Melhijana lachte auf. „Ha! Hier? In Findling? Wohl kaum, Herr Gewürzritter. Ihr solltet Euch lieber auf den Weg zum Ehernen Tor machen und für die Elemente in den Kampf ziehen, wie es sich für einen echten Ritter gehört, anstatt hier zu sitzen und Wein zu saufen. Das wäre ritterlich! Das wäre heldenhaft!“

„Halt den Mund, Weib!“, brauste Reinhard auf.

Die Söldner erhoben sich, er sah es im Augenwinkel.

„Eure kleinlichen Scharmützel interessieren mich nicht!“, ereiferte er sich weiter. „Ich bin ein von Bitterblum und niemandem zur Treue verpflichtet. Schon gar nicht euren falschen Gottheiten!“

Melhijana schnappte nach Luft. „Ihr wagt es! Ihr seid verdorben!“, schrie sie beinahe. Die anderen Gäste verfolgten das Schauspiel mit einer Mischung aus Interesse und Abscheu. Reinhard durfte es nicht übertreiben. Zwei der Söldner positionierten sich geschickt hinter ihm, der dritte, der Kerl mit der wulstigen Narbe auf der Stirn, stellte sich in die Nähe der Tür.

„Ihr habt kein Recht, so zu sprechen, Blumenritter!“, ereiferte sich die Wirtin weiter. „Schert Euch dorthin zurück, wo Ihr hergekommen seid! Ich will Euch nicht unter meinem Dach! Verschwindet!“

Reinhard lehnte sich zurück, öffnete das Ledersäckchen und holte eine Goldmünze hervor. Er warf sie achtlos auf den Tisch, von wo sie zu Boden fiel. Melhijanas Augen wurden größer. Sie hob scheinbar beiläufig die Hand, und Reinhard wusste, dass diese Geste nicht ihm galt. Die Söldner zogen sich zurück.

Sie bückte sich, klaubte die Münze vom Boden auf und drehte sie in den Fingern, als sähe sie zum ersten Mal Geld.

„Ich entschuldige mich für meine harschen Worte, Wirtin“, lenkte Reinhard in versöhnlichem Ton ein. „Ich schätze, ich bin den Umgang mit Menschen nicht mehr gewöhnt und habe deine Späße zu ernst genommen. Ich hoffte, diese Nacht nicht unter freiem Himmel verbringen zu müssen.“

Er schnippte ihr eine zweite Goldmünze entgegen, die sie geschickt auffing.

Sie legte den Kopf schief und lächelte wieder ihr kokettes Lächeln. „Euer Gold, Herr Ritter, sieht äußerst seltsam aus. Es ist doch echt, oder?“, fragte sie und biss in eine der Münzen. Ihr Lächeln wurde breiter. „Es kann verwirrend sein für Neuankömmlinge, da stimme ich

Euch zu“, sagte sie. „Ich heiße Euch herzlich willkommen in Findling, Herr Ritter. Natürlich habe ich noch ein Zimmer für Euch.“

Reinhard nickte. „Danke“, sagte er.

Melhijana ging, allerdings nicht, ohne den Wächtern Findlings noch einen verschwörerischen Blick zuzuwerfen. Reinhard konnte sich ein Grinsen nicht verkneifen.

Wenn er die Wirtin richtig einschätzte, und wenn er sich in den Söldnern nicht täuschte, würde er in Kürze Gesellschaft bekommen.

***

Reinhard saß im Dunkeln und hörte der Tür dabei zu, wie sie geöffnet wurde. Sie quietschte und knarzte, doch das hielt denjenigen, der dafür verantwortlich war, nicht davon ab, weiterzumachen.

Da er schon lange im Dunkeln saß, hatten sich seine Augen an die Finsternis gewöhnt, und er erkannte sogleich drei Gestalten, die verstohlen in sein Zimmer schlichen und die Tür hinter sich zuschoben. Und da er vorgesorgt hatte und das Bett tatsächlich so aussah, als würde jemand darin die Nacht verbringen, bemerkten ihn die drei Gestalten nicht.

Bemerkten nicht, dass er sich hinter ihnen erhob.

Bemerkten das Schwert nicht, das in seiner Hand ruhte und nur darauf wartete, Blut zu trinken.

„Er schläft“, verkündete einer der Halunken mit rauer Stimme, als hätten die anderen es noch nicht gesehen. „Bringen wir ihn gleich um, oder durchsuchen wir erst das Zimmer?“

„Noch nicht umbringen“, antwortete ein breiter Kerl, wohl jener mit der Narbenstirn. „Ich würde ihm ganz gern das Messerchen an die Kehle setzen, Falk. Und ihn dann fragen, was dieser Auftritt eigentlich sollte. Was er hier will, in Findling. Hat ein mächtiges Geheimnis draus gemacht.“

Falk zuckte mit den Schultern. „Stimmen wir ab“, schlug er leichthin vor. „Ich bin dafür, dass wir ihm den Garaus machen. Morawitz, was sagst du? Lobelin will ihn am Leben lassen, glaubt man das? Hä?“

Morawitz ließ nur ein Grunzen vernehmen, anscheinend war der Bursche nicht besonders helle.

„Zwei zu eins“, meinte Falk.

„Er hat dir nicht zugestimmt.“

„Hat er wohl. Hast es nur nicht verstanden. Also was jetzt, schlitzen wir ihn gehörig auf, oder willst du lieber tratschen wie ein altes Waschweib?“

Reinhard entschied, dass er genug hatte. Er räusperte sich. „Meine Herren, wenn ihr gestattet, nehme ich euch die Entscheidung ab. Selbst wenn ich in diesem Bett liegen würde, wäre ich schon wach geworden, als ihr mein Zimmer betratet.“

Die drei sprangen wie auf ein Kommando herum, und Falk stieß einen hohen Schrei aus, der dem einer auf den Schwanz getretenen Katze nicht unähnlich war.

„Packt ihn!“, rief Lobelin, der seine Fassung als Erster wiedererlangte. Er stürzte sich mit über dem Kopf erhobenem Schwert auf Reinhard, der die wuchtig, aber ziellos geführten Hiebe spielend parierte. Er wich leichtfüßig zurück, trat überraschend nach vorn und rammte dem Söldner das Knie zwischen die Beine. Lobelin brach jaulend zusammen, sein Schwert fiel zu Boden.

Falk und Morawitz lösten sich aus ihrer Starre und griffen Reinhard von beiden Seiten an. Der nutzte die Enge des Zimmers, brachte den Stuhl, auf dem er einen Großteil der Nacht verbracht hatte, zwischen sich und die Angreifer.

„Warte nur, du gelecktes Schwein!“, rief Falk und schwang sein gemein aussehendes Schwert horizontal. Reinhard duckte sich unter dem Hieb hinweg, riss gleichzeitig seine Waffe nach oben. Nur einen Augenblick später klirrte Stahl auf Stahl, als Morawitz’ Bastardschwert auf ihn eindrang. Kurz geriet Reinhard ins Straucheln, doch dann spürte er die kühle Wand im Rücken und lächelte.

Er ließ Morawitz, der Falk die Sicht versperrte, näherkommen, lenkte Hiebe ab, wich Stichen aus. In einem günstigen Augenblick packte er das Handgelenk seines Kontrahenten, zog ihn zu sich heran und hämmerte ihm den Waffenknauf an den Hinterkopf, sodass seine Nase gegen die Wand krachte. Morawitz, der über dem rechten Auge eine schwarze Augenklappe trug, verdrehte das verbliebene und fiel in sich zusammen wie ein schlecht gebautes Kartenhaus.

Bevor Falk die Niederlage seines zweiten Kumpans auch nur im Ansatz verwunden hatte, war Reinhard schon bei ihm und zog ihm das Schwert über den Brustkorb. Der Schnitt war nicht tief, sollte es auch nicht sein, aber er reichte aus, dass Falk in jämmerliches Geheul ausbrach, die Waffe hinwarf und um sein Leben zu flehen begann.

„Ein schöner Haufen seid ihr, meine Herren", meinte Reinhard ironisch. „Wachmänner durch und durch, was?"

Schritte auf den knarzenden Brettern, dann vor dem Zimmer, dann Stille.

„Komm nur herein!", rief Reinhard.

Melhijana betrat mit einer Kerze in der Faust den Schauplatz des Kampfes. Sie ließ ihren Blick über die Szenerie schweifen, dann schüttelte sie den Kopf und biss sich auf die Unterlippe.

Reinhard grinste sie an, Schock und Verwirrung standen ihr ins Gesicht geschrieben. „Wenn du unbedingt deine Schoßhündchen schicken musst, Wirtin, dann versichere dich doch vorher ihrer kämpferischen Qualitäten."

Melhijana funkelte Reinhard böse an. Sie hatte sich wieder im Griff und überging die Unterstellung. „Wenn Ihr, Herr Ritter, hier unbedingt ein solches Tamtam veranstalten müsst, dann doch bitte in gemäßigter Lautstärke. Die meisten Gäste schlafen, und es schickt sich nicht, sie aus ihren Träumen zu reißen."

Sie hob die Kerze höher, als könne sie dadurch besser erkennen, wie Reinhard die Söldner ausgeschaltet hatte.

„Wärst du wohl so freundlich", bat Reinhard mit Unschuldsmiene, „und würdest die Kerze hierlassen? Und mir noch ein, zwei weitere bringen? Und einen Krug Wein dazu? Einen guten, diesmal. Die Nacht ist noch lang, und es gibt viel zu bereden."

Melhijana nickte nur, stellte die Kerze auf ein kleines Tischchen neben dem Bett und verließ das Zimmer hastig.

Reinhard sammelte in aller Seelenruhe die Waffen der Halunken auf, warf sie auf das Bett und setzte sich davor, sodass sie an ihm vorbeimussten, wenn sie ihr Eigentum zurückhaben wollten. Er legte sein eigenes Schwert über die Knie, hielt das Heft dabei aber umfasst. Dann beugte er sich nach vorn, betrachtete die Gestalten, die sich langsam von ihren Blessuren erholten, auf dem Boden hockten und zu ihm aufschauten wie freche Kinder, die einen Tadel des Vaters erwarteten.

„Ich bin“, sagte er schließlich, „etwas enttäuscht ob eurer Kampfkünste, aber so ist das eben. Manchmal kann man sich seine Gefährten nicht aussuchen, und manchmal bekommt man ordentlich den Hintern von einem kleinen Gewürzritter versohlt, ist es nicht so? Halt. Sprecht nicht. Ihr sagt nur etwas, wenn ich es euch erlaube, und das liegt mir noch fern, denn ich habe euch etwas zu erzählen.“

Reinhard blickte in die Banditengesichter, alle drei ungepflegt und wild. Morawitz war übersät mit Pockennarben, Lobelin hatte tatsächlich eine grobe Narbe auf der Stirn, und Falks hageres, bemaltes Gesicht erinnerte Reinhard an das eines Raubvogels.

„Bevor ich jedoch beginne, möchte – nein, muss! – ich etwas klarstellen: Sollte einer von euch Taugenichtse mich unterbrechen, schneide ich demjenigen die Zunge aus dem Munde. Sollte einer von euch Taugenichtse versuchen, mich auszutricksen, so hacke ich demjenigen den Arm ab, und zwar direkt an der Schulter. Verstanden?“

Sie schwiegen, nickten aber wie reuige Kinder.

„Ich denke, ihr versteht. Und ich denke, ihr solltet mir danken, denn durch mich seid ihr zu ehrlicher Arbeit gekommen“, fuhr Reinhard fort. „Ich lasse euch am Leben und verzeihe euch diesen Fehltritt, und als Zeichen eurer Dankbarkeit, werte Herren, werdet ihr mir zur Seite stehen, bis ich sage, dass ich genug von euch habe. Gibt es diesbezüglich Einwände?“

Falk räusperte sich.

„Ja? Du möchtest sprechen?“, fragte Reinhard.

„Wenn ich darf.“

„Du darfst.“

Falk räusperte sich erneut. „Wäre es nicht besser, uns erst zu sagen, welcher Art Eure Mission ist, bevor Ihr uns verpflichtet?“

Reinhard lächelte und zog die im Nacken zusammengebundenen Haare etwas fester. „In der Tat eine kluge Frage, wenn auch recht simpel. Es liegt auf der Hand: Ich bin mir sicher, dass ihr nicht verneinen werdet. Zum einen, weil ich“, und dabei tippte er gegen die Klinge auf seinen Oberschenkeln, „das bessere Argument habe, zum anderen, weil auch in euren verfilzten Leibern ein Funken Anstand glimmt, und wenn ich euch meine Geschichte erzählt habe, wird dieser Funke gleich einem Feuer lodern. Ihr könnt nicht anders, ihr müsst mir helfen."

Melhijanas Schritte ertönten, und kurz darauf betrat sie, beladen mit einem Tablett, auf dem sich eine Karaffe, vier Kelche und eine Handvoll Kerzen befanden, Reinhards Zimmer. Auf sein Geheiß stellte sie alles auf den Boden, und Morawitz machte sich, ebenfalls auf Reinhards Geheiß, wortlos daran, die Kelche zu füllen und zu verteilen.

„Meine Herren", begann Reinhard, nachdem er einen ordentlichen Schluck Wein genommen hatte, „ich weiß aus Gesprächen mit einem Rittersmann, dass im Östlichen Siegel grundanständige Leute leben. Leute, denen das Wohlergehen ihres Landes am Herzen liegt. Krieger, Ehrenmänner, die für die Elemente in die Schlacht ziehen, um das zu schützen, was sie aufgebaut haben. Ich schließe aus dem Umstand unserer wilden Bekanntschaft, dem gemeinen Einbruch und versuchten Mord, dass ihr nicht grundanständig seid und wohl auch nicht zu jenen Ehrenmännern gehört, sonst wäret ihr jetzt nicht hier. Aber offensichtlich liebt ihr das liebe Geld, ist es nicht so?"

„Wer tut das nicht?", gab Lobelin nach einem Moment des Schweigens zurück, in dem niemand gesprochen hatte, aus Furcht, Reinhard könnte dies als Unterbrechung seiner Rede sehen.

„Und grundanständig sind wir auch", ergänzte Falk. „Nur eben nicht jetzt, in diesen Zeiten. Da muss jeder sehen, wo er bleibt, was? Da muss jeder sehen, dass er das Schwert rechtzeitig aus der Scheide bekommt."

Reinhard nickte, als wisse er genau, worüber Falk sprach. „Und in eben jener Zeit stecke ich, meine Herren, und zwar so tief, dass ich darin zu ertrinken drohe."

„Und was geht uns das an?", begehrte Falk auf und erntete sofort einen vernichtenden Blick Lobelins.

Reinhard nahm die Unterbrechung entgegen seiner Ankündigung gelassen hin, fischte ein Ledersäckchen unter dem Kissen hervor und warf es Falk in die Hände. Münzen klirrten darin, das Säckchen besaß ordentlich Gewicht.

„Ihr könnt euren Helden auf dem Schlachtfeld nacheifern. Euch einen Namen machen, und zwar unter meiner Führung. Ich bin ein wohlhabender Mann. Das Säckchen sollte für sich sprechen und versteht sich lediglich als Anzahlung. Damit, denke ich, geht es euch was an, denn wegen was, wenn nicht wegen meines Geldes, seid ihr hier eingebrochen? Nun, hier ist es. Ehrlich verdient."

Reinhard schenkte sich Wein nach, während die drei Männer das Säckchen durchreichten und in den Händen wogen.

„Jetzt", sagte er schließlich, „will ich euch erzählen, wie es dazu kam, dass ich meine Heimat verlassen musste. Grund für die Reise ist eine Frau, aber nicht irgendeine Frau, sondern eine Hexe. Eine Schwarzmagierin, eine dämonische Hure, die mir das Leben genommen hat."

„Dann versteht sie ihr Handwerk nicht. Ihr seht noch ganz lebendig aus", ließ sich Falk vernehmen.

Reinhard schüttelte den Kopf. „Ich bin in jenem Augenblick gestorben, als ich diese Frau geheiratet habe. Damals wusste ich natürlich nicht, welches Scheusal ich in meine Familie holte. Irene, so heißt meine Frau, traf ich auf einer Feierlichkeit des Fürsten Gundal Armana. Gefeiert wurde die Geburt seiner Tochter Hermena, und Irene war eine ganz normale Angestellte bei Hofe." Reinhard schnalzte mit der Zunge. „Irene hat mich bereits an jenem Abend verhext. Sie hatte Zugang zu Speisen und Getränken, und es ist sehr wahrscheinlich, dass sie ihre Position genutzt hat, um mein Essen mit diversen Kräutern zu versetzen. Eine Art Liebeszauber, nehme ich an."

„Brauchte sie wohl? Sieht wohl nicht gut aus, deine Frau?", fragte Falk gehässig, und Lobelin rief ihn zur Ordnung. Er hielt noch immer eine Hand vor seinen Schritt, als könne Reinhards Blick allein neue Schmerzen in seinem Unterleib auslösen.

„Hübsch war sie wohl", erzählte Reinhard weiter, „und ist sie noch, oho! Und wie hübsch sie ist. Aber ich bin ein von Bitterblum. Mein Name steht für Ehre, für Stolz, für Gerechtigkeit. Und Irene war nur eine Magd. Sie war mir aufgefallen, und sicher hätte ich mich von ihr in ihre Kammer oder ins Heu führen lassen, aber mehr auch nicht. Mehr durfte nicht sein. Bei solcherlei Spielereien steht der Name meiner Familie auf dem Spiel!"

Reinhard trank einen Schluck Wein, rückte das Schwert auf seinen Oberschenkeln gerade und beobachtete die drei Männer, die vor ihm auf dem Boden hockten. Sie hatten es noch immer nicht gewagt, sich zu erheben.

„Nun, meine Herren“, fuhr Reinhard fort, und seine Stimme wurde bitter, „hatte diese Hexe mich als Opfer auserkoren, und ich bin ihr gefolgt wie ein Lamm zur Schlachtbank. Ich hatte mich Hals über Kopf in sie verliebt, ich betete sie an! Ihr könnt mir glauben, wenn ich sage, dass es für mich keine schönere Frau in ganz Kariander gab oder jemals geben wird. Mein Vater sah es natürlich nicht gern, wenn ich mich mit ihr traf. Er entwickelte eine Abneigung gegen sie, jagte sie fort, wenn er uns erwischte, und verbot mir den Umgang mit ihr.“

„Hättet sie eben mal teilen sollen, diese Hexe. Dann wäre der Vater sicher milde gestimmt gewesen. Man muss ja ...“

Reinhard sprang auf und trat Falk mit der Stiefelspitze gegen das Kinn. Falk stöhnte und prallte mit dem Hinterkopf auf den Boden. Er blieb benommen liegen.

„Ihr drei Narren denkt wohl, ich scherze? Denkt ihr, ich halte nicht das, was ich sage? Denkt ihr das, ja? Gibt es noch einen Kommentar, noch eine Unterbrechung? Nein? Will niemand mehr etwas sagen?“

Reinhard zupfte seinen blauen Waffenrock gerade und setzte sich wieder. Die Söldner schwiegen.

„Wo war ich?“, fuhr Reinhard fort und nickte. „Ja, bei meinem Vater. Sie war also eine Magd, und mein Vater hasste unsere Liebe. Das Eigenartige war jedoch, dass er sich veränderte, und zwar im gleichen Maße, wie er Irene hasste. Er wurde krank, er alterte mit geradezu rasanter Geschwindigkeit. Ich sah das alles, und doch erkannte ich es nicht. Als er nur noch im Bett vor sich hinsiechte, gab er uns schließlich doch noch seinen Segen für die Hochzeit. Sicher war er nicht zur Vernunft gekommen, vielmehr reute es ihn, nie die Hochzeit seines Sohnes miterleben zu können.“ Reinhard klatschte sich auf den Schenkel und trank Wein. „Ha!“, rief er aus. „Ich war nicht dabei, als er seinen letzten Atemzug tat. Er starb einen Tag nach der Vermählung, und wie ihr euch denken könnt, hatte ich in jenen Tagen gewisse Verpflichtungen, denen ich mit Eifer nachzukommen gedachte.“

Falk stöhnte und grummelte, richtete sich langsam wieder auf, bis er auf dem Boden saß wie eine hingeworfene Marionette. Blut tropfte von seinem Kinn. Reinhard genehmigte sich noch einen Schluck Wein, Morawitz, der ihm sichtlich interessiert zuhörte, tat es ihm gleich. In Lobelins Gesicht arbeitete es unermüdlich. Er wusste nicht so recht, ob er weiter vor dem Fremden katzbuckeln oder lieber seinem Kumpan helfen sollte. Schließlich entschied er sich für den einfacheren Weg, wohl auch, weil Reinhard mehr als einmal gezeigt hatte, dass er ihnen haushoch überlegen war. Lobelin nahm also ebenfalls einen kräftigen Schluck Wein und überließ Falk sich selbst.

„Mein Vater", nahm Reinhard den Faden wieder auf, „war also tot, was mich zum Herrn von Bitterblum machte, denn meinen Schwestern war ein solcher Titel nicht vergönnt. Ich kümmerte mich um die Wirkung nach außen, darum, dass unser ehrfurchtgebietender Name eben genau das auslöste, und überließ Irene den Garten. Sie liebte Blumen, müsst ihr wissen, und Blumen gab es bei uns zur Genüge! Ein Fehler, wie sich bald herausstellen sollte. Eines Tages, der Tod meines Vaters lag gut drei Monde zurück, gingen alle Blumen im Garten ein. Sie verfaulten regelrecht, eine Schande war das. Ich erhielt die furchtbare Nachricht von einer meiner Bediensteten, die sich um die Blümlein kümmern wollte, weil meine Mutter Irene zu jenem Zeitpunkt für schöngeistige Dinge brauchte, die Frauen so zu tun pflegen, wenn die Langeweile an ihnen zehrt. Jedenfalls, die Bedienstete erklärte mir, sie habe die Blumen mit Brunnenwasser gießen wollen, und daraufhin seien sie eingegangen. Es habe außerdem ganz schlimm gerochen."

Reinhard betrachtete die drei Gestalten auf dem Boden vor sich. In ihren Gesichtern war kaum eine Regung zu sehen, nur Falk zog Grimassen, wohl um zu testen, ob sich noch alles an Ort und Stelle befand.

„Ich sehe schon, meine Herren, ihr versteht nicht, was die Blumen meiner Familie bedeuteten."

„Es sind Blumen. Ihr könnt andere pflanzen", schlug Lobelin leise vor.

Reinhard schüttelte den Kopf. „Es waren nicht irgendwelche Blumen. Es waren die schönsten, duftendsten Blumen in ganz Kariander!

Sie haben in Farben geleuchtet, die ihr, in eurem dreckigen kleinen Holzdorf, nicht benennen könntet! Zeigt Respekt vor meinem Haus!"

„Zeigen wir. Es tut mir leid." Lobelin setzte hastig seinen Kelch an die Lippen, Morawitz starrte Reinhards Stiefel an.

„Gut", meinte der Ritter schließlich und fuhr fort: „Ich ging nach draußen, um mir selbst ein Bild des Übels zu machen, und tatsächlich roch es ganz furchtbar. Nach verfaulten Eiern, würde ich meinen. Und die schönen Blumen waren braun und schmierig wie Schlamm. Jetzt weiß ich, dass Irene, diese abscheuliche Hexe, dafür gesorgt hat, dass die Blumen verfaulen! Sie zog es auch nach diesem Unglück noch in den Garten. Ich würde meinen, sie hielt sich gern dort auf. Ist das nicht sonderbar?"

„Mhm", machte Lobelin, und Falk stöhnte nur.

Reinhard senkte den Blick. Er schwenkte den letzten Rest Wein, der sich noch in seinem Kelch befand, und beobachtete den orangen Schimmer auf der Flüssigkeit.

„Bald darauf verfiel die gesamte Küchenbelegschaft der Narretei. Irene hatte sie vergiftet, allesamt! Sie hat die verfaulten Blumen für ihre Tränke gebraucht. Könnt ihr euch das vorstellen? Könnt ihr euch vorstellen, dass ich nichts davon ahnte? Dass ich sie noch immer liebe? Schließlich ist sie meine Irene, meine schöne Irene!"

Reinhards Hände zitterten, als er seinen Kelch an die Lippen führte und trank. Lobelin und Morawitz blickten betreten zu Boden, Falk glotzte stumpfsinnig an die Decke, als gäbe es dort etwas ungeheuer Interessantes zu entdecken. Draußen, im Dunkel der Nacht, lockte ein Käuzchen mit seinen Rufen. Es musste wohl in einem der Nadelbäume sitzen oder als schwarze Silhouette auf einem First.

Reinhard klatschte plötzlich in die Hände, und der Laut zerriss die drückende Stille.

„Wo war ich?", rief er aus. „Ja, genau. Wie sah es denn nun aus? Mein Vater war tot, der Garten, das Aushängeschild des Anwesens Bitterblum, völlig hinüber und ein Großteil der Bediensteten dem Irrsinn verfallen. Ich habe sie alle fortgeschickt, und manche, die noch bei klarem Verstande waren, sind aus freien Stücken mit ihnen gegangen. Ich habe sie nicht aufgehalten." Falten bildeten sich auf Reinhards Stirn, und er schürzte die Lippen. „War das ein Fehler? Ich weiß es nicht. Ich bin schon immer großmütig gewesen, und ich konnte es ihnen nicht verdenken. Wäre ich an ihrer Stelle gewesen, hätte ich wohl ebenfalls versucht, so schnell und so weit wie möglich fortzukommen von meiner verfluchten Familie."

„Was ist dann passiert? Eure Mutter, Herr Ritter? Was war mit der?", fragte Lobelin, den die Geschichte gepackt hatte.

Reinhard lächelte. „Zu meiner Mutter, mein Söldnerfreund, wollte ich gerade kommen." Er legte das Schwert beiseite, beugte sich vor und stützte die Unterarme auf den Knien ab. Er musste keine Vorsicht mehr walten lassen.

„Meine Mutter also", erzählte er, „hat keinen Verdacht geschöpft. So wie ich auch, muss ich wohl sagen! Sie hat weiterhin mit Irene geplaudert, mit ihr gestickt und gesponnen, Blumenkränze geflochten und musiziert, wie es sich eben so gehört für eine Frau hohen Ansehens. Zerstreuung, meine Herren! Irene indessen, und das wurde mir natürlich erst im Nachhinein bewusst, hat meine Mutter die ganze Zeit über vergiftet. Ihr erinnert euch doch sicher an das Brunnenwasser? Irene, die nun, da sie leidenschaftlich gern kochte, für mein leibliches Wohl und das meiner Mutter sorgte, mischte ihr heimlich jenes Brunnenwasser in jedes Getränk, das sie servierte. Nach und nach, ihr könnt es euch sicher denken, wurde meine werte Mutter immer stiller, immer ruhiger. Geradezu antriebslos, schläfrig! Eines Tages, ich erinnere mich gut, denn die Vermählung war auf den Tag genau ein halbes Jahr her, saßen die beiden Frauen an den Spinnrädern, und da überkam meine Mutter eine solche Müdigkeit, dass sie mit dem Gesicht voran auf das Spinnrad fiel und böse stürzte. Sie trug nur oberflächliche Wunden davon, aber sie schlief weiter, tief und fest. Und so ist es bis heute!"

Lobelin kratzte sich am Kopf. „Sie schläft, Herr Reinhard? Niemand kann so lange schlafen."

„Ich lüge also? Ich erzähle nur Geschichten, nur Märchen? Nichts als Lug und Trug, erdacht, um kleine Kinder zu ängstigen? Ich sage dir etwas, Lobelin, ich bin ein Mann der Wahrheit! Ein Mann der Ehre! Sollte ich jemals lügen, würde ich mir selbst die Zunge aus dem Munde schneiden, so wahr ich ein von Bitterblum bin!"

Lobelin hob die Schultern und zuckte in Erwartung eines Trittes oder Schlages zurück, doch die Reaktion blieb aus. „Ich meine", sagte er kleinlaut, „ich meine nur, dass es doch nicht sein kann. Dass es nicht geht, sondern dass der Körper dann einfach stirbt. Man muss doch essen!"

„Und scheißen muss man auch", ergänzte Falk mit rauer Stimme, bevor er seinen Kelch leerte.

„Hast du auch etwas zu sagen, Morawitz?", fragte Reinhard laut. „Nein? Bist du immer so still? Nun, dann sollten sich die anderen ein Beispiel nehmen. Ich weiß, dass es eine vermaledeite Teufelei ist. Ihr seht jetzt sicher, dass Irene nicht irgendeine Frau ist, nicht irgendeine Magd! Sie ist eine Hexe, wahr- und leibhaftig, meine Herren."

„Jetzt, wo Ihr von ewigem Schlaf sprecht, glaube ich, mich daran zu erinnern, etwas Ähnliches gehört zu haben", warf Lobelin plötzlich ein.

„Oh, er hat etwas Ähnliches gehört, so so", spottete Falk.

„Habe ich. Da ist ein Mann einfach umgefallen und hat tief und fest geschlafen. Und er ist nicht wieder aufgewacht. Ist dann einfach gestorben, verhungert oder so. Dauert ja nicht allzu lang, so was."

Reinhard legte den Kopf leicht schief. „Tatsächlich?"

„Nein", warf Falk ein. „Er hat nicht geschlafen. Er war tot. Mausetot."

„War er nicht!", blaffte Lobelin.

„Natürlich war er das. Da hat dir jemand einen Bären aufgebunden."

„Der Herr Ritter hat dir wohl das Gehirn zu Brei getreten, du kleiner Wurm!", rief Lobelin.

Reinhard hob die Hände. „Meine Herren!", unterbrach er den Disput. „Es ist völlig gleich, was in irgendeinem Dörfchen auf diesem Kontinent passiert ist. Hier geht es nicht um einen Straßenfeger, dem die Hitze zu arg zugesetzt hat. Hier geht es um mich. Immerhin bezahle ich euch, oder irre ich mich? Ist das dort kein Säckchen voller Gold? Was?"

Lobelin, der im Zuge des Streits aufgestanden war und seine Schmerzen im Unterleib offensichtlich vergessen hatte, setzte sich nun wieder.

„Wie geht es weiter?“, fragte er. „Wie habt Ihr herausgefunden, wer für all das Übel verantwortlich ist?“

„Nun“, fuhr Reinhard fort, „der Zufall kam mir zu Hilfe, wenn man denn an Zufälle glauben mag. Vielleicht war es auch die Vorsehung, das Schicksal. Einerlei, das muss jeder mit sich selbst ausmachen.“

Reinhard schwieg eine Weile, stierte mit leerem Blick in die Kerzenflamme. Die Söldner wagten nicht, ihn zum Weiterreden aufzufordern, denn auch wenn aus seinen Augen nichts zu lesen war, so arbeitete sein Mund unablässig. Er knirschte mit den Zähnen, die Lippen zuckten, die Zunge fand sich mal in der rechten, mal in der linken Seite seines Mundraumes. Es bereitete ihm sichtlich Unbehagen, geradezu Pein, weiter über das Erlebte zu berichten.

Er hob schließlich den Kopf. „Bedingt durch jene furchtbaren Ereignisse, die mich an meiner geistigen Gesundheit zweifeln ließen, fand ich nur noch schwer in den Schlaf. In einer finsteren Nacht – und sie war wirklich finster, der Mond war nicht zu sehen – bemerkte ich alsbald, dass Irene sich aus dem Schlafgemach stahl. Ich tat so, als schliefe ich, dann verfolgte ich sie. Sie verließ das Haus und den Garten. Was danach geschah, daran kann ich mich nicht erinnern. Ich wachte unter einer Eiche auf, bedeckt mit Blättern und Schmutz. Ich ahnte, dass Irene mich bemerkt haben musste, und war nun dementsprechend misstrauisch ihr gegenüber. Wo war sie wohl hingegangen, in jener Nacht?“

„Zum Totenacker. Dort hat sie mit den Leichen getanzt!“, sagte Falk.

„Nein“, warf Lobelin ein, „sie hat einen Sabbat gehalten, auf einer Anhöhe in der Gegend!“

Morawitz sagte nichts, aber er legte den Kopf schief, und sein pockennarbiges Gesicht zeigte eine angestrengte Miene.

Reinhard schüttelte den Kopf. „Ihr liegt falsch, meine Herren. Ihr liegt beide falsch. Lasst mich erzählen, wie es weiterging. In den nächsten Tagen passierte nämlich nichts, und Irene verhielt sich mir gegenüber äußerst freundlich und zuvorkommend, wie es sich für ein Eheweib gehört.“

Morawitz brummte etwas.

„Doch nach zwei Wochen", fuhr Reinhard fort, „erhielt ich Nachricht von einer meiner älteren Schwestern. Sie schrieb mir, dass Karenna, die Jüngste des Hauses Bitterblum, bei einer Reise ins Duenavdelta tödlich verunglückt sei. Sie sei im Sumpf ums Leben gekommen, verschluckt von den gierigen Pflanzen und dem brackigen Wasser."

Reinhard hob lehrerhaft einen Zeigefinger und beugte sich nach vorn. „Ich war mir sicher, dass ein Fluch auf unserer Familie lastete und dass Irene in irgendeiner Art und Weise damit zu tun hatte. Sie war nächtens in den Wald gegangen und hat Karenna den Tod gebracht! Sie hat einen Sud gebraut, hat etwas geopfert, hat einen Dämon beschworen, hat …"

„Hat sich nackt ausgezogen und mit Ziegenblut eingerieben!" Diesmal war es Lobelin, der ihn unterbrach. „So etwas habe ich schon gehört. Es soll den Pakt mit den Dämonen besiegeln!"

Reinhard sog scharf die Luft ein, blickte Lobelin jedoch wohlwollend an. „Ich sehe", sagte er, „du denkst mit, mein lieber Lobelin. Aber noch hatte ich nur eine Vermutung, und ich liebte sie ja! Ich liebte meine Irene! Doch es musste etwas geschehen, dessen war ich mir bewusst. Just einen Tag, nachdem ich den Brief erhalten hatte, stahl sie sich wieder in die Nacht hinaus. Ich folgte ihr abermals, hielt diesmal jedoch mehr Abstand und war vorsichtiger, weswegen ich sie bald aus den Augen verlor. Ihr könnt euch nicht vorstellen, wie niedergeschlagen, wie enttäuscht ich war!"

Reinhard pausierte, blickte in die betretenen Gesichter der Söldner, holte tief Luft und erzählte schließlich weiter: „Ich ging also wieder nach Hause, legte mich ins Bett und lauschte auf die Schritte meiner Frau. Ich muss eingeschlafen sein, denn das Nächste, woran ich mich erinnere, war die Morgensonne, die in mein Zimmer schien."

„Und Irene? War sie wieder da?", fragte Falk. Er unterdrückte ein Gähnen. Der Tag würde in wenigen Stunden anbrechen.

Reinhard nickte. „Natürlich war sie wieder da, und so gut gelaunt wie immer. In der nächsten Nacht verließ sie nicht das Haus, und in der darauffolgenden ebenfalls nicht. Zwei Wochen später erhielt ich wieder einen Brief, und wieder war er von meiner älteren Schwester. Sie schrieb mir, dass Feline, die Zweitälteste des Hauses Bitterblum, den Tod gefunden habe.“ Reinhard schüttelte sich, als sei ihm kalt. „Einen grausigen Tod, ich möchte nicht darüber sprechen“, ergänzte er.

Lobelin schlug sich mit der Faust in die offene Linke. „Das kann nicht wahr sein! Das ist kein Zufall, ganz bestimmt nicht! Diese Hexe! Ich hätte ihr auf der Stelle den Kopf abgeschlagen und verscharrt, und ihren Körper hätte ich verbrannt, mitsamt dem verfluchten Anwesen!“

„Na, na, Lobelin“, tadelte Reinhard. „Ganz so einfach war das natürlich nicht. Ich wollte sie auf frischer Tat ertappen! Ich wollte ihr in die Augen sehen, wenn sie sich vor Überraschung und Zorn windet wie eine Schlange, wenn sie Ausflüchte sucht, obwohl die Beweise eindeutig vor ihr liegen. Falk, hörst du noch zu?“

Falk nickte. Er hatte Mühe, seine Augen offenzuhalten.

„Gut“, sagte Reinhard, „dann sitz gerade, und mach den Mund zu. Ich kann mich kaum konzentrieren. Ich wusste, dass meine ältere Schwester Henna sterben würde, wenn ich Irene nicht aufhielt. Sie schlich sich also wieder nach draußen, in den Wald, und diesmal bot ich all mein Können auf, um ihre Spur nicht zu verlieren und nicht von ihr entdeckt zu werden.“

„Hat es funktioniert? Herr Ritter, habt Ihr gesehen, was Eure Frau im Wald getan hat?“

„Natürlich habe ich das! Ich bin Reinhard von Bitterblum, mein lieber Lobelin. Ich bin ihr bis zu einer Hütte gefolgt, einem windschiefen Ding zwischen fünf großen Buchen. Ich habe einige Zeit im Dunkeln gewartet, bis ich ihr in das Haus nachgelaufen bin.“ Reinhard wischte sich mit der Hand über den Mund. Er schwitzte.

„Und dort“, fuhr er mit leiser Stimme fort, „habe ich ihr teuflisches Ritual gesehen. Es ist schwer, meine Herren, das könnt ihr mir glauben. Es ist schwer.“ Er atmete tief durch und schloss die Augen. Als er sie wieder öffnete, glänzten sie feucht im Licht der Kerzen.

„Sie saß da“, erzählte Reinhard, „und sie war nackt bis auf eine Kette aus eigenartigen Blumen, die sie um den Hals trug. Sie saß auf einer Kreatur, einem Hexenmeister, denke ich, und sie stöhnte dabei und ihre Hände rieben über ihre Haut und sie krallte sich in den Pelz des

Dinges, und es packte sie an den Hüften und trieb ihr seinen Unterleib entgegen, und überall flackerten Kerzen, und die Wände waren behängt mit Innereien und stinkenden Kräutern und ..."

Reinhard brach jäh ab, er barg das Gesicht in den Händen.

„Es ist gut, Herr Ritter", meinte Lobelin leise. „Es ist schon gut. Es war zu erwarten gewesen."

Reinhard schüttelte den Kopf, seine dunklen Haare hingen mittlerweile offen herab. Das Band, das sie zusammengehalten hatte, war verrutscht. „Und doch hat es mich getroffen. Tief getroffen!" Er klopfte sich leicht auf die Brust, wo das Wappen des Hauses Bitterblum prangte. „Meine Familie! Mein Anwesen! Meine Ehre! Alles dahin, alles tot und zerstört und ausgemerzt – von einer einzigen Frau!" Reinhard straffte sich. „Ihr könnt euch vorstellen, wie erschrocken sie war, als sie mich bemerkte. Der Hexenmeister stieß sie von sich, und sie kreischte wütend und bedeckte sich, als hätte ich ihren Körper nicht schon Hunderte Male gesehen. Das Monster sprang zurück und machte ein Zeichen in meine Richtung, aber ich hatte schon das Schwert gezogen und drang auf die Kreatur ein."

„Habt Ihr das Biest getötet?"

Reinhard zuckte bedauernd mit den Schultern. „Habe ich nicht. Ich habe es wohl verwundet, aber Irene hat mich heimtückisch von hinten niedergestreckt. Als ich wieder zu mir kam, waren die beiden Teufel verschwunden. Ihr müsst wissen, meine Herren, auch ohne ein prächtiges Anwesen löst der Name meiner Familie noch Ehrfurcht aus, und so war es mir ein Leichtes, Spitzel anzuheuern, die in allen Winkeln Karianders nach Irene und dem Hexenmeister suchten. Das führte mich letztlich auch auf euren Kontinent. Aber, eines will ich euch noch sagen, ich habe die beiden dämonischen Paktierer nicht ziehen lassen, ohne mich ordentlich zu verabschieden! Meine Spione spürten Irene und den Teufel, der in Gestalt eines durchschnittlich aussehenden Mannes an ihrer Seite war, in Isaport auf. Sie hatten sich dort wohl in einer Herberge eingenistet und warteten auf eine günstige Gelegenheit, Irda zu verlassen."

Falk warf Lobelin einen Blick zu, der besagte, dass er kein Wort von dem verstand, was Reinhard erzählte.

„Natürlich“, sagte Reinhard, „sind euch diese Orte kein Begriff. Aber es ist meine Heimat, also zeigt Respekt.“

„Zeigen wir, Herr Ritter, zeigen wir.“

„Sie waren also in Isaport, und ich reiste so schnell in das kleine Hafenstädtchen, wie ich nur konnte. Ich brachte in Erfahrung, dass sie den Kontinent mit einem Schiff der Seehandelsgilde verlassen wollten, und das schon am nächsten Tag. Ich hatte also nicht viel Zeit! Zum Glück für mich gibt es solcherlei Schiffe in Irda nicht wie die Bäume im Walde, und ich musste nicht lange suchen.“

„Irene ist entkommen“, schlussfolgerte Lobelin.

Reinhard nickte. „Ist sie. Und jetzt ist sie hier. Aber verwundet! Zumindest war sie das, als ich sie das letzte Mal getroffen habe. Sie muss einen ordentlichen Heiler gefunden haben, denn solch einen Schnitt im Bein kann kein kleines Kraut kurieren. Ich habe sie gut erwischt! Mit Sicherheit humpelt sie oder ist lahm.“

„Und der andere? Dieser Teufel? Habt Ihr ihn ausgetrieben?“, wollte Falk wissen.

„Meine Herren, sonst würde ich wohl heute nicht vor euch sitzen. Ausgetrieben ist das richtige Wort. Die Flausen habe ich dem Ungetüm aus dem Schädel gehauen, so wahr ich Reinhard von Bitterblum bin! Nur leider, und hier kommt ihr ins Spiel, weiß ich nicht, wo ich nach Irene suchen soll. Sie muss Mythodea etliche Tage vor mir erreicht haben, denn, wie bereits gesagt, jene Gildenschiffe ankern nicht unbedingt häufig bei uns. Und, wie ich meine Frau kenne, wird sie eine ansehnliche Schar um sich versammelt haben. Vielleicht andere Hexen, vielleicht Krieger oder auch nur einfache Bauern. Sie hat ein sehr einnehmendes Wesen, und wenn sie damit nicht weiterkommt, nutzt sie ihr Wissen über die Tränke, wie sie es bei mir getan hat.“

Das Käuzchen rief wieder, diesmal klang es näher. Ein anderes Käuzchen antwortete aus der Ferne, und die vier Männer lauschten eine Weile.

„Wir sollen also“, sagte Falk schließlich, „diese Hexe aufspüren. Ein paar Fragen stellen, hier und da lauschen, vielleicht das ein oder andere Messer an die ein oder andere Kehle setzen. Habe ich das richtig verstanden? Ist es nicht so?“

„So ist es. Diskret, natürlich.“

„Natürlich. Ganz diskret. Und dann, Herr Ritter?“ Falk rieb sich den Kiefer, der immer noch schmerzen musste. „Dann ziehen wir gemeinsam mit Euch in die Schlacht gegen diese Teufelshure und ihre dämonische Brut?“

„Wieder richtig, mein lieber Falk. Das ist eure Aufgabe, und dafür gebe ich euch alles, was dem Hause Bitterblum noch geblieben ist.“

„Was geht uns irgendein Haus auf irgendeinem Kontinent an, von dem noch nicht mal die ersten Siedler etwas gehört haben? Hm?“

Reinhard stand auf und trat ans Fenster, wohl wissend, dass er den Söldnern den Rücken zukehrte. „Es geht euch nichts an. Aber gehen euch denn die anderen Dienste etwas an, für die ihr bezahlt werden? Interessiert ihr euch überhaupt für etwas, außer für das Gold, das am Ende eines erfolgreich ausgeführten Auftrages auf euch wartet? Ich denke nicht. Ob ihr nun einem Edelmann aus Mythodea zur Seite steht, für die Elemente in den Krieg zieht oder einem Ritter, der alles verloren hat, was ihm lieb und teuer war, eure Schwerter leiht – wen kümmert das?“

Falk schwieg, Lobelin kratzte sich die Wange und machte ein nachdenkliches Gesicht. Morawitz beobachtete mit seinem verbliebenen Auge die Kerzenflammen, die langsam ihrem Ende zustrebten. Schließlich wiegte Falk das Säckchen in der Hand, das ihm Reinhard zu Beginn seiner Geschichte zugeworfen hatte.

„Ihr habt wohl nicht ganz unrecht, Herr Ritter“, sagte er langsam und gedehnt. „Ein kleines Abenteuer wird nicht schaden, das Gold können wir gut gebrauchen.“

„Es klingt auch nicht so, als sei es sonderlich gefährlich“, warf Lobelin ein.

„Ihr helft mir also? Ihr tut, was ich euch sage und wann ich es euch sage, und zwar, bis Irene gefasst ist und ich sie zur Rede stellen kann?“

„Zur Rede stellen. Natürlich.“ Falk grinste. „Wie sieht diese Irene denn aus?“

„Haare kann man schneiden, die Kleidung wechseln“, sinnierte Reinhard. „Aber sie hat recht große, dunkelbraune Augen. Fast schon schwarz. Eine gerade Nase, und ihre Lippen sind sehr sinnlich. Wenn sie lacht, bekommen sie einen so feinen Schwung, dass ..."

„Ihr sollt nicht schwärmen, Ihr sollt sie uns beschreiben, bitte", warf Falk ein.

Reinhard straffte sich, er hatte sich tatsächlich für einen Moment hinreißen lassen. „Sie humpelt. Sie *muss* humpeln, oder hat einen Stock dabei, auf den sie sich stützt. Vielleicht wäre das ein Anfang? Eine junge Frau, die sich auf einen Stock stützt wie eine Greisin, sollte auffällig genug sein."

Falk nickte, stand auf und streckte Reinhard die Hand entgegen. Der packte sie kräftig und schaute dem Söldner unverwandt in die hellen Augen. Mit Lobelin und Morawitz verfuhr Reinhard ebenso.

„Pferde", sagte er schließlich. „Vier gute, schnelle Pferde und Proviant. Und ich möchte ein Ziel, ich kenne mich hier nicht aus. Hört euch um. Ich gebe euch drei Tage, dann brechen wir auf. Wir sollten die restliche Nacht nutzen, um uns auszuruhen. Auf unserer Reise werden wir nicht sehr oft in einem warmen Bett nächtigen."

Die Söldner nickten, das Säckchen klimperte in Falks Händen.

„Und, Falk, lass deine Wunden versorgen", ergänzte Reinhard.

„Auf eine erfolgreiche Jagd, Herr Ritter", sagte Lobelin feierlich.

Reinhard tippte sich an die Stirn. „Auf eine erfolgreiche Jagd!"

***

An den nächsten beiden Tagen hörte Reinhard nichts von den Söldnern. Die schwüle Hitze wurde von einer sanften Brise vertrieben, und der Ritter verbrachte seine Zeit damit, vor dem *Hahnenfuß* auf einem Schemel zu sitzen und den Siedlern bei der Arbeit zuzusehen, die maßgeblich aus dem Aufbau neuer Hütten, dem Anbau an bereits bestehende und dem Hacken von Holz bestand, um das Land zu erschließen und Felder anlegen zu können.

Versorgt wurde er von Melhijana, die nach dem missglückten Überfall nur das Nötigste mit ihm sprach und stets den Kopf gesenkt hielt, als schäme sie sich in seiner Gegenwart. Was sie sicherlich auch tat. Reinhard war es ganz recht so. Immerhin gab er ihr jeden Morgen ein neues Goldstück. Mehr, als sie verdient hatte, und weitaus mehr, als der Fraß und das hässliche Zimmer wert waren.

Die Tage waren voller Lärm, voller rufender, lachender Menschen, voller Hämmern und Sägen, voller Kindergebrüll und dem Gejaule und Geblöke von Tieren. Und doch war es ruhig, erholsam, beinahe andächtig. Er nutzte die Zeit, um seinen verbrauchten Muskeln neues Leben einzuhauchen.

Den Leinensack trug er stets bei sich, ebenso wie sein Schwert mit dem Blumenknauf und das restliche Gold. Seit er auf dem Kontinent war, hatte er den Menschen misstraut, und der hinterhältig geplante Überfall hatte ihn darin bestätigt.

Hufschlag und das Poltern von Wagenrädern ließen ihn aufhorchen. Der Kutscher, der ihn hergebracht hatte, lenkte sein Fuhrwerk den aufgerissenen, spröden Weg entlang, die Brise zerzauste seinen wilden Bart.

„Karotte, ruhig“, sagte er. „Komm, Radieschen.“

Er entdeckte Reinhard, wie er so auf dem Schemel vor der Taverne saß und ihn betrachtete. Er ließ die Pferde anhalten, sprang vom Kutschbock und schlenderte zu Reinhard herüber.

„Habt es Euch überlegt, wie ich sehe? Oder wollt Ihr hier gar sesshaft werden?“

Reinhard verzog das Gesicht, als löse die Vorstellung allein schon Unwohlsein aus. „Ich warte, guter Kutscher. Das ist alles. Ich gönne mir eine Pause und warte.“

Der Kutscher kratzte sich im wirren grauen Haar. „Auf besseres Wetter? Dass es kühler wird? Ist es schon, es weht ein feiner Wind. In den Bergen ist es noch angenehmer.“

„Der Wind ist mir aufgefallen, danke“, gab Reinhard zurück. „Ich warte auf Informationen. Die drei Wachmänner haben sich als gewöhnliche, geldgierige Söldner entpuppt und stehen nun in meinen Diensten. Spätestens morgen werde ich Findling verlassen.“

„Sie stehen in Euren Diensten? Einfach so?“, hakte der Kutscher nach.

„Gegen eine gebührende Bezahlung, versteht sich.“

„Natürlich, das versteht sich. Sind die drei Kerle denn schon erfolgreich gewesen?“

Reinhard legte die Stirn in Falten und schürzte die Lippen. „Das hoffe ich doch“, sagte er. „Die Zeit wird knapp. Ohne Informationen bekommen sie keinen müden Taler von mir.“

Radieschen wieherte ungeduldig und schüttelte den Kopf. Die helle Mähne glänzte herrlich im Sonnenschein.

„Na! Radieschen!“, mahnte der Kutscher. „Nur Geduld, es geht gleich weiter!“

„Ganz zu schweigen“, fuhr Reinhard fort, „von dem Vorsprung meiner Frau. Der wird größer und größer, während ich hier sitze und die Tauben auf den Dächern zähle.“

„Oder aber es ist, wie ich gesagt habe, und sie sitzt bei einem edlen Herrn. Dann wird gar nichts größer. Nun, bis auf die Anstrengungen vielleicht, die es Euch kosten wird, Euer Ziel zu erreichen. Ein Mann gegen ein ganzes Gefolge!“, meinte der Kutscher.

„Ich bin nicht allein.“

„Stimmt allerdings, Ihr habt noch Eure Söldner. Die Ihr wohl gnädigerweise zurückgeben könntet, sollten sie Euren Aufgaben nicht gewachsen sein oder Euren Vorstellungen nicht entsprechen. Findling hat den Schutz bitter nötig.“

Reinhard warf dem Kutscher einen fragenden Blick zu.

„Nun, es ist doch so“, sagte der, „dass es eine neue Siedlung immer schwer hat. Wölfe und andere wilde Tiere machen die umliegenden Wälder unsicher, und hier und da springt plötzlich ein Trupp der Verfemten aus dem Gebüsch. Keine schöne Sache.“

„Verschone mich mit deinen Verfemten und diesem ganzen Humbug von den Elementen, Kutscher. Mir scheint, dieser Kontinent bringt nur Unordnung in die Gedanken der Menschen.“

Der Kutscher lächelte milde, wie man über ein Kind lächeln mochte, das noch nichts von der Welt verstand. „Und Ihr seid derjenige, der Ordnung bringt?“

„Es ist mir schlicht egal. Mich interessiert die Aufgabe, die ich habe, und sonst nichts. Es geht um meine Ehre! Um meine Ehre als der Letzte des Hauses Bitterblum!“

Der Kutscher erhob sich, kratzte sich am Bauch und kniff die Augen zusammen. Die Brise wirbelte Staub auf und ließ ihn in Kreisen tanzen.

„Herr Ritter“, sagte er leise, wobei er den Kopf schüttelte. „Ihr hört nicht zu, weil Ihr den Kontinent nicht kennenlernen wollt. Ich wünsche Euch viel Glück, das gehört sich so. Aber in Wahrheit hoffe ich, Ihr versagt.“

Der Kutscher schwang sich auf seinen Kutschbock, nahm den Weidenstock in die eine und die Zügel in die andere Hand. Er gab Radieschen einen leichten Klaps, und der Wagen setzte sich in Bewegung.

Reinhard sah ihm nach. Karotte ließ ein paar Äpfel fallen, Radieschen wieherte belustigt. Beinahe so, als würden die Pferde ihn verspotten.

Er versuchte, seine Gedanken zu ordnen, aber es wollte ihm nicht gelingen. So saß er eine Weile da, grübelte und brütete vor sich hin, bis der Abend dämmerte und die Arbeiten zum Erliegen kamen.

Er nahm den Leinensack und legte ihn auf seinen Schenkeln ab. Dann strich er langsam über die Oberfläche, befühlte das, was sich im Inneren befand. Ein Schauder überlief ihn, und er fröstelte, obwohl es noch immer sehr warm war.

Er hatte eine Aufgabe, und der musste er nachgehen. Die Elemente waren ihm egal, die Verfemten sowieso. Das Eherne Tor interessierte ihn nicht, ebenso wenig die Kultur, die Gefühle, die Stimme des Kontinents. Er musste sich konzentrieren, fokussiert bleiben.

Mit einem entschlossenen Funkeln in den Augen strich er ein letztes Mal über den Leinensack. Irene. Irene, die humpelt. Irene, die sich auf einen Stock stützt. Irene, die bei einem feinen Herrn speist. Irene, die Hure, die Eidbrecherin, die Hexe.

Er stand ruckartig auf, der Schemel kippte nach hinten. Er ließ ihn im Dreck vor dem *Hahnenfuß* liegen. Ein letztes Mal ausgiebig essen und trinken, ein letztes Mal tief und fest schlafen.

Morgen würde die Jagd weitergehen.

***

„Ich sage Euch, Herr Ritter Reinhard, das war ein Weibsbild! Ein stures Biest, aber mir konnte sie nicht widerstehen!“, prahlte Falk. Er saß auf einem Grauschimmel, der aufs Wort gehorchte. Ganz anders

Reinhards Pferd: Ein Fuchs, athletische Statur und sicher ein ausdauernder Läufer, aber durchtrieben wie kaum ein anderes Pferd, auf dem der Ritter bis jetzt gesessen hatte.

„Du bist ein Prahlhans! Ein Hans-Dampf-in-allen-Gassen, Falk! Niemals hast du dein Bett mit dieser Zirkusmagd geteilt!", hielt Lobelin dagegen. Sein Pferd war eine Stute und unglaublich kräftig, weshalb er einen Großteil des Reisegepäcks bei sich hatte. Wein und Bier sowie Karotten, Kartoffeln, Würste, Zwiebeln und Speck. Alles aus dem *Hahnenfuß*. Melhijana hatte ihnen Proviant für mehrere Tage mitgegeben.

Falk pfiff durch die Zähne. „Na und ob!", bekräftigte er. „Wie die Tiere waren wir zugange! Und ich kann es dir auch beweisen."

„Oho! Oho, da bin ich gespannt! Du auch, Morawitz, was? Sicher bist du das."

Morawitz schwieg, während er die Umgebung im Auge behielt. Der Waldrand war nicht weit entfernt, und hier, auf offenem Gelände, waren sie leichte Beute. Ein Hinterhalt war schnell gelegt, Pfeile schnell abgeschossen, Herzen schnell durchbohrt.

Falk räusperte sich und richtete sich im Sattel auf. „Und zwar hat sie nämlich ganz braune Augen. Und die Haare, die hat sie von ihrer Mutter."

Lobelin winkte ab. „Pah! Ein Wichtigtuer bist du, nichts weiter! Reinhard, Ihr müsst wissen, diese Sara ist eine harte Nuss. Und schön obendrein! Und jetzt, Herr Ritter, seht Euch unseren Falk hier an! Mit seiner Vogelvisage und seinen hässlichen Bildern auf der Haut." Er lachte laut auf, Falk lief vor Zorn rot an.

„Pass nur auf, dass *du* mir in der Nacht nicht zu nahe kommst! Dann kannst du was erleben! Dann tanzt mein Messer unter deiner Haut, du neidischer Furz!"

Lobelin lachte nur noch lauter. Morawitz schwieg weiterhin, und Reinhard bemühte sich, seinen Fuchs, der gerade bockig zur Seite ausscheren wollte, unter Kontrolle zu bringen.

„Sie hat sich auf mir bewegt wie ein warmer Wind. Und ihre Küsse erst!", schwärmte Falk. „Ihre Küsse, Reinhard! So zart, und trotzdem so fordernd. Sie macht Aeris alle Ehre, das versichere ich Euch!"

„Ja, sicher. Weil sie nur heiße Luft war, die aus deinem Hirn gewichen ist", scherzte Lobelin. „Morawitz, sag auch was! Sag diesem Schwachkopf, dass er nur geträumt hat!"

„Mhm", machte Morawitz.

Reinhard drehte sich im Sattel um und unterbrach die Unterhaltung. „Könntet ihr jetzt endlich still sein?", rief er. „Das hält man ja nicht aus! Ich versuche, mich zu konzentrieren!"

„Auf den Weg? Der geht immer geradeaus", sagte Falk.

„Nicht auf den Weg! Auf meine Aufgabe, Söldner!"

Die Sonne brannte heute nicht so erbarmungslos wie in den letzten Tagen. Graue Wolken bedeckten den Himmel, der Wind zauste die Mähnen der Pferde und Reinhards ordentlich gebundene Haare. Vor der Abreise hatte er sich frisiert und den Bart säuberlich gestutzt. Er wollte Irene nicht als ungepflegter Wilder gegenübertreten, sondern als der Reinhard von Bitterblum, den sie lieben gelernt hatte. Sie sollte ihren Verlust erkennen.

„Die ist doch genauso klar wie der Weg", meinte Lobelin kleinlaut.

„Ihr versteht nicht, dass es schwer für mich ist, oder? Dass ich, wenn ich in mich hineinhöre, Irene noch immer liebe? Dass ich mir genau überlegen muss, was ich zu ihr sage, und vor allem, *wie* ich es sage? Wie weit ist es noch?"

Falk kniff die Augen zusammen und schaute nach oben, als ob er am Stand der verdeckten Sonne ablesen könne, wie weit sie noch reisen mussten.

„Morawitz, was meinst du?", fragte er schließlich. „Du hast die Alte getroffen."

„Morgen. Gegen Mittag müssten wir das Anwesen erreichen", antwortete Morawitz.

Es war das erste Mal, dass Reinhard ihn bewusst hatte sprechen hören. Seine Stimme klang rau und hölzern, beinahe ohne jegliche emotionale Färbung. Er sagte die Worte einfach nacheinander auf, variierte nicht in Höhen und Tiefen, in Tempo und Lautstärke.

„Na, das ist doch ein Wort, oder, Herr Ritter?", meinte Falk.

Reinhard nickte. Seine Gedanken kreisten noch immer um Morawitz. Er hatte gedacht, er sei schwachsinnig, aber offenbar war dies nicht der Fall. Er war eben einfach ein ruhiger Zeitgenosse, möglicherweise hatte er etwas Schlimmes erlebt, das er noch nicht verarbeitet hatte. Ein Schicksal, das jenem Reinhards nahekam.

„Was wird uns dort erwarten, auf diesem Anwesen? Ihr kennt euch aus auf eurem Kontinent. Was bedeutet es, sich Aqua verschrieben zu haben? Morawitz? Hm?"

Der Söldner tat ihm nicht den Gefallen, zu antworten. Stattdessen glotzte er ihn mit seinem verbliebenen Auge an, als sehe er ihn zum ersten Mal.

„Aqua, Herr Reinhard, ist das Wasser. Alles, was fließt, alles, was Leben bringt", erklärte Lobelin, wobei er sich einer theatralischen Gestik bediente. „Vom kleinsten Rinnsal, das sich einen Weg durch unnachgiebigen Fels frisst, bis zum großen Ozean, in dem sich gigantische Fische tummeln." Lobelins Augen glänzten.

„Mir scheint, du bist jenem Element ebenfalls nicht abgeneigt."

Falk spuckte aus. „Ach, der. Lobelin ist ein Freund jedes Elements. Er kann sich nicht entscheiden. Heute Aqua, morgen Ignis und übermorgen Aeris. Irgendwann dazwischen Terra, und ein bisschen Magica gehört auch dazu, ist es nicht so, Lobelin?"

„Was ist so falsch daran? Ich kämpfe für das Gute, für die gerechte Sache! Was gibt es Besseres, als für die Elemente zu streiten?"

Reinhard wurde langsam ungeduldig. Er beruhigte seine Stute, die gerade ihren Willen durchsetzen und in einen leichten Trab übergehen wollte. „Ihr verliert das Wesentliche aus den Augen, Söldner", sagte er. „Ich habe gefragt - und - ich wiederhole mich nicht gern -, was uns auf dem Anwesen erwartet."

„Ein todschicker Herr, was denn sonst?", antwortete Falk, während er dem Proviantsack eine Wurst entnahm und genüsslich hineinbiss. „Er hat Gefolge, das ist mal sicher. Und dabei wohl auch jemanden, der sich in der Heilkunst ganz gut auskennt. Morawitz hat gesagt, die Alte hätte ihm erzählt, dass Eure Frau ziemlich stark gehumpelt hat. Die Wunde, die Ihr der Hexe geschlagen habt, muss sich irgendwann im Laufe ihrer Flucht recht bösartig entwickelt haben. Und jetzt braucht sie wohl jemanden, der sie wieder ordentlich zusammenflickt, nicht nur so halbherzig." Fett glänzte an Falks Kinn, er verschlang den Rest der Wurst.

„Da liegt es nahe“, ergänzte Lobelin, „es bei jemandem zu versuchen, der sich ganz dem Wasser verschrieben hat. Die Herren der Tiefe blicken mit Wohlwollen auf ihre Schützlinge und gewähren ihnen das ein oder andere Wunder.“

„Wenn dem so ist, hat Irene wohl einen Verbündeten gefunden. Wir sollten uns darauf einstellen, auf heftige Gegenwehr zu stoßen. Der Ritter wird sie nicht einfach so aushändigen“, erklärte Reinhard.

„Wird er, wenn Ihr ihm Eure Geschichte erzählt“, meinte Lobelin. „Er wird es nicht auf sich sitzen lassen wollen, von der Hexe hintergangen worden zu sein. Denn wenn er ihre wahre Natur von Anfang an gekannt hätte, hätte er sie wohl sogar eigenhändig getötet. Eure Frau stinkt nach den Zweiflern!“, sagte Lobelin barsch. Zornesfalten bildeten sich an der Nasenwurzel, er griff zu seinem Schwert.

Reinhard kam er in diesem Augenblick vor wie ein abgerichteter Hund, der nur darauf wartete, von seinem Besitzer von der Leine gelassen zu werden. Bisher hatte er gedacht, in einem Kampf sei mit Lobelin nicht viel anzufangen, doch jetzt, als er die flammende Wut spürte, die in dem Söldner brodelte, überdachte er seine vorschnell gefasste Meinung.

Sie ritten durch ein Birkenwäldchen, folgten einem schmalen Weg, den wohl noch nie ein Karren befahren hatte. Spechte hämmerten Löcher in Totholz, die Insekten summten ihnen um die Ohren. Einige Mücken waren so dreist, sich in die Gesichter der Reisenden zu verirren, wo sie allerdings ein jähes und von derben Flüchen begleitetes Ende fanden.

„Der Himmel wird dunkler. Es wird regnen diese Nacht“, sagte Falk.

Reinhard nickte. „Wir sollten uns ein geschütztes Lager suchen. Morgen reiten wir geschwind zu diesem Aquaritter. Ich will sehen, ob wir uns nicht haben täuschen lassen.“

***

Es war kein heftiger Regenschauer, kein Wolkenbruch, wie sie Reinhard aus Kariander kannte, wo der Himmel regelmäßig all seine Pforten öffnete. Es regnete nur leicht, die Tropfen waren kaum spürbar.

Dennoch durchnässten sie die Kleidung ebenso wie ein ordentlicher Guss.

Die Gruppe hatte sich ein ruhiges, windgeschütztes Plätzchen am Fuße einer schroffen Felswand unter einem Überhang gesucht und ein kleines Feuer entzündet. Lobelin kümmerte sich darum, dass die Flamme nicht erlosch. Er legte regelmäßig Reisig und Birkenäste nach, stocherte mit einem Zweig in der Glut und blies ab und zu hinein, wodurch die Funken aufstoben und sich an der Felsendecke sammelten.

Reinhard aß trockenes Brot, das er hin und wieder über das Feuer hielt, um es etwas zu rösten, während er Morawitz beobachtete. Der Söldner saß abseits im Regen. Es schien ihm nichts auszumachen, ganz im Gegenteil.

„Was ist mit ihm?“, fragte er leise. „Ist er nicht mehr bei allen Sinnen? Und wie ist das passiert?“ Der Ritter deutete auf sein eigenes Auge.

Lobelin machte ein betrübtes Gesicht. „Er ist noch nicht lange bei uns“, berichtete er. „Wir haben ihn vor wenigen Wochen in einem Fluss gefunden. Er trieb oben auf, hatte sich in einem Gewirr aus Ästen verheddert und bewegte sich nicht.“

„Ja, ich wollte weiter, weißt du noch? Ich wollte ihn nicht dabeihaben“, warf Falk vorwurfsvoll ein.

„Weil du ein Schwein bist. Ein waschechtes, sich im Dreck suhlendes Schwein. Du hättest ihn einfach verrecken lassen, was?“

Falk ging nicht auf die Beleidigung ein. Er kratzte sich an der Wange und starrte ins Feuer. „Ich würde ihn jederzeit wieder dort lassen, wo der Pfeffer wächst. Er ist ein unheimlicher Typ. Aber es geht ja meistens nach dir, nicht wahr? Warte nur, bis mir der Kragen platzt!“

Lobelin rückte näher an Reinhard. „Beachtet ihn nicht. Er hat zu viel Wein getrunken, er verträgt nicht viel.“

Tatsächlich setzte Falk gerade den Weinschlauch an und trank. Der Schein des Feuers tanzte über sein missmutiges, vogelähnliches Gesicht.

„Wir haben“, setzte Lobelin fort, „ihn jedenfalls aus dem Wasser gezogen, und erst da haben wir gesehen, dass er schwer verwundet war. Das Auge fehlte ihm. Dort war nur ein schwarzes Loch, das sich mit der trüben Brühe gefüllt hatte. Ekelhaft, sag ich Euch.“

„Kann ich mir vorstellen", antwortete Reinhard.

„Aber er lebte, und wir brachten ihn zu einem Medicus. Als er zu sich kam, erzählte er uns, dass er der einzige Überlebende eines Angriffs des Untoten Fleischs war. Die Verfemten haben sein ganzes Dorf niedergebrannt, seine Frau und seine Kinder erschlagen, die Männer gefoltert und gequält ... Schlimm ist das. Ein furchtbares Übel. Das hat ihm wohl ein bisschen den Kopf verdreht, wenn Ihr versteht."

Reinhard nickte. „Ich verstehe. Er hat nicht nur eines seiner Augen eingebüßt."

Er betrachtete Morawitz, wie er so im Regen saß und in die Nacht hinaus starrte wie ein steinerner Wächter. Und vielleicht war er das auch.

***

Die Woge kam mit ohrenbetäubendem Getöse näher, zog alles an, was sich in ihrem Umfeld befand.

Reinhard schwamm und schwamm mit aller Kraft, die er aufbringen konnte, aber er hatte keine Chance. Er spürte, wie er nach hinten gezogen wurde, spürte die kalte Umklammerung des Wassers, das ihn nie wieder freigeben würde. Er öffnete den Mund zu einem Schrei, aber heraus kam nur ein Gurgeln. Wasser drang in seinen Rachen, brannte in seinem Hals, entfachte eine Gluthitze in seinen Lungen.

Er verlor. Er verlor, und das bedeutete den Tod.

Die Woge spielte mit ihm, wirbelte ihn umher wie ein Kind einen Kreisel, und Reinhard wollte wieder schreien, ein letztes Mal noch, sich lebendig fühlen und kämpfen und ...

Er schreckte hoch, der Schrei aus seinem Traum wollte sich einen Weg in die Realität bahnen. Er setzte sich auf, hielt ihn zurück, sah sich um. Er war in Sicherheit, unter dem Felsüberhang. Das Feuer war erloschen, die Glut im Inneren der Asche schwelte noch. Der Regen hatte nachgelassen, doch die Nacht war noch nicht vorüber.

Morawitz saß noch immer an seinem Platz, ein schwarzer Schatten in der dunkelblauen Nacht. Und er blickte in Reinhards Richtung.

Reinhard konnte nichts gegen die Gänsehaut tun, die sich auf seinen Armen bildete. Er legte sich wieder hin und drehte sich um, aber in dieser Nacht fand er keinen Schlaf mehr.

***

Das Anwesen war von einer Mauer umgeben, und in jeden Mauerstein war ein Wassertropfen eingraviert. Die Steinmetze hatten wirklich ganze Arbeit geleistet. Das Gelände war groß, die Mauer verlor sich zu beiden Seiten am Hang der Anhöhe, auf der das Hauptgebäude lag. Ein Torbogen, auf dem mittig ein Fisch thronte, der sich krümmte, als wolle er zum Sprung aus dem Wasser heraus ansetzen, führte den Ritter und die drei Söldner auf die andere Seite.

Rechts und links des Weges befanden sich Teiche in allen Größen und Formen. Künstlich angelegte, rechteckige Becken, in denen sich kein Leben regte, lagen neben natürlichen Gewässern, in denen sich bunte Fische tummelten. Weiden wuchsen im gesamten Gelände, einige ihrer herabhängenden Zweige streiften die Wasseroberflächen. Enten schnatterten, Frösche quakten, und auf einem Teich machte Reinhard sogar ein Schwanenpaar aus, das majestätisch über das Wasser glitt. Blumen in leuchtenden Farben säumten die Ufer, Steinbänke standen im Schatten der Bäume. Statuen von Fischen, Krebsen oder einfach nur in Stein gehauenen, gischtsprühenden Wellen komplettierten die Idylle.

Der Weg, auf dem sie ritten, war erhöht wie ein kleiner Damm und brachte sie geradewegs zu einem Brunnen. Dort sprudelte klares Wasser aus dem Maul eines Hechts in ein flaches Becken. Sie hielten die Pferde an.

„Dem Herrn Ritter, der hier wohnt, scheint es an nichts zu mangeln“, stellte Reinhard fest.

Morawitz, der sich sonst immer zurückhielt, stieg von seinem Pferd und trat an den Brunnen. Er formte mit den Händen eine Schale, fing das Wasser auf und trank es. Dann trat er zur Seite und schaute die anderen erwartungsvoll an.

„Er hat recht“, meinte Lobelin.

Falk zog die Stirn kraus. „Er hat gar nichts gesagt."

Lobelin schwang sich aus dem Sattel. „Wir sollten einen Schluck Wasser trinken. Es zeigt unseren Respekt vor dem Herrn, der hier lebt und sich Aqua zugehörig fühlt. Wir achten die Elemente schließlich ebenso wie jeder andere, der sich nicht den Zweiflern angeschlossen hat."

Falk murrte etwas, folgte Lobelin aber trotzdem, um es Morawitz gleichzutun.

Reinhard seufzte, stieg ebenfalls von seinem Pferd, rieb sich den Steiß, der von dem Gebaren seines Reittieres ganz wund gescheuert war, und trank einen Schluck des Brunnenwassers.

Es schmeckte klar, frisch, beinahe vollkommen. Es schmeckte so, wie Wasser schmecken sollte: Nach nichts, und irgendwie doch nach allem. Eine willkommene Abwechslung zu dem ganzen Wein, den er in den letzten Tagen zu sich genommen hatte.

Sie führten die Pferde an den Zügeln weiter, vorbei an dem Brunnen Richtung Haupthaus, das erstaunlich schmucklos wirkte, wenn man bedachte, wie viele Details das Gelände prägten. Es war dreistökkig, wobei das Obergeschoss direkt unter dem blauen Dach lag. An den Ecken ragten kleine Türmchen auf, was dem Haus das Aussehen einer Trutzburg verlieh. Die Fenster bestanden aus buntem Glas und zeigten Motive aus dem Wasser: Wellen, Fische, Muscheln, Korallen, sogar ein Schiff auf hoher See war zu erkennen.

Die vier Reisenden banden die Zügel der Pferde an einem eigens dafür vorgesehenen Balken fest, der auf zwei Steinsockeln ruhte. Heu und ein Trog standen bereit.

„Hier bekommt offenbar jemand oft Besuch, was?", meinte Falk.

„Und keine Wachen", sagte Reinhard. „Ich sehe keine Wachen. Ein so großes Anwesen muss doch beschützt werden. Das kann der Hausherr unmöglich allein tun."

Lobelin rückte seinen Waffengurt zurecht. „Vielleicht ist niemand da, vielleicht ist er auf der Jagd, oder er schwimmt irgendwo in seinem Garten, oder ..."

In diesem Moment wurde die Tür aufgestoßen, und zwei Frauen liefen ihnen entgegen. Sie trugen die Kleidung von Bediensteten, ihre Schritte muteten seltsam ungelenk an.

„Willkommen, die Herren!“, sagte eine der beiden. Sie hatten helle Haare und farblos wirkende, fast schon glotzende Augen. Ihre Nasen waren klein, eigentlich kaum vorhanden, ihre Lippen dagegen dick und feucht. Sie sahen sich zum Verwechseln ähnlich, und keine von beiden war eine Schönheit.

„Seid gegrüßt, Mägde! Mein Name ist Reinhard von Bitterblum, und dies sind meine Gefährten. Wir wollen nicht lange stören. Ich wünsche lediglich eine Unterredung mit dem Herrn dieses Anwesens.“

Die Frauen traten näher, die Münder standen leicht offen. „Folgt uns, Herr von Bitterblum. Und Ihr auch! Der Herr erwartet Euch bereits.“

Reinhards Faust schloss sich um den Knauf seines Schwertes. „Wie kann das sein?“, wollte er wissen. Seine Stimme bekam einen bedrohlichen Klang.

„Der letzte Gast des Herrn, eine Dame, hat ihm von Euch berichtet.“

Reinhard kannte kein Halten mehr. Er packte die Frau, die nahe bei ihm stand, an den Schultern, während er rief: „Dann war sie hier? Sie war hier? Sie war hier, hört ihr das?!“

Die Bedienstete glotzte ihn nur an. „Ich bitte Euch, Ruhe zu bewahren, Herr von Bitterblum“, sagte sie.

Reinhard straffte sich, ließ sie los. „Natürlich. Verzeihung.“

„Der Herr wird Euch empfangen. Die Tafel ist bereits gedeckt.“

Sie folgten den Bediensteten in das Haus hinein und betraten einen mit Holz getäfelten Empfangssaal. Gemälde hingen an den Wänden, Darstellungen des Meeres in all seinen Facetten. Kerzen brannten an mehreren Leuchtern, dunkle Balken stützten die hohe Decke. Gegenüber dem Eingang führte eine Treppe nach oben, rechts und links befanden sich je zwei Türen.

Die Frauen führten die Reisenden nach links in den Speisesaal. Die Gemälde setzten sich hier fort, zwei breite Kamine sollten in den kalten Monaten Wärme spenden. In der Mitte des Saals stand eine Tafel, gedeckt mit erlesenen Speisen und Getränken. Silberbesteck glänzte im bunten Schein des Tageslichtes, das durch die gefärbten Fenster fiel. Die Lehnen der Stühle hatten die Form von Wassertropfen, wobei jeder einzigartig war.

Reinhard blickte zur Stirnseite. Dort stand ein größerer Stuhl, auf dem ein junger Mann saß. Er stützte die Ellenbogen auf der Tischplatte ab, hatte die Hände unter dem Kinn gefaltet und lächelte ihnen entgegen. Als sie nähertraten, erhob er sich und kam um die Tafel herum auf sie zu.

„Reinhard von Bitterblum, nehme ich an?“, eröffnete er das Gespräch. Seine Stimme klang knabenhaft, aber in seinem jugendlichen Äußeren lag eine Erhabenheit, ein Stolz, der beinahe ehrfurchtgebietend war.

„Und Ihr seid ...?“, fragte Reinhard.

Der Ritter, und ein Ritter war er wohl, denn auf seinem Wams prangte ein Wappen, das ein Seepferd vor drei Wellen zeigte, verschränkte die Hände auf dem Rücken und senkte leicht das Haupt.

„Irst von der Lagune werde ich genannt, manchmal auch Irst Wassergeist. Und Eure Begleiter?“

Lobelin räusperte sich und trat vor. „Mein Name ist Lobelin, das ist Falk, und der mit der Augenklappe heißt Morawitz.“ Er deutete nacheinander auf die Söldner. „Wir stehen im Dienste des Herrn von Bitterblum.“

„Schön, schön!“, meinte Irst. „Nun wollen wir uns aber setzen. Esst und trinkt, denn wenn Ihr deswegen hier seid, weswegen ich glaube, dass Ihr hier seid, werdet Ihr alsbald wieder aufbrechen wollen. Eine Stärkung wird Euch sicher gelegen kommen. Seid meine Gäste!“

Er lud sie an die Tafel und setzte sich wieder auf den Stuhl an der Stirnseite. Auf dem Tisch dampften in Knoblauch eingelegte Kartoffeln, Wild in Kräutersoße, in Honig gebackene Zwiebeln und frisches Krustenbrot. Käse und Trauben warteten auf den Verzehr, ebenso wie gesüßte Beerengrütze. In gläsernen Karaffen befand sich Wasser. Wein oder Bier gab es nicht.

Reinhard besah sich die Speisen, während die Söldner ihre Teller bereits gefüllt hatten.

„Ihr esst nichts, Reinhard?“, erkundigte sich Irst.

„Ihr sagtet, wir würden bald wieder aufbrechen wollen. Ich will wissen, wie ich das verstehen soll.“

Irst lächelte das Lächeln eines Knaben. Er trug keinen Bart, die Haare waren dicht und kurz gehalten. Aus seinen Augen leuchtete eine unbändige Vitalität.

„Ich meine es so, wie ich es gesagt habe", antwortete er. „Ihr seid wegen Eurer Frau hier, ist es nicht so? Ihr seid fast am Ziel, das versichere ich Euch. Und weil dem so ist, könnt Ihr getrost essen und trinken, während wir uns unterhalten. Was sagt Ihr?"

Reinhard blieb skeptisch. „Ich bin ein Mann von Ehre, Irst. Ich dulde keine Lügen, keine Hinhalterei. Es gibt nichts Schlimmeres für mich. Deswegen rate ich Euch, mir alles zu erzählen und nichts auszulassen."

Irst lehnte sich zurück. „Ein Mann der Taten also, Reinhard! Ehre und Stolz! Das gefällt mir, das gefällt mir wirklich gut!"

Reinhard nahm nun doch von den Speisen, eine der Bediensteten schenkte ihm Wasser in den Kelch.

„Auch ich", fuhr Irst fort, „bin ein Mann von Ehre, das ist gewiss. Die Ehre war es auch, die mir gebot, Eure Frau bei mir aufzunehmen."

„Also ist sie hier?" Reinhard versuchte, ruhig sitzen zu bleiben, doch die Anspannung ließ ihn mit den Beinen wackeln wie ein Hund mit dem Schwanz, wenn er einen großen Brocken Fleisch bekommt.

Irst schüttelte den Kopf. „Nicht mehr. Sie war hier. Vor zwei Tagen ist sie abgereist. Ich gab ihr ein Pferd."

„Ihr habt ihr die Flucht sogar noch erleichtert?", brauste Falk auf. Er spuckte kleine Kartoffelbrocken über die Tafel. „Und das, obwohl Ihr wusstet, dass Reinhard sie sucht?"

„Halte ein, Falk!", mahnte Reinhard. „Dieses Gespräch geht nur mich und den Herrn dieses Anwesens etwas an. Ihr esst und trinkt und haltet den Mund, verstanden?"

Falk blieb still, Lobelin aß weiter. Morawitz sah Irst mit seinem verbliebenen Auge an, und Reinhard erinnerte sich an die Geschichte, die Lobelin ihm am Feuer erzählt hatte. Er zwang sich, seine Aufmerksamkeit wieder auf den Hausherrn zu lenken.

„Was wisst Ihr?", fragte er.

„Genug. Genug jedenfalls, um eine Entscheidung getroffen zu haben, die ich vertreten kann."

„Und wie habt Ihr Euch entschieden?"

„Ich habe mich", sagte Irst, „dazu entschieden, Euch das zu sagen, was Ihr wissen wollt. Ich kann nicht rückgängig machen, dass ich Eurer

Frau geholfen habe, und ich will es auch nicht. Ich bin und bleibe neutral. In Angelegenheiten der Liebe mischt man sich besser nicht ein."

„Diese Liebe ist längst erloschen", sagte Reinhard verbittert.

„Und doch folgt Ihr Irene auf einen fremden Kontinent. Wozu?", fragte Irst.

Reinhard strich sich gedankenverloren über den Bart. „Um sie zu töten", sagte er leise. „Ja, das ist es. Bisher war ich mir diesbezüglich nicht sicher, aber das wird es wohl sein. Sie hat den Tod verdient, denn sie hat meiner Familie den Untergang gebracht."

Lobelin nickte zustimmend, während er geräuschvoll kaute.

„Es ist Eure Angelegenheit, Reinhard. Ihr Tod wird Eure Familie nicht wieder lebendig machen."

„Nein. Aber er wird meine Ehre wiederherstellen. Ich bin ein von Bitterblum, verdammt!"

Irst hob beschwichtigend die Hände. „Gemach, mein Freund", sagte er. „Ich will Euch nicht davon abbringen. Sie war hier, und ich habe sie von einem Priester, der in meinen Diensten steht, heilen lassen. Die Herren der Tiefe erlauben uns bisweilen, dass wir uns an ihrer außerordentlichen Macht bedienen, wenn es denn dem Guten dient und der Bittsteller ein treuer Kämpfer gegen die Verfemten ist. Eure Frau hatte Glück, dass ich eben dies bin! Es stand schlecht um ihr Bein. Ihr selbst habt Ihr diese Wunde beigebracht? Bereits verschlossen, aber geschwollen und verfärbt. Beinahe schwarz."

„So ist es. Dann hat mein Hieb gut getroffen, auch wenn er nur oberflächlich war."

„Es hätte nicht mehr viel bedurft, und ich hätte nichts mehr tun können. Sie war bereits fiebrig, zitterte und stammelte vor sich hin. Ich kenne nur einen einzigen Heiler, der dann noch etwas hätte ausrichten können. Aber ich bin mir nicht sicher, ob er überhaupt noch lebt. Er nennt sich Gram Goldnehand." Irst wandte sich an die Söldner. „Kennt ihr ihn? Habt ihr vielleicht schon von ihm gehört?"

Falk schüttelte den Kopf und aß weiter stumm seine Mahlzeit. Lobelin überlegte, Morawitz trank sein Wasser und fixierte Irst weiterhin.

„Er ist ein wenig missgebildet", erklärte Irst. „Er hat einen Buckel. Aber er ist ein fähiger Medicus!"

„Ich will nicht über irgendwelche alten Bekanntschaften sprechen, Irst. Wo ist Irene jetzt?“

„Natürlich wollt Ihr das nicht.“ Irst trank ebenfalls und ließ sich sogleich von einer der Bediensteten nachschenken. Reinhard konnte die Frauen nicht auseinanderhalten.

„Ich gab ihr ein Pferd“, erzählte er weiter, „und schickte sie gen Osten. Ich riet ihr, an einem See zu rasten. Nur ein besserer Teich, aber es würde ihr Gemüt beleben. Wenn Ihr Glück habt, werdet Ihr an dem See fündig. Wenn nicht, kann sie auf keinen Fall weit sein.“

„Was sitzen wir dann noch hier? Herr Reinhard?“, warf Lobelin ein.

Reinhard leerte seinen Kelch und stand auf. „Ich weiß“, sagte er, „dass die Ehre eines Ritters ihm gebietet, einer Frau in Not zu helfen. Und ich danke Euch für die Hilfe, die Ihr mir habt zuteilwerden lassen. Aber Ihr habt es uns auch unnötig schwergemacht, und das kann ich Euch nicht verzeihen. Ich weiß nicht, was Irene über mich gesagt hat. Aber ich bin mir fast sicher, dass es nichts als Lug und Trug war, sonst säße sie jetzt hier, und zwar in Ketten.“ Er verneigte sich steif. „Habt Dank für die Gastlichkeit, Irst von der Lagune. Wir brechen auf.“ Er nahm den Leinensack und stapfte davon.

Lobelin und Falk aßen hastig die letzten Bissen ihrer Mahlzeit, Morawitz rückte seine Augenklappe zurecht und folgte Reinhard, ohne Irst noch eines Blickes zu würdigen. Als die beiden bei ihren Pferden angekommen waren, stieß auch der Rest der Gruppe dazu. Sie banden die Zügel los.

Irst erschien in der Tür, begleitet von den beiden Frauen.

„Reinhard, was, wenn ich mir die Frage erlauben darf, habt Ihr in dem Säckchen, das Ihr hütet wie Euer kostbarstes Gut?“

„Es geht Euch nichts an, Irst. Euch nicht, und auch keinen anderen. Nur Irene und mich.“

„Vielleicht zeigt Ihr es mir, wenn Ihr Eure Frau gefunden habt. Es wäre mir eine Ehre, Euch wiederzusehen, Reinhard. Erzählt mir, wie es Euch ergangen ist!“ Er streckte die Hand aus, deutete nach Osten. „Dort liegt ein Pfad, verborgen im Dickicht. Er führt Euch zu besagtem See, der von Erlen und Weiden umgeben ist. Ihr könnt ihn nicht verfehlen. Anderthalb Tagesreisen, wenn Ihr Euch beeilt.“

Reinhard schwang sich in den Sattel seines bockigen Fuchses. „Habt Dank, Irst", rief er noch, dann gaben die Männer ihren Pferden die Sporen und preschten über den Damm zum Tor hinaus, Richtung Osten, wo sie hofften, die Hexe endlich stellen zu können.

***

Der See war klein, beinahe perfekt oval und gesäumt von Erlendikkicht auf der einen sowie Schilf, krummen Weiden und durch den Regen der letzten Nächte matschig gewordene Wiese auf der anderen Seite. Die Enten, die hier tagsüber womöglich laut schnatterten, hockten noch in ihren Nestern, die Frösche und Unken erholten sich noch von der Nacht. Im rötlichen Licht der aufgehenden Sonne schwirrten Insekten umher.

Reinhard und die Söldner saßen am Ufer und starrten auf das dunkle, unbewegte Wasser. Die Pferde grasten. Ihre Flanken bebten, Schaum klebte an ihren Mäulern. Reinhard hatte das Tempo vorgegeben, im Galopp waren sie durch den Wald geprescht, hatten sich die Gesichter an Zweigen blutig gekratzt. Die ganze Nacht lang waren sie geritten, der Schlafmangel zehrte an ihnen.

„Hier ist sie nicht, oder?", fragte Lobelin vorsichtig. Reinhard knirschte nur mit den Zähnen. Er strich pausenlos über seinen Leinensack.

„Also können wir rasten? Uns ausruhen, Herr Ritter Reinhard?", bohrte Lobelin weiter.

„Nein!", bellte Reinhard. „Sie ist hier, sie muss hier sein!"

„Wir haben die Büsche abgesucht, *Ritter*", blaffte Falk zurück. „Nicht zu vergessen die Bäume und sogar das beschissene Wasser. Sie ist nicht hier!" Er kratzte sich auf der Nase, wo ihn eine Mücke gestochen hatte.

„Wir suchen weiter."

„Lasst es gut sein, Reinhard, ich bitte Euch."

Reinhard stand ohne ein weiteres Wort auf und wollte zu seinem Pferd stapfen, als etwas auf dem Wasser seine Aufmerksamkeit erregte. Er kniff die Augen zusammen, watete ein paar Schritte in den See.

„Seht ihr das? Seht ihr, was da schwimmt?", fragte er.

Die Söldner erhoben sich ebenfalls.

„Ein Tuch", meinte Morawitz.

„Aus Seide! Ein blaues Seidentuch! Und darauf – sind das nicht drei schwarze Blumen?", rief Reinhard. „Das gehört Irene! Es ist ihres! Sie ist hier, sie muss hier sein! Das Schicksal hat ..."

Das Tuch bewegte sich.

„Anscheinend beliebt bei den Fischen, das Tüchlein", kommentierte Falk.

Lobelin folgte Reinhard in den See. „Das war aber vorhin noch nicht da, oder irre ich mich?", warf er ein. Noch bevor er den Satz beendet hatte, explodierte das Wasser links von ihm in einer Fontäne. Ein grauer Fangarm schraubte sich nach oben, Hunderte Widerhaken saßen auf der glitschigen Haut.

„Die Pestilenz! Raus aus dem Wasser!", rief Falk. Reinhard und Lobelin zogen die Schwerter, wichen zurück. Das Ding peitschte durch die Luft, klatschte ins Wasser, erhob sich wieder.

Reinhard deutete nach vorn, dorthin, wo er das Tuch entdeckt hatte. Mehrere lange Dornen stachen aus dem See heraus, manche so dick wie ein Arm, andere dünner als ein Finger.

Weitere Fangarme schossen aus dem Wasser, zuckten und krampften, schlugen in unbändiger Wut in die Luft und auf den See ein.

Reinhard machte kehrt und watete ans Ufer zurück, so schnell er konnte. Es war nicht weit, lediglich bis zu den Knien war er im Wasser gewesen, aber die Strecke kam ihm wie die längste seines Lebens vor. Er hörte Platschen, ein dunkles Grollen wie von einem entfernten Gewitter und einen grausigen Pfeifton.

Und er hörte einen Schrei.

Er drehte sich um und sah, wie sich ein Fangarm um Lobelins Bein geschlungen hatte und daran zerrte. Die Widerhaken hatten sich im Fleisch festgebissen, Blut färbte das Wasser. Lobelin drosch auf den Tentakel ein, doch er hatte Mühe, das Gleichgewicht zu halten.

„Lobelin, hack es ab! *Hack es ab!*", rief Falk vom Ufer aus.

Reinhard watete zurück in den See, sofort war er von zuckendem Fleisch umgeben. Falk erschien neben ihm und brüllte wie ein Berserker, schlitzte und schnitt sich durch sich windende Fangarme.

Ein zweiter Tentakel packte Lobelins Arm, und der Söldner schrie auf und ließ seine Waffe fallen. Er wurde in die Luft gehoben und umhergewirbelt wie ein Spielzeug.

Falk brüllte etwas, Reinhard verstand es nicht. Er hatte Wasser in Ohren und Augen, während er sich gegen das furchtbare Geschöpf verteidigte.

Er hackte einen der kleineren Fangarme entzwei, dann suchte er Lobelin. Der Söldner wurde dorthin getragen, wo die Dornen aus dem Wasser ragten. Der See schien zu brodeln und zu kochen. Ein grauer Leib erschien, unförmig und missgestaltet. Die Dornen erwuchsen aus dem matschigen Körper. Halbe Fische, fast vollständig zersetzte Wildtiere und sogar verfaulte Menschen waren auf ihnen aufgespießt.

Die Tentakeln, die Lobelin noch immer umklammert hielten, verharrten über dem grausigen Wesen, dann lösten sie sich.

Lobelin entfuhr ein spitzer Schrei, als er fiel. Ein Dorn bohrte sich durch seinen Bauch. Er röchelte, rutschte tiefer, immer tiefer, bis er auf der Oberfläche des Wesens aufkam. Er drehte den Kopf zu Reinhard, Blut lief ihm aus dem Mund. Seine Augen brachen.

Reinhard packte das Schwert fester. „Wir töten es! Falk, Morawitz! Wir töten es! Irene muss es geschickt haben! Sie ist eine Dämonin, eine Paktiererin!"

Er wich einem Fangarm aus, hieb aus der Bewegung heraus danach. Das Ding schälte sich weiter aus dem Wasser, ein langer, geknickter Fortsatz erschien nahe bei dem Dornenkörper. Er schob sich nach vorn wie eine Schlange mit erhobenem Kopf, direkt auf Reinhard zu.

Reinhard wich zurück, musterte die neue Teufelei.

Am Ende des Fortsatzes saß ein menschliches Auge.

Ein Auge, das ihm bekannt vorkam.

Mit einem zornigen Aufschrei packte er das Ding und zog daran, zog fester, riss es ab.

Falk wurde von einem Tentakel an der Brust getroffen und ein paar Meter Richtung Ufer geschleudert.

„Raus aus dem Wasser, Falk!", rief Reinhard und seine Stimme bebte vor Wut.

Er drehte sich um, suchte das Ufer ab. Und fand ihn.

„Du Bastard!“, brüllte er.

Morawitz stand unter einer Weide, hatte die Hände ausgebreitet, das Kinn leicht gehoben und sprach mit sich selbst. Er sah aus wie das Abbild eines Heiligen.

Reinhard eilte zum Ufer zurück, schlug und drosch nebenbei nach allem, was sich bewegte. Im Augenwinkel sah er, dass Falk weniger Glück hatte. Einer der Fangarme hatte sich um sein Handgelenk gewickelt, doch er hielt tapfer stand.

Reinhard erreichte das Ufer, bog Schilf zur Seite, rannte zu Morawitz.

Der falsche Söldner blickte ihm furchtlos entgegen. Reinhard schlug ihm aus dem Lauf heraus den Knauf seines Schwertes an die Lippen. Es knirschte, Morawitz fiel zu Boden. Reinhard hielt ihm den abgerissenen Fortsatz, an dem das Auge hing, vor das gleichgültige Gesicht.

„Es ist dein Werk, nicht wahr? Es ist dein Ungeheuer! *Du hast mich die ganze Zeit zum Narren gehalten!*“

Morawitz lachte, Blutblasen platzten auf seinen Lippen. „Zum Narren gehalten habt Ihr Euch selbst, Reinhard von Bitterblum. Ihr seid ein Kind, nicht mehr. Ein bockiges Kind, dem sein liebstes Spielzeug gestohlen wurde.“

Reinhard zerquetschte das Auge in der bloßen Hand. Morawitz lachte noch lauter.

„Sie hat mir alles erzählt. Die Wahrheit! Sie ist zu mir gekommen, denn sie wollte Heilung. Und ich gab sie ihr. Ich vermag vieles, Reinhard! Die Elemente sind schwach, ihre Macht ist nichts. Ich bin der wahre Herrscher des Wassers! Ich bin der wahre Herr der Tiefe! Es ist egal, ob Ihr mich tötet. Ich lebe weiter, ich kann nicht sterben! Ich bin das Wasser!“

Falk schrie unartikuliert.

„Wer bist du, du Hund? Wo ist Irene?“

„Oh, Ihr wart ihr schon so nah. Und doch habt Ihr sie nicht erkannt.“

Reinhard keuchte. „Eine Illusion? Der Brunnen! Du warst es, der uns dazu veranlasst hat, das Brunnenwasser zu trinken! Ist es nicht so? Rede!“

Reinhard schlug dem Magier ins Gesicht, einmal, zweimal, dreimal, bis sein Handgelenk schmerzte.

Morawitz hustete. „Sie ist ... schön ... Eure Frau ... Ich war ... Ich war noch ... viel mehr, *Reinhard von Bitterblum!*"

Der Ritter kniete auf Morawitz, hob sein Schwert über den Kopf und stieß es hinab. Es glitt fast bis zum Heft in den Hals des Abtrünnigen und die feuchte Erde darunter.

Die Kampfgeräusche aus dem See wurden schwächer, die Kreatur zog sich zurück. Ihr Meister war tot.

Er wusste nicht, wie lange er neben Morawitz' Leichnam gehockt hatte, bis Falk ihm auf die Beine half. Der Söldner blutete aus mehreren oberflächlichen Wunden und einer Handvoll tiefen Rissen und Schnitten.

„Wir müssen zurück", sagte Reinhard tonlos. „Zurück zu Irst."

***

Auf dem Boden im Empfangssaal lagen zwei große, tote Karpfen. Die Kerzen waren erloschen, die Meeresgemälde sahen furchteinflößend aus.

Reinhard stützte den Söldner, gemeinsam schleppten sie sich vorwärts.

„Irst!", brüllte Reinhard. Speichel hing an seinen Lippen. „Irst! Zeig dich!"

Sie hatte ihn an der Nase herumgeführt, hatte gemeinsame Sache mit Morawitz gemacht. Falk stammelte die ganze Zeit etwas von Verfemten, von verdorbenem Wasser, von den Zweiflern und davon, dass sie alle verloren seien. Sein Vogelgesicht war blass, die Kreatur musste ihm doch stärker zugesetzt haben, als Reinhard bisher angenommen hatte.

„Irst!"

Sie schlurften in ein Zimmer rechts des Empfangssaals. Es war leer. Hatte sie ihn beobachtet? Hatte sie die ganze Zeit über gewusst, wo er war, was er tat, was er vorhatte? War Morawitz auch nur ein Dämon gewesen, mit dem sie das Bett geteilt hatte?

„Irst! Wo ist sie? Irst!"

Reinhard zerrte Falk in den Speisesaal, schob einen Stuhl zurecht und setzte ihn darauf.

„Ich muss nach oben. Sie ist oben, verstehst du?"

Falks Kopf ruhte auf seiner Brust, er murmelte etwas.

„Ich komme wieder", sagte Reinhard. Er vergewisserte sich, dass der Leinensack noch an Ort und Stelle war. „Ich bin gleich zurück."

„Du kannst auch hier bleiben. Mir ist es gleich", sagte jemand hinter ihm.

Reinhard wirbelte herum, Irene stand in der Tür. Sie hatte eine Armbrust im Anschlag und nutzte den günstigen Augenblick. Der Bolzen durchschlug Falks Brust und blieb zitternd im Holzboden stecken. Ein Blutstrom lief über den Bauch des Söldners. Er seufzte nur, regte sich nicht mehr.

Reinhard zog das Schwert, doch Irene war schneller. Sie brachte die lange Tafel zwischen sich und den Ritter und erkaufte sich somit genügend Zeit, die Armbrust nachzuladen und zu spannen.

„Setz dich", sagte sie. In ihrer Stimme lagen keine Wut, kein Zorn, sondern Verbitterung und Trauer.

Reinhard setzte sich an die Stirnseite der Tafel, Irene nahm dort Platz, wo Irst von der Lagune bei der gemeinsamen Mahlzeit gesessen hatte.

„Wo ist Irst? Hast du ihn auch getötet?", fragte Reinhard.

„Du begreifst es nicht. Du bist engstirnig. Engstirniger noch, als dein Vater es war."

„Sprich nicht von ihm! Du hast kein Recht dazu!"

Sie legte den Kopf leicht schräg, die Armbrust zielte noch immer auf Reinhard. „Aber er hatte das Recht, mich jeden Tag, jede Stunde fühlen zu lassen, dass ich keine Adelige bin? Er hatte das Recht dazu, mich mit Missachtung zu strafen? Mich, deine Frau?"

„Wo ist Irst? Was hast du mit ihm gemacht?"

„Es gibt keinen Irst von der Lagune, Reinhard", seufzte Irene. „Ich bin Irst."

Tatsächlich trug sie dieselbe Kleidung, die auch Irst bei ihrem Treffen getragen hatte. Auf der Brust prangte das Wappen des Ritters.

„Was? Wieder eine Hexerei von dir? Wieder Blendwerk? Zeig mir dein wahres Gesicht, Hexe!" Reinhard schlug mit der Faust auf den Tisch und sprang auf.

Der Bolzen zerschmetterte seine linke Schulter und warf ihn zurück in den Stuhl. Er stöhnte, biss die Zähne zusammen, dass sein Kiefer knackte.

„Du bist krank, Reinhard. Ich bin keine Hexe! Ich war noch nie eine Hexe! Dein Verstand hat sich aufgelöst, als dein Vater starb. Er hat dir giftige Worte eingeflößt, hat dich verflucht! Er ist an seinem eigenen Gram gestorben! Ich habe nie etwas getan, das deiner Familie geschadet hat!"

„Lügen", presste Reinhard hervor. „Alles Lügen! Was ist mit dem Garten? Du hast das Haus Bitterblum zugrunde gerichtet!"

„Dein Stolz, deine Verbohrtheit hat das getan, nicht ich. Ich bin in den Garten gegangen, um Trost zu finden, Reinhard. Du hast mich nicht mehr geliebt. So kurz nach der Hochzeit war das Feuer deiner Liebe bereits erloschen. Jedes Mal, wenn du mich ansahst, waren da nur Vorwürfe und ein stetig wachsender Hass."

„Ich habe dich immer geliebt", erwiderte Reinhard. „Ich liebe dich auch jetzt noch! Und trotzdem muss es sein, Irene. Du hast meine Ehre mit Füßen getreten."

Reinhard nahm seinen Leinensack, was ihm wegen der vor Schmerz kreischenden Schulter sichtlich Probleme bereitete, und legte ihn auf der Tischplatte ab. Schweißperlen glänzten auf seiner Stirn, sein ehemals so sorgfältig gebundenes Haar stand wirr vom Kopf ab.

„Du hast", fuhr er fort, „sogar meine Mutter verhext! Eine Frau, die immer nur Gutes für dich wollte. War sie dir nicht wie die leibliche Mutter?"

„Ich konnte nichts dafür! Die Trauer wegen ihres Verlustes machte sie unvorsichtig. Es war ein Unfall, Reinhard! Ich habe noch versucht, ihr zu helfen, aber es war zu spät. Sie hatte sich beim Sturz den Kopf angeschlagen."

Reinhard schloss die Augen. „Du bist eine gute Lügnerin, Irene", sagte er leise. „Das warst du schon immer. Aber ich habe dich durchschaut. Du hast sie alle getötet, sogar meine Schwestern!"

Er öffnete den Leinensack und entnahm ihm einen dick mit Bandagen umwickelten Klumpen, den er erst andächtig in der Hand wog und dann über den Tisch zu Irene rollte.

„Was ist das, Reinhard?“, fragte sie. „Was hast du getan?“

„Öffne die Bandagen, dann wirst du es sehen“, erwiderte er. Er hustete, Wellen der Pein jagten durch seine Schulter.

Irene setzte die Armbrust ab, behielt jedoch ihr Ziel im Blick. Sie brach das Harz entzwei, das die Bandagen zusammenhielt. Der Geruch von Kräutern, von ätherischen Ölen und Essig stieg ihr in die Nase.

„Reinhard, bitte nicht“, brachte sie hervor.

„Das kannst du nicht leugnen. Dafür hast du keine Lüge. Das habe ich gesehen! Ich war dabei, als du mich verraten hast!“

Irene wickelte die Bandagen ab, der Geruch wurde stärker. Sie schlug eine Hand vor den Mund, riss die Augen weit auf.

„Nein, Reinhard. Nein, das ist nicht wahr. Nein, nein“, stammelte sie.

Vor ihr lag ein menschlicher Kopf. Augen, Zunge und Gehirn fehlten. Es war ein besserer Totenschädel, eingefallen und etwas deformiert, aber noch gut zu erkennen.

„Da hast du den Dämon, mit dem du Unzucht getrieben hast! Ich habe ihm das schwarze Herz aus der Brust gerissen!“, brüllte Reinhard. Unter seinem Stuhl breitete sich allmählich eine Blutlache aus.

„Und wenn ich mit dir fertig bin, werde ich deinen Kopf ebenso abschneiden, und dann werde ich eure teuflischen Häupter verbrennen! Ich werde sie verbrennen, und ich werde frei sein! Verstehst du? Frei!“

Er sprang unvermittelt auf den Tisch, wobei er den linken Arm nutzlos herabhängen ließ. Irene griff in Panik zur Armbrust, stieß dabei den Schädel zu Boden. Er rollte über das Holz bis vor einen der Kamine.

Reinhard wetzte über die Tischplatte auf sie zu, das Schwert erhoben, das Gesicht zu einer Grimasse verzerrt. Sie legte an und schoss, aber kein Bolzen flog von der Führung.

Sie hatte vergessen, nachzuladen.

Reinhard war bei ihr, hieb nach ihr. Mit einem Aufschrei ließ sie sich vom Stuhl fallen, robbte unter den Tisch.

„Komm her, du feige Hexe!“, brüllte Reinhard. „Komm her, du Miststück! Du Hure!“

„Ich habe ihn geliebt!“, rief sie mit bebender Stimme.

Die Klinge erschien, stach nach ihr, ritzte ihr Bein. Sie robbte davon.

„Ich habe ihn geliebt, Reinhard! Er hat mich gut behandelt! Er hat mir keine Vorwürfe gemacht!“

Mit zitternden Händen legte sie einen Bolzen in den Lauf.

„Du hast mir alles genommen!“, kam es von oben. „Alles, hörst du? Du hast mir meinen Namen genommen! Die von Bitterblums sind tot!“

Irene sah den Kopf ihres Geliebten, hörte den Wahnsinn, der von Reinhard Besitz ergriffen hatte, und Trotz mischte sich in ihre Trauer.

„Und das ist auch gut so!“, rief sie.

Reinhard hackte mit dem Schwert nach ihr, Holz splitterte.

Sie spannte die Sehne.

„Ich töte dich, Hure!“

Er hockte sich hin, fuchtelte unkontrolliert mit dem Schwert unter dem Tisch herum.

Irene zielte. Sein Gesicht erschien, dann sein Oberkörper.

Sie schoss, der Bolzen fraß sich an Reinhards Hals vorbei. Blut schoss hervor. Er griff sich an die Wunde, taumelte zurück. Das Schwert entglitt seinen Händen.

Irene kroch unter dem Tisch hervor und legte einen neuen Bolzen ein. Reinhard ging zu Boden. Das Blut sprudelte in Stößen hervor, seine Augen waren weit aufgerissen. Die drei schwarzen Blumen auf seinem Waffenrock waren bis zur Unkenntlichkeit besudelt.

Irene stellte sich über ihn. „Er hat dich im Wasser gesehen“, sagte sie. „Morawitz. Ich habe ihm von dir erzählt, von dem Wahnsinn, der dich befallen hat. Es war sein Plan, und er hat gut funktioniert. Du hast ihn getötet, nehme ich an?“

Sie zielte.

„Ich habe dich wirklich geliebt, Reinhard. Wahrscheinlich mehr, als du verdient hast. Ich war dir immer eine gute Frau.“ Ihre Stimme brach, Tränen liefen über ihre Wangen. „Ich werde dich anständig bestatten, das verspreche ich dir. Es ist ein Jammer. Aber jetzt ist es vorbei, jetzt ist es genug.“

Reinhard streckte ihr langsam eine Hand entgegen. Der Kopf ihres Geliebten glotzte sie aus toten Augenhöhlen an.

Reinhards Körper krampfte kurz, als der Bolzen in ihn einschlug. Dann erschlaffte er.

„Genug“, flüsterte sie. „Jetzt ist es endgültig genug.“

***

Weitere Geschichten aus Mythodea

„Zmae – die Wächter von Steinthal“, Hagen Tronje Grützmacher. Ein düsterer Roman über das Streben nach Macht und Anerkennung, in der phantastischen Welt von Mythodea.
Taschenbuch, 280 Seiten.
August 2016.
12 Euro

„Glutbringer“, Jane Steinbrecher & Hagen Tronje Grützmacher. Eine Erzählung um Rache, Zauberei und die Abgründe der Seele.
Taschenbuch, 484 Seiten.
August 2017.
12,90 Euro